네
멋대로
읽어라

국립중앙도서관 출판시도서목록(CIP)

네 멋대로 읽어라 / 지은이: 김지안. -- [서울] :
리더스가이드, 2016
p. 296; 135×215㎜

ISBN 978-89-964840-6-6 03800 : ₩13,000

도서 비평[圖書批評]
서평(평론)[書評]

029.1-KDC6
028.1-DDC23               CIP2016018832

# 네 멋대로 읽어라

**초판 1쇄 인쇄**   2016년 9월 1일

**지은이**   김지안
**펴낸이**   박옥균
**디자인**   이원재
**인쇄**    천일문화사

**펴낸곳**   리더스가이드
**등록**    2010년 7월 2일 제313-2010-201호
**주소**    04035  서울시 마포구 동교로12길 42 호심하우스 204
**전화**    02-323-2114   **팩스**  0505-116-2114
**홈페이지** http://www.readersguide.co.kr

**ISBN**    978-89-9648-406-6   03800

# 네
# 멋대로
# 읽어라

작가를 꿈꾸는 이들을 위한
독서 에세이

**김지안** 지음

리더스가이드

# 독자

# 글쓰기

# 만남

# 생각

# 독자

김경욱, 독자란 무엇인가, 디지털 시대의 독자, 악스트, 천년 여왕, 작가와 독자, 애거사 크리스티, 해리가 샐리를 만났을 때, 책 읽는 순서, 이명서, 독자의 알 권리, 현해탄 콤플렉스, 김윤식, 표절 시비, 천명관, 이응준, 문단마피아, 신 과거 제도, 미야베 미유키, 소설의 영화화와 드라마의 활자화, 화차, 일본 드라마, 빠담빠담 그와 그녀의 심장박동 소리, 박균호, 절판된 책에 바치는 헌사, 헌책방, 낙서, 최윤필, 40원어치 페지로 남은 인연들, 책 파쇄공장, 권력을 찬탈당한 어린 임금의 눈빛, 300그램, 페지 단가 120원, 정영일, 복간되어야 할 책, 김현, 사랑방중계, 추모집, 평전, 릭 게코스키, 윌리엄 골딩, 파리 대왕, 나보코프, 롤리타, 존 케네디 툴, 바보들의 연합

# 01

# 독자가 먼저인가? 작가가 먼저인가?

김경욱의 소설을 처음 접하게 된 건 문학 잡지 〈악스트〉 창간호에서였다. 단편이 실렸기에 별생각 없이 읽기 시작했는데 그야말로 고기의 오도독뼈를 씹는 맛이라고나 할까?

독자로서 진작 그를 알아보지 못한 게 미안할 정도였다. 이렇게 괜찮은 소설을 발견하게 되면 작가의 다른 작품도 읽고 싶어진다. 마침 방 안에 손만 뻗으면 닿을 수 있는 거리에 그의 책을 두고 있었는데 《위험한 독서》란 책이었다. 몇 년 전, 지인으로부터 생일 선물로 받은 것인데 민망스럽게도 차일피일 미루고 있다가 〈악스트〉 덕분에 읽게 됐다. 하긴, 사 놓거나 선물로 받고 읽지 않은 책이 한두 권인가?

인터넷 서점을 이용하지 않을 때는 읽은 책이 3분의 2쯤 되고, 읽다 만 책이 나머지를 차지했던 것 같다. 인터넷 서점을 이용하게 되면서 사람들은 책을 사러 굳이 대문 밖을 나서지 않아도 되었다. 또한 마치 그렇게 된 것을 축하라도 하듯, 서로 얼굴 한 번 보지 못했으면서 빈번하게 책 선물을 주고받기도 한다. 게다가 출판사들은 앞다투어 이벤트를 한다. 책 구입이 이렇게 쉬워지니 아예 손때조차 묻지 않은 채 쌓여 가는 책이 늘어 간다. 이쯤 되면 독자란 무엇인가에 대해 생각하지 않을 수 없다.

과거엔 읽지 않은 책을 쌓아 둔다는 건 상상도 못 했던 것 같다. 읽다 포기할지언정 어쨌든 주인의 손을 탔다. 지금은 책이 택배로 도착하면 물품(?)에 이상이 없나 확인을 하고 어딘가에 두고 언젠가 읽겠지 하고는, 그 언젠가가 되어도 읽지 않는다. 그런 책들이 방 안 구석구석마다 그득하다. 그러면서도 새 책에 대한 호기심은 끝이 없어서 책상 앞에 앉아 인터넷으로 여전히 책 사냥을 한다. 어떤 사람은 이것을 강박이라고 하는데 난 아직까지 그것을 인정할 단계는 아니라고 스스로 진단을 내리곤 한다.

어느 저술가는 독자 권리장전을 선언했다. 그중 하나가 책을 읽지 않을 권리였다. 독자에게 이런 권리가 있다니! 그렇다면 앞의 김경욱의 소설집을 포함하여 아직 읽지 않은 책에 대해 최소한 변명거리가 생긴다.

독자 권리장전 만세!

최근 알게 된 이석원이란 작가(산문집 《보통의 존재》, 《언제 들어도 좋은 말》 소설 《실내인간》이 있다) 역시 이 권리장전을 충실히 행하는 독자이기도 한데, 그는 오프라인 서점 마니아로 책을 좋아하니 열심히 사기는 하지만 별로 읽지는 않는다고 한다.

이분들의 이야기를 빌리면 책은 많이 읽어야 하며, 처음부터 끝까지 읽어야 하고, 가급적 고전을 읽어야 한다는 독서 방식은 더는 효력을 발휘하지 못하는 것 같다. 예전엔 왜 그리도 독서에 간섭이 많았는지 모르겠다. 특히 청소년 시절에는 고전을 읽어야 한다는 압박이 심했다. 성인이 된 후에 듣기도 하는데 그걸 이제 겨우 책이 좋아진 시기(사람마다 다르겠지만)에 꼭 들어야만 할까? 그냥 자기가 좋아하는 책부터 읽으면 안 되는 걸까? 그게 설혹 19금이라고 할지라도 말이다. 물론 그 말을 고분고분 들을 사람도 없겠지만.

책을 읽지 않을 권리가 좀 심하다면 적어도 간섭받지 않을 권리, 자신이 좋아하는 책부터 읽을 권리 정도는 확보해야 한다고 생각한다. 그리고 요즘은 충분히 그럴 수 있는 시대라고 생각한다. 거기에 책만 봐도 배불러 할 권리 정도를 추가해도 좋겠다.


김경욱의 소설집 《위험한 독서》의 표제작을 보면 주인공이 독서치료사다. 독서치료사인 만큼 주인공은 책을 많이 읽었으며, 그에 대한 정보를 많이 갖고 있다. 읽다가 문득 작가가 확실히 고단수란 생각이 들었다. 독자의 머리 꼭대기에서 독자를 내려다보는 것 같다. 그렇지 않아도 요즘 한다하는 작가들, 심지어 일반인들까지(거기엔 나도 포함되겠지만) 독서 에세이를 내고 있는데, 나는 지금까지 이러이러한 책을 읽어 왔노라고 직접적으로 펼쳐 보이기보다 김경욱처럼 소설로 자신의 독서 이력을 슬쩍 보여 주는 방식도 나름 괜찮은 방법이란 생각이 들었다.

소설의 주인공은 내담자에 관해 이야기를 하면서 각주를 달았는데, 그 각주엔 내담자의 치료를 위해 사용했던 도서 목록이 언급되어 있다. 그게 10권쯤 되어 보이는데, 주인공의 목록이기도 하지만 동시에 작가가 언젠가 읽었을 도서 목록이기도 할 것이다. 책 내용을 언급한 인용구가 나오는데, 책 이름만 나와 있을 뿐 몇 페이지 어디라는 건 구체적으로 나와 있지 않았다. 궁금하면 직접 찾아보라는 식이다. 그게 불친절하다고 할 수도 있지만 내가 보기엔 김경욱은 독자보다 한 수 위다. 또 그만큼 독자는 만만히 보이는 작가를 별로 좋아하지 않는다는 말이기도 할 것이다.

누가 무슨 책을 읽었을까를 알고 싶어 하는 것은 관음증에 가깝다. 디지털 시대가 되면서 사람들은 저마다 자신의 블로그를 만들고 거기에 자신의 글을 올리곤 한다. 가장 많이 올리는 글 중 하나가 자신이 읽은 책에 대한 느낌과 생각을 정리한 글이 아닐까 싶다. 이런 글을 올리는 것을 좋아하는 블로거들은 분기 또는 연말 등을 이용해서 자신이 읽은 책들을 갈무리하곤 한다. 그야말로 자신은 지금까지 이런 책을 읽었노라고 자랑하는 것이다. 그리고 이웃 블로거들은 그것을 보고 댓글을 단다.

"어머, (올리신 책 목록과 저의 목록이) 겹치는 게 하나도 없어요. 어떡해…. ㅠㅠㅠ"

"저는 두 권 발견!"

"한 권 있네요. 분발해야 할 것 같습니다. ㅋ"

대체적인 반응은 이렇다. 하지만 그들 모두는 안다. 겹치는 책이 없다는 것뿐 자신이 전혀 책을 안 읽는 것이 아니며, 단지 그렇게 비교를 하고 겸손한 척하는 것이다.

이것은 아날로그 시대엔 결코 흔한 일이 아니었다. 그땐 누가 무슨 책을 읽는지가 드러나지 않으며 어쩌다 대화에서 한두 권 언급되는 것이 고작이었다.

모르긴 해도 김경욱 역시 독자의 이런 반응을 계산에 넣고 이 작품을 쓰고 각주를 만들지 않았을까? 나 역시 익히 들어 온 책 제목은 많았지만 실제로 읽은 책은 하나도 없었다. 책이 좀 많아야 말이지. 언제나 읽는 건 한정되어 있고. 그러니까 독자들이 하는 일이란 그런 것이다. 그렇게 좋은 책을 나만 모르고 있는 것에 대한 자책, 겸손, 기타 등등의 반응을 보이는 것. 이것이 또한 디지털 시대 독자의 모습일 것이다.

그렇다고 작가가 독자들에게 어떤 자각 내지는 반성을 이끌어 내려고 그렇게 한 것은 아닐 것이다. 세상 어떤 작가도 독자가 책을 읽기를 바랄 뿐이지, 왜 읽지 않느냐고 따져 물을 권리는 없다. 대신 이 단서(각주에 언급된 책 목록)를 통해 작가가 어떤 책을 읽었는지 추적이 가능해졌으니 독자는 오히려 약간의 스릴을 느끼게 된다.

수록작 중에 〈천년 여왕〉이란 작품이 있다. 얼핏 이 작품은 남자들이 그렇게도 바라 마지않는 현모양처의 전형과 사는 것이 정말 좋기만 한 것인가를 물어보는 것도 같다. 주인공은 우연의 덕분은 아니겠지만 생각보다 쉽게 전업 작가가 된다. 배고픈 전업 작가의 길은 배우자의 동의와 전폭적인 지원이 없으면 거의 불가능하다. 다행히도 아내는 별 거부감 없이 주인공이 전업 작가가 되는 것에 동의했다. 주인공은 성공하는 작가가 되기 위한 행동 지침도 만들었다.

아내는 연상이기도 하지만 지적이고 똑똑해서 주인공의 작업에 적지 않은 도움을 준다. 하지만 언제부턴가 아내의 도움과 조언이 도를 넘고 있다는 생각이 들고 위축감까지 느끼게 된다. 자신이 알지도 못하고 번역조차 확인 불가능한 책의 제목을 들이대며, 주인공이 쓰는 글이 이미 세상에 있는 소설이니 다른 글을 써 보라고 조언하기 일쑤다.

이 세상 어딘가에 쓰려고 하는 이야기와 똑같거나 비슷한 소설이 있다고 해서 쓰지 말아야 할 것인가에 대해 묻고 있는 듯도 하다. 또 어찌 보면 작가와 독자의 관계를 암시하는 작품으로 읽히기도 한다. 겉으로는 작가가 독자 위에 군림하는 것 같지만 알고 보면 작가를 조종하는 건 독자인지도 모른다. 아내는 조종하는 독자의 모습이 무엇인지 보여 준다.

결국 주인공은 쓰는 것마다 어떤 나라 어느 작가가 비슷한 글을 썼다는 아내의 말에 매번 좌절한다. 작가들은 자신이 쓰는 이야기가 최초의 이야기이길 바라면서 오늘도 글을 쓰고 있을 것이다. 그러니 중복을 피할 방법은 자신의 경험을 쓰는 것뿐이다. 실제로 아내는 해 아래 새것이 없으니 자신의 이야기를 쓰라고 권한다. 하지만 주인공은 그렇게 하지 않는다. 왜냐하면 자신을 판 다음에는 무엇을 팔 것인가에 자신이 없기 때문이다. 작가에게 자신의 삶은 씨암탉이다. 배가 고프다고 씨암탉을 잡아먹을 수는 없지 않은가. 그것은 작가가 어떠한 오해와 어려움이 있더라도 자신이 쓰고자 하는 글을 쓰겠다는 의지로도 보인다.

이 책을 읽기 전만 해도 작가를 우러러보기만 했을 뿐, 작가와 독자가 애증 또는 견원지간이 될 수도 있다는 것을 한 번도 생각해 보지 못했다. 이 작품을 보라. 주인공을 작가로, 아내를 독자로 놓고 보면 독자는 작가를 괴롭히는 존재다. 아내는 이러저러한 이유에서 주인공의 글쓰기를 방해하거나, 이미 알고 있으니 다른 걸 고려해 보라고 하지 않는가? 말하자면 작가의 의지를 꺾는 것이다. 작가라고 독자들이 항상 존경하지는 않는다. 달가워하지 않는 독자도 있다. 그렇지만 그들도 독자는 독자인 것이다.

인간 성장사가 늘 그렇듯 나에게 당근과 꿀을 주는 사람은 나의 성장을 방해하는 자인 경우가 많다. 오히려 나를 성공하지 못하도록 방해하고 짓밟는 사람이 진정한 은인일 수 있다. 그런 점에서 독자는 짓밟으면서 도움을 주는 사람이 될 수 있다. 하지만 이렇게 작가와 독자를 이항 대립의 관계로 놓고 보아야 되는지 의문이 든다. 작가나 독자가 다 같이 생각해 봐야 하는 것이 있는데 그것은 책이란 무엇이냐는 것이다. 어차피 아무리 좋은 작가라고 해도 독자와 소통하지 못하는 책을 쓴다면 도태되기 마련이니까.

김경욱의 《위험한 독서》에서도 책의 의미는 작가의 창조적 재능이 아니라 독자의 취향에 따라 결정된다고 했다. 어떤 사람들은 말한다. 책에는 독자가 메워야 할 수많은 빈칸이 존재한다고. 독자가 그것을 채우기 전에는 모든 책이 본질적으로 미완성 원고에 불과하다고.

그러므로 독서에 있어서 작가가 먼저냐 독자가 먼저냐 하는 하등 필요도 없는 질문에 시간을 빼앗기지 말라. 독서에서 중요한 건 책 자체의 의미인 것이다.

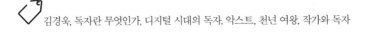

김경욱, 독자란 무엇인가, 디지털 시대의 독자, 악스트, 천년 여왕, 작가와 독자

# 02

# 독자여, 작가를 거슬러라!

애거사 크리스티의 《사랑을 배운다》에는, 어린 로사가 나이 많은 역사학자며 다소 괴팍한 존과 친구 아닌 친구가 되면서 대화를 나누는 장면이 나온다.

"넌 책을 어떻게 읽지? 처음부터 쭉 읽니?"

"네. 교수님은 안 그러세요?"

"안 그래." 존이 대답했다. "나는 앞부분을 보고 요지를 파악한 다음 끝부분으로 가서 결말이 어떤지, 작가가 뭘 증명하려고 했는지 보지. 그리고 그 후에야 다시 앞으로 돌아가서 그가 어떻게 그런 결론에 도달했는지, 무엇이 작가를 그렇게 이끌었는지 살펴봐. 그편이 훨씬 더 흥미진진하거든."

로라는 솔깃하지만 못마땅한 표정을 지었다.

"작가는 자기 책이 그런 식으로 읽히는 걸 바라지 않을 거예요."

"당연하지."

"저는 작가의 의도대로 읽어야 한다고 생각해요."

"아." 존이 내뱉었다. "하지만 넌 빌어먹을 법률가들이 말하는 제2의 당사자를 잊고 있어. 독자 말이다. (…) 작가는 자기가 원하는 대로 책을 쓰지. 작가 멋대로. (…) 하지만 독자에게도 자기가 읽고 싶은 대로 읽을 권리가 있고, 그건 작가도 막을 수 없어."

"마치 싸우는 것 같은데요."

"난 그런 싸움을 좋아해." 존이 말했다. "사실 우리 인간들은 노예처럼 시간에 얽매여 살지. 시간의 순서 같은 건 아무 의미도 없는 건데 말이야. 영원을 생각한다면. 우린 얼마든지 시간 속을 내키는 대로 건너다닐 수 있어. 하지만 아무도 영원을 성찰하지 않지."

이 내용을 보면서 오래전에 보았던 영화 〈해리가 샐리를 만났을 때〉의 한 장면이 생각이 났다. 해리(빌리 크리스탈 분)는 존과 비슷하게 책을 읽는다. 그는 책을 사면 꼭 맨 마지막 부분부터 읽는다. 그 이유가 걸작이다. 다 읽기 전에 죽더라도 끝은 아는 거니까. 좀 엉뚱하긴 하지만 나름 이유 있는 말인 것 같긴 하다.

실제로 해리처럼 읽는 사람이 얼마나 될까?

대부분은 끝부분부터 읽으면 김이 빠진다고 해서 바득바득 처음부터 읽기 시작해 중간을 거쳐 끝장에 도달하려 한다. 그런데 과연 이렇게 처음부터 끝까지 완독하는 책은 얼마나 될까? 읽어야 할 책이 많아지고 쉽게 구할 수 있게 된 요즘에는 한 권을 온전히 읽기가 갈수록 어려워지고 있다. 책을 작가가 정해 놓은 순서대로 읽어야 한다고 생각한다면, 작가가 원해서라기보다는 이번에라도 한번 다 읽어 보자고 하거나 그렇게 읽어야 제대로 읽는 것이라고 생각하는 것일 수 있다. 물론 그렇게 읽어서 만족한 독서가 됐다면 좋긴 하겠지만 책을 다 읽은 후에 허탈해지는 경우도 많다. 그렇다면 존 교수의 방법이 더 현명해 보인다.

평범한 것은 대체로 무난하지만 지루할 수도 있다. 그런 것처럼 책도 작가가 정해 준 방식대로 읽으면 지는 것이다.

아, 그런데 나는 이 책을 어떻게 읽었던가? 다음엔 꼭 존 교수의 방법으로 읽어 보련다.

독자여, 작가를 거슬러라!

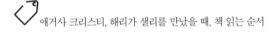 애거사 크리스티, 해리가 샐리를 만났을 때, 책 읽는 순서

03

# 표절과 독자의 알 권리

  책을 읽다가 문득 후배가 해 준 이야기가 기억이 났다. 표절 문
제야 어제오늘의 문제가 아니지만, 특별히 그 사건이 주목을 받았던
건 한 명망 있는 교수가 표절을 했다는 것과 그 교수의 직속 제자가
문제를 제기했다는 것 때문이었다. 말하기 좋아하는 사람들이야 판
도라의 상자를 열었다는 둥, 요즘이 어떤 시댄데 도제를 말하느냐는
둥 사제 카르텔을 비판했다. 그 스승에 그 제자라며 한꺼번에 싸잡
아 양비론으로 몰아가기도 했다. 그 이야기가 소설로 나왔다. 이정
서의 《당신들의 감동은 위험하다》가 그것이다.
  솔직히 내막을 자세히 알 수 있게 되어서 반갑기보다는 새삼스
럽다는 생각이 들었다. 새삼스럽다는 건 새롭지 않다는 얘기다. 그
도 그럴 것이, 앞서도 얘기했지만 표절은 어제오늘의 얘기가 아니다.
우리나라는 이미 '표절 공화국'이란 오명을 쓰고 있다. 너무 빈번하
니 면역이 생겨 웬만한 표절에는 또 그러려니 할 정도다. 그러니 이
이야기가 뭐 그리 새롭겠는가? 그런데 이런 나의 무딘 생각도 정상
은 아닌 듯싶다.

실제 사건 내용이 궁금해 검색해 보니 이 책은 이번에 처음 나온 것이 아니었다. 2001년도에 작가의 이름은 다른데(이름이 '이환'이다) 제목은 똑같은 책이 나왔다. 그것도 같은 출판사에서. 목차도 조금 다르고 작가의 이름도 다르지만 내용은 그대로 해서 나온 모양이다. 이런 경우가 다른 책들에도 있는지 모르겠다.

책을 읽으며 여러 의문이 떠올랐다. 왜 책 내용만 이야기하고 출판 과정에 대한 설명은 없는 것일까? 2001년 판의 작가와 이 책의 작가가 동일 인물인가? 만일 다른 인물이라면 판권을 이양한 건가? 이런 의문을 자아내게 하는 것은 독자들의 주의를 더 환기하려 한 것인지도 모른다. 난 약간은 불친절하고 불편하다는 느낌을 지울 수가 없다.

그럼에도 불구하고 읽어 볼 생각을 했던 건, 순전히 개인적인 관심 때문이다. 원래 작가와 그를 둘러싼 사건들에 대해 흥미를 가지고 있는지라 책이 눈에 띄는 순간 구미가 당겼다. 솔직히 세간들의 세 치 혀야 다들 거기서 거기 아니겠는가? 그나마 그때 그 필화 사건을 전달해 준 나의 후배 역시 사제 카르텔과 도제를 비판했고, 판도라의 상자를 열었다는 말로 마무리했던 걸로 기억한다.

진정한 판도라의 상자였다면 이 사건을 통해 더 좋은 결과를 가져왔거나 비극적인 결과를 가져왔거나 둘 중 하나가 됐어야 하는데 사건이 알려만 졌을 뿐, 이후 이 사건이 어떻게 마무리됐는지 알려주는 언론은 없었다. 그 잊힌 사건이 또 한 번 세상에 나온 것을 보면 문제가 해결된 것 같지는 않다.

책은 자신의 학문의 '아버지'라 할 수 있는 스승이 논문을 표절했다는 사실을 제자가 언론을 통해 폭로하는 모습을 담았다. 그때 주위의 반응들, 폭로 당사자인 이인서의 행보와 언론이 이 사건을 어떻게 몰아가는가를 밀도 있게 보여 준다.

반응이 어떨지는 굳이 책을 보지 않더라도 알 것 같다. 같은 집단에서 두 사람과 특별한 관련이 없는 사람은 앞에서는 용기를 칭찬하지만 폭로한 당사자를 이미 적색분자로 찍어 놓을 것이다. 자신에게도 언제든 해를 가할지 모른다고 경계할 것이다.

어떤 이는 시쳇말로 '그런 찐따 같은 짓'은 왜 하느냐며 비판할 것이다. 미운털이 박혀 좋을 것이 없기 때문이다. 그래서 시끄러워지는 것이 싫고, 그러다 불똥이 자신에게로 튄다든지 아니면 애매한 사람이 역적으로 몰릴 수도 있으니, 정의는 좋은 것이긴 하지만 들쑤셔서 좋을 일이 없다고 생각한다.

또 제자가 스승을 친 것이니 명백한 하극상으로도 보기도 할 것이다. 하극상을 좋아할 사람은 아무도 없다. 반면에 어떤 이는 자신의 이해관계 때문에 쌍수를 들어 환영할 수도 있을 것이다. 이 모든 사람들의 반응이 책을 아우른다. 이러 야단법석인 반응들은 결국 판도라의 상자를 열었다는 것을 방증하기도 한다. 이전까지의 단단한 권위에의 도전을 의미하는 것이다.

우리 사회에서는 일반적으로 폭로자는 죄인 아닌 죄인이 된다. 내부고발자는 신변의 안전을 보장받지 못한다. 내부고발자를 보호하는 법이 있다고 하지만 현실에서는 얼마나 충분한지는 알 수가 없다. 그럼에도 폭로자는 언제까지나 표절 문제를 좌시할 수는 없었을 것이다. 표절은 그 분야의 발전을 저해할 뿐 아니라 도덕과 양심의 문제이기도 하다.

물론 무엇을 표절로 볼 것이냐는 복잡하고 많은 어려움이 따르긴 한다. 한쪽은 표절이라고 하고 한쪽은 아니라고 평행선을 달리듯 하는 경우가 많다. 책 속의 스승은 자신의 표절을 아주 간략하게, 그리고 순순히 인정한다. 스스로도 인정하는 표절은 왜 한 것일까? 어느 특정인에게만 적용되는 사안일까? 책에서는 일본 책을 표절한 근거로 '현해탄 콤플렉스(일본의 모던함을 좋아하는 심리)'를 지적한다. 좋아하면 닮는다고 하지만 병적으로 지나치면 어느새 내 것과 남의 것의 구분이 모호해진다. 결국 남의 것도 나의 것으로 오인하는 우를 범하는 것은 아닐까 싶다.

대학자라 할 수 있는 사람이 자기 생에 왜 그런 오점을 남겼을까? 보통 사람의 표절과 명망이 있는 학자의 표절은 같은 표절이지만 달라 보이기도 한다. 학문적 성취의 욕망에 민감할 수밖에 없는 입장에서 보면 말이다. 인간의 온정적이고도 객관성을 유지하려는 성향들은 표절을 눈감아 주려고 한다. 아무리 명망 있는 사람이라도 그도 한 인간이라는 쪽으로 기울고, 그동안 쌓아 온 공적을 무시할 수 없으며, 시간이 지나면 잊힌다는 쪽으로 흘러가는 것이다. 증명이라도 하듯 김윤식 교수는 그 이후에도 여전히 학자로 활동하며 오늘날에 이르고 있지 않은가?

종국에는 폭로자인 이인서에 관한 사회의 시선을 생각하게 된다. 과연 그가 정말 하극상을 보인 인물이라 할 수 있을까? 이인서의 실제 모델은 《타는 혀》란 평론집을 낸 이명원이다. 김윤식뿐 아니라 당대 유명한 학자들의 논문의 오류를 바로잡고 비판을 가해 유명해진 사람이다. 보수적인 학풍에 적지 않은 파장을 일으켰다.

그는 지금 어떻게 살아가고 있을까? 집필 활동을 하며 열심히 살아가고 있는 것 같긴 한데, 그때 자신이 한 일을 지금은 어떻게 생각할까? 김윤식 교수와는 어떻게 지낼까? 조금은 궁금해진다.

이 책을 읽으며 김윤식 교수의 자서전 내지는 회고록을 읽어 봤으면 하는 바람이 있었다(아쉽게도 아직은 그의 자서전이나 회고록이 나오지 않았다). 그때를 어떻게 회고하는지 알고 싶어졌다. 처녀가 애를 낳아도 할 말은 있다는데 표절한 이유는 있을 것 아닌가? 과연 '현해탄 콤플렉스' 그 이상도 이하도 아니었을까?

'논픽션 소설'이란 장르로 구분하기에 어울리는 소설이다. 나는 이 소설이 드라마적 요소를 최대한 억제하고 온전히 이인서와 김윤식의 이야기로 채워 갔더라면 좋지 않았을까 싶었다. 그것이 비록 허구고, 상상일지라도 말이다.

국민의 알 권리, 대중의 알 권리, 시청자의 알 권리는 그토록 외치면서 왜 정작 문학에서 독자의 알 권리는 이리도 빈약한가? 소설은 허구라고 합리화하면서 말이다. 어설프게 열린 결말이 소설가가 할 수 있는 전부이며 나머지는 독자의 상상에 맡기겠다는 것은 겸손일까? 아니면 직무를 유기하는 것일까?


아무리 소설의 위기를 이야기해도 소설은 살아남았다. 위기를 말하는 것은 시대착오라고도 얘기한다. 그처럼 소설은 앞으로 종언을 고하지 않고 영원히 살아남을 것이다. 나 역시도 그것에 동감하고 앞으로 꼭 그렇게 해 주기를 간절히 바란다. 그러나 현실은 냉정하다. 소설을 읽지 않는 사람이 소설을 읽는 사람보다 압도적으로 많다. 그나마 드라마는 진화를 거듭해 소설을 압도한다.

나에게 왜 소설을 읽느냐고, 또 왜 소설을 읽지 않느냐고 동시에 묻는다면(이런 상반된 질문을 동시에 받을 리 없지만) 나는 한 가지로 대답할 수 있다. 인간의 진실이다. 왜 그 소설을 읽느냐고 하면 소설이 허구이긴 하지만 인간의 진실을 담고 있기 때문이라고, 왜 소설을 읽지 않느냐고 묻는다면 인간의 진실이 없기 때문이라고 말할 것이다. 읽는 행위가 전자에 속한다면 고전을 읽고 있을 확률이 높고, 후자라면 요즘의 영혼 없는 소설들에 실망했기 때문일 것이다.

소설엔 반드시 문제를 다루는 작가의 해석 내지는 혜안이 필요하다. 이 작품은 문제를 다루는 사안만 있지, 작가 고유의 해석이 뚜렷하게 보이지 않고 있어 아쉽다.

※ 이 책을 읽은 지 약 1년이 지났을 무렵 신경숙 소설가의 표절 시비가 도마에 올랐고, 출판계는 뒤늦게 자성의 목소리를 높이며 표절에 대한 가이드라인을 만들었다. 이러다 어영부영 또 지나가겠지 했다가 늑장 대처란 비판을 받기도 했다. 그리고 그렇게 그냥 지나가지 않은 것엔 누리꾼의 여론 몰이가 영향을 미쳤다는 보도가 있었다.

 독자의 알 권리, 김윤식, 이명원, 표절, 현해탄 콤플렉스

# 04

# 문학 권력과 문단 개혁

이응준이란 소설가로부터 촉발된 신경숙 소설의 표절 문제는 오랫동안 우리 문단에 고착화된 문제가 무엇인가를 알게 하는 계기가 되었다. 처음은 아니었다. 이명원이 제기한 김윤식의 표절은 우리나라 문단의 문제가 무엇인지를 여실히 드러내 주었다. 오래전부터 젊은 작가를 중심으로 우리 문단의 성토는 있어 왔다. 문단도 예외 없이 권위주의적 카르텔이 존재한다는 것을 이제는 웬만한 독자들도 알고 있는 사실이 되었다.

신경숙의 표절 논란이 일었을 때 이응준이란 작가가 새삼 대단하다는 생각이 들었다. 온갖 사슬로 연결된 그 무림의 세계에서 그런 목소리를 내기란 얼마만한 용기가 필요했을까? 그가 요즘 어떻게 살고 있는지 궁금하다. 〈악스트〉 창간호를 읽다가 난 이응준과 비슷한 작가를 한 명 더 발견했다. 소설가 천명관이다. 그는 〈악스트〉 편집자와의 인터뷰에서 우리 문단을 강하게 비판한다.

"요즘 신인들의 글을 보면 다들 너무 똑똑하다. 이미 등단해 나올 때부터 준비가 되어 있는 느낌이다. 어떻게 써야 등단을 하고, 어떻게 써야 문학상을 받는지 영악하게 알고 있다. 나는 작가들의 상상력과 취향이 공장에서 생산된 것처럼 다 비슷비슷하다는 걸 믿을 수가 없다. 그리고 한 주머니에 다 담아도 빠져나오는 송곳 하나 없다는 게 이상할 정도다. 결국 선생님들의 시선이 절대적인 영향력을 끼치고 있다는 뜻이다. 그 시스템이 반백 년 넘게 문단을 지배하고 있다. 바깥에서 보면 믿기 어려울 정도로 권위적이고 전근대적이다. 그것은 어떤 의미에서 봐도 나쁜 짓이다."

이런 글을 읽으면 적어도 이 범주 안에 속하는 작가들이 누구인지는 모르겠으나 입시 논술학원을 비판하거나 비난할 자격은 없어보인다. 천명관의 말이 사실이라면 어디선가 이런 작가를 키우는 집단과 그 집단의 우두머리가 있다는 말일 것이다. 이미 각 일간지의 신춘문예는 입신을 위한 신 과거 제도가 된 지 오래다. 어떤 문인이 작가 지망생을 모아 도제식으로 가르쳐 가장 많은 신춘문예 입상자를 냈다는 말이 공연한 말이 아니라는 이야기도 있다.

어쩌다 지인들을 만나면 요즘 작가들의 작품을 선택하기가 주저된다는 얘기를 심심치 않게 한다. 재미도 없는 데다 뭔가의 자의식에 빠진 듯해서 선뜻 선택하기가 꺼려진다는 것이다. 그나마 한두 작가는 애정이 가기는 한다.

하지만 사람들이 책을 점점 읽지 않아, 작가가 아무리 빼어난 문체를 자랑한다고 해도 많은 독자에게 선택받기는 쉽지 않아 보인다. 그러니 누구의 문하에서 도제로 배출된 작가일지라도 뭐라고 하기가 미안하다. 어쨌거나 한 주머니에 들어가건 안 들어가건 얼마나 힘들게 여기까지 왔겠는가? 한편으로는 이런 밑도 끝도 없는 동정론이 문학계의 고질적인 문제를 부추겨 온 것은 아닌가 싶어 조심스럽기도 한다.

작가들 스스로가 갖는 묘한 사고들이 문제를 크게 만든다. 이를테면 천명관이 말하는, 문학을 종교나 숭고한 신념 같은 것으로 보는 것들. 근대 시대만 해도 이런 생각이 먹혔을지도 모른다. 하지만 이제는 그런 생각을 고수하는 것이 얼마나 전근대적인가? 그래서 그는 말한다. 문학은 숭고한 신념보다 기술이 필요한 일이라고. 그는 캐롤 오츠의 《작가의 신념》이란 책을 인용한다.

"문학에 예술만 있고 기술이 없다면 개인적인 일일 뿐이다. 반면에 기술이 있고 예술이 없다면 그것은 밥벌이에 지나지 않는다."

또 기술만 중요시하는 분위기는 문학상 제도에 있다고 했다.

"대부분 단편에 주는 상인데 상은 여러 개이지만 문학상을 평가하는 기준은 획일화되어 있다. (…) 매 시즌 문학상을 놓고 겨루는 이 리그에선 장편보단 단편이, 스토리보단 문장이, 서사보단 묘사가 더 중요하기 때문에 당연히 대중의 취향과는 괴리가 있다."

사실 우리나라 문학상에 대한 비판은 천명관만이 아니다. 소설가 방현석도 《명작의 탄생》이란 책에서 같은 목소리를 내기도 했다.

"요즘 신춘문예나 문예지 신인들을 뽑는 기준이 아예 다 똑같아

요. 특징도 없어요. 저는 그게 걱정이고 문학 발전의 저해 요인이라고 봐요. 우리나라 등단 제도는 세계에서 몇 안 되는 아주 독특한 제도이죠. 글 쓰는 데 무슨 라이선스가 필요해요? 무슨 영업허가서도 아니고."

문학상이 갖는 권위 의식은 우리나라 문단 사회를 고스란히 반영하고 있는지도 모른다. 천명관은 말한다.

"처음 문단에 나왔을 때 누군가 나에게 조언을 한 적이 있다. 벙어리 삼 년에 귀머거리 삼 년, 시집살이한다고 생각해라. 그리고 덕을 쌓으라. 처신을 잘하고 인맥 관리를 잘하라는 말이다. 한국 사회가 대체로 그런 분위기라는 건 알고 있지만 문단조차 그럴 거라곤 상상도 못했다. 하지만 실제로 경험을 하고 보니 문단엔 절대로 무너지지 않는 권력이 존재한다는 것을 깨달았다. 나는 그것을 '문단마피아'라고 부른다. 출판사와 언론사, 그리고 대학이 카르텔을 형성해 시스템을 만들고 작가들을 지배하고 있다. 작가는 더 이상 문단의 주인이 아니다. 선생님들이 주인이다. 이런 의견에 대해 다들 펄쩍 뛰며 노발대발할 것이다. 하지만 권력은 언제나 그 권력 자체를 부정해 왔다. 십 수 년 전에 문단에도 권력 논쟁이 있었다. 그때도 문단의 권력 논쟁은 대표적인 가짜 논쟁이라며 권력 자체를 부정하는 이들이 있었다. 하지만 나는 모든 심사 자리에 앉아 있는 선생님들의 명단을 확인할 때마다 그 실체를 경험한다.

지금의 문단 시스템은 독자와 상관없이 점점 더 대학에 종속되어가고 있다. 문창과가 없으면 문학도 사라질 거라고 얘기들을 한다. 선생님들은 모두 대학을 근거지로 삼아 물밑에서 문단에 보이지 않는 영향력을 행사한다. 다들 그 사실을 잘 알고 있지만 아무도 말하지 않는다."

확실히 수위가 느껴지는 발언이다. 지금까지는 정치 개혁, 경제 개혁 이런 것에 묻혀 문단은 스스로는 성역화하고 개혁의 필요성엔 둔감했다. 해결할 방법은 있는 것일까? 천명관은 말한다.

"우선 작가들이 먹고 살 수 있는 판이 되어야 한다. 그러기 위해선 선생님들이 먼저 숟가락을 거둬가야 한다. 편집위원이니 심사위원이니 하며 문학에 영향력을 행사하게 내버려둬선 안 된다. 그것은 마치 하나님과 신도들 사이에 끼어 권력을 누리던 중세의 성직자들과 같은 것이다. 작가와 독자 사이에 왜 선생님들의 지도편달이 필요한지 알 수 없다. 필요하다면 유능하고 영민한 편집자가 필요할 뿐이다. (…) 문학은 문학주의의 성채에 가둘 수 없는 역동성이 있다. 지금도 독자들은 재미있는 작품을 애타게 기다리고 있다. 보라. 영화판은 대학의 권위를 빌리지 않아도 잘 돌아가고 있지 않은가. 문단도 당연히 작가가 주인이 되어야 한다. 등단제도니 청탁제도니 문학상이니 다 때려치우고 문을 활짝 열어젖혀야 한다. 대중 위에 군림하는 대신 대중과 소통해야 한다. 모든 걸 시장에 맡겨야 한다. 그리고 평가는 당연히 독자의 몫이어야 한다."

문학의 질적 저하를 우려한다면 어떻게 할 것인가라는 질문에 그는 단호히 말한다.

"누군가 문학의 질적 저하를 우려하는 말을 한다면 장담컨대 그 자는 틀림없이 나쁜 새끼다. 패거리를 짓고 조직을 만들어 권력 자로 군림하려는 새끼가 틀림없다."

그렇다면 누가 마피아이고 선생님인가?

"누군가 이 글을 읽고 불편함을 느꼈다면 그가 바로 마피아의 일원이거나 패밀리와 커넥션을 갖고 있는 작자일 것이다." (웃음)

읽는 나도 웃음이 났다. 하지만 난 이렇게까지 솔직하게 까발려 얘기하는 천명관이 좋았고, 그의 말을 지지한다. 그리고 독자로서 작가들에 대한 쓸데없는 동정이나 죄의식을 버리고 좀 더 능동적이 고 자유롭게, 때로 공격적으로 책을 읽을 필요가 있지 않나 생각해 봤다.

 천명관, 이응준, 문단마피아, 신 과거 제도, 등단

# 05

# 문학의 영상화, 영상의 문자화

어느 대학 교수님이 학생들에게 조정래의 《태백산맥》을 읽고 독후감을 써 오라는 과제를 내 줬다. 그러자 어떤 학생이 영화 〈태백산맥〉을 보고 감상문을 써서 냈다고 한다. 그 얘기를 처음 들었을 때는 허탈한 웃음이 나왔지만 이렇게 오래도록 잊히지 않고 생각나는 것을 보면 참 많은 것을 시사한다는 생각이 든다.

사실 나는 미미 여사(미야베 미유키의 애칭)와 아직 친하지 않아서 그런지 아니면 장르 소설에 익숙하지 않아서 그런지, 《화차》를 처음으로 읽었을 때 장황한 활자의 나열에 질려 버리고 말았다. 나중엔 현기증이 날 정도였고, 내가 이해한 게 맞는 건지 확신할 수 없었다.

그때 마침 일본 드라마 〈화차〉가 있다는 것을 알았다. 그것을 보고 책에서 보고 이해했던 것들이 틀린 것만은 아니어서 안심했던 기억이 난다. 드라마로 보니 책에서 보는 많은 활자들이 하나의 영상으로 눈에 착 들어와 여간 편안해 보이는 것이 아니었다. 이렇게 보면 될 것을, 책은 왜 그리 주절대고 있는 것인지 알 수가 없다.

언제부턴가 작가들은 자기 작품이 영화화될 것을 계산하고 글을 아예 그것에 맞춰 쓴다고 한다. 나의 글 선생님도 그런 말씀을 하셨다. 이제 현대의 소설가들도 영화적 기법을 알아야 하기 때문에 시나리오를 공부해야 한다고. 가능하면 글을 편향적으로 쓰기보다 다양한 기법으로 자유롭게 쓰면 좋기는 할 것이다. 물론 장단점이 있다. 좋게는 문학과 영화의 경계를 허무는 것이 될 수도 있겠지만, 나쁘게는 문학이 본래 지니는 고유한 영역을 스스로 해치는 결과를 가져올 수도 있다.

그러나 문학의 가치를 이야기하면 수긍할 작가들이 얼마나 있을까 싶기도 하다. 그들도 작가이기 이전에 생활인이니 당장 먹고살아야 하지 않겠는가. 그러면 당장 돈 되는 쪽으로 글을 써야 하고 당연히 대중이 선호하는 방식으로 글을 쓰게 될 것이다. 하지만 그들이 자신의 소설에서 영상 기법만을 좇다 보면, 미안한 얘기지만 진정한 소설가는 되지 못하고 좋은 스토리텔러가 되지 않을까 싶다. 결국 그런 작가들은 자신의 존재 가치를 증명하지 못하고 마케팅의 부속품처럼 쓰이지는 않을까 싶기도 하다. 만약 그런 작가들이 많아진다면 문학의 위기가 올지도 모르겠다.

과거의 문학은 문학적 사유의 향기가 있었다. 나 역시 예전 순수 문학의 향기를 조금은 알고 있고 그에 대한 향수 때문에 과거의 문학을 더 선호하는지도 모르겠다. 앞으로의 세대는 순수 문학의 정취와 가치를 알지도 못한 채, 문학은 원래 영상과 호환이 되는 콘텐츠라고 알게 되면 어쩌나 하는 우려를 하게 된다. 예전의 문학은 철학과 가까웠지만 현대의 문학은 영상과 더 가까워지고 있다. 강한 것이 살아남는 것이 아니라 살아남는 것이 강한 것이라고, 문학은 이제 자체로는 독자적인 세계를 구축할 수 없을 것으로 보인다.

나는 《화차》라는 작품이 잘못됐다고 말하려는 것이 아니다. 나름 의미가 있는 좋은 작품이라고 생각한다. 하지만 드라마나 영화로 보기에 부족함이 없다면 누가 굳이 책으로 읽겠느냐 싶다. 그렇지 않아도 활자 시대는 갔다고 하는 마당에 말이다. 결국 작가는 팔리는 작품을 쓰려다가 제 살을 깎아먹는 꼴이 되는 것은 아닌가 싶다.

어쨌든 나는 이것을 드라마로 봤을 때야 비로소 작가가 무엇을 말하려 하는지를 알 것 같았다. 물론 미미 여사가 이룬 문학적 성취가 결코 작지 않음을 잘 알고 있다. 적어도 그녀는 사회파 추리 소설을 쓰는 작가다. 자신만의 무기를 가지고 현대성을 꼬집고 비판해 왔다는 점에서 그 의미는 크다. 하지만 그녀의 문체는 영화화하기 딱 좋을 만큼 건조하다. 그래서 기존의 보수적 관점에서 볼 때 별로 사유적이지 않게도 보인다. 어쩌면 내가 견디지 못했던 건 바로 이런 것인지도 모른다. 문체는 작가의 고유한 사유를 담는 그릇 같은 것이다. 그것을 외면한다면 글쎄다, 이런 말 하면 너무한다 할지 모르지만 이류는 될지언정 일류는 되지 못할 것이다.

물론 미미 여사는 이미 명성만으로도 아쉬울 것이 없는 사람이다. 일류가 되지 못했다고 해서 문학이 아닌 것은 아니다. 하지만 독자 입장에서 뭔지 모를 아쉬움이 있는 것도 사실이다.

과거에는 여타의 문학 작품이 영화화되면 소설가의 위상이 높아질 거라고 좋아하던 때도 있었다. 하지만 작가는 자기 작품이 영화화된다고 마냥 좋아할 것도 아니란 생각이 든다. 그건 정말 심하게 말해서 영화로부터 토사구팽당하는 시대가 올 수도 있기 때문이다. 영화에 있어서만큼은 감독 또는 연출가가 작가보다 위상이 높을 수 있으니까. 그들이 판권을 사서 자기 식으로 새로이 해석하고 재탄생시키겠다는데 뭐가 잘못이란 말인가. 그리고 그것이 상생하는 것이라는데 그게 정말일까? 뭐 생산자끼리는 그렇게 말할 수도 있을 것 같다.

문제는 그것을 소비하는 대중이다. 대중이 영상만을 좇고 활자의 수사와 사유를 점점 멀리하고 있다. 안 그래도 대중은 복잡하고, 힘들고, 피곤한 것은 딱 질색이다. 그들에겐 읽는 것보다 보는 것이 더 쉽고 좋다. 그렇다고 언제까지 좋아만 할 것인가. 문학은 변질되고 있는 것이 아닌가.

누구는 나의 이런 생각이 순정주의가 아니냐고 할지 모르겠다. 맘대로 생각하라. 결국 정화되기도 할 테니까.


《화차》를 읽을 즈음 나는 공교롭게도 노희경의 드라마 대본집 《빠담빠담 그와 그녀의 심장박동 소리》를 읽었다. 물론 드라마로 보기도 했다. 그런데 《화차》와는 다른 측면이 있다. 《화차》는 활자가 영상으로 나오지 못해 안타까워(?)하는 경우고, 이 책은 굳이(?) 영상을 활자화하겠다고 하는 경우다. 대본집도 있으니 나는 드라마로 보면서 활자화된 책과 병행해서 읽었다. 그런데 의외의 결과를 만나게 되었다.

나는 드라마로 보면 책보다 빨리 보게 될 줄 알았는데 의외로 책이 더 빠른 시간에 읽혔다. 왜 그럴까를 생각해 봤더니 형식에 문제가 있었다. 만일 이 작품을 영화로 봤다면 두 시간 안에 모든 것이 끝나기 때문에 책보다 빨리 끝낼 수 있다. 하지만 이 작품은 20부작이다. 드라마엔 여러 가지 영상 언어가 있다. 예를 들면 디졸브니, 점프컷이니 해서 영상에서 표현될 때는 시간이 더해진다. 책은 그런 영상 장치가 생략되어 있거니와, 애초에 문학으로 쓰인 것이 아니었다.

그럼에도 불구하고 이 작품을 책으로 갖고 싶다면 그건 두 가지 이유에서일 것이다. 노희경의 주옥같은 대사를 영원히 간직하고 싶어서거나 드라마 작가 지망생이거나. 그러니 그런 이유가 아니라면 굳이 이 작품을 책으로 간직하고 싶을까? DVD로 간직하겠지.

그렇다면 결론은 난 듯하다. 드라마는 영상으로 보고, 소설은 더 소설다워져야 한다. 될 수 있으면 고전적 가치와 원형을 고스란히 잇는 것이 좋겠다. 무슨 소설에 영상 기법이고, 잘된 드라마에 무슨 활자화냐? 그런 개뼈다귀는 개한테나 던져 줘라. 적어도 나는 그렇게 생각한다. 나의 선생님의 말을 듣는 게 아니었다(솔직히 난 선생님의 그 말에 이끌려 시나리오를 공부하기도 했다. 하나 써먹지도 못하면서…).


※ 의견들

내가 이 글을 블로그에 올렸을 때 이웃 블로거들이 여러 의견을 댓글에 남겼다.

그중 어느 님은, 드라마는 아무래도 영상으로 전달되니까 상상력이 발동될 수 없지만 책은 무한한 상상력을 발동시켜서 더 재밌을 수 있다고 생각한다. 라디오로 연속극을 들었을 때처럼.

또한 드라마나 영화가 줄거리 중심으로 보게 된다면, 책을 통해선 줄거리 말고도 다른 것을 관찰하는 재미가 있을 거라고 했다. 작가가 그걸 어떻게 문장으로 표현했는가, 하는 재미 말이다. 이것이 문학의 중요한 재미라고 생각하고 밑줄 긋는 맛도 있고.

무엇보다 책은 들고 다닐 수 있고 언제든 자유롭게 책장을 넘길 수 있으나, 드라마나 영화는 보려고 작정하고 몇 시간을 비워 두고 봐야 한다는 게 부담이 될 때도 있다고 했다.

내가 말하려 했던 것도 이거였는데 나는 왜 이리도 장황할까, 읽는 순간 좀 찔렸다.

또 다른 님은, 일본은 책, 드라마, 영화 삼박자가 잘 맞아떨어져서 엄청 빨리 텍스트를 이용한다고 했다. 그러면 이것저것 비교하는 재미는 있겠으나 자신은 어느 쪽이든 하나면 될 것 같다고 했다. 나도 그럴 것 같다. 결국 어떤 것이 더 좋다 나쁘다를 얘기할 수 없을 것이다. 그러나 나는 활자, 즉 문학과 그것을 생산하는 생산자(즉 작가)에 더 관심이 있다고 얘기했다.

또 다른 분은 "순문학(본격문학)의 경계를 유지하기 힘든 시대인 것 같다. 정말 '아무나' 소설을 쓰고 '소비'하고 있기도 하고. 제도권 순문학 작가들은 대중 작가 쪽으로 흘러가고, 오히려 아무나(?)인 소설가들이 정체성이 모호한 순문학적 경지를 (애매하게) 갈망하고 있는 것 같다. 아마 이 문제에 대해서는 누가 말했듯이 근대 문학이 종언되면서 소설의 위계가 무너지고 서로 평등해지는 상태에서 소설성이 무차별적으로 섞이는 시대로 왔다는 게 정답인 것 같다."고 했다. 이분의 말은 곱씹을 만하다고 생각한다. 우리가 이런 세상에 살고 있구나 하는 생각을 다시 한 번 하게 된다.

미야베 미유키, 영상, 소설, 순문학, 화차, 일본 드라마, 빠담빠담 그와 그녀의

심장박동 소리

# 06

# 절판된 책, 아까운 책

왕년에 책 좀 읽고 산다고 자부했던 시절이 있었다. 머리에 피도 안 마르고 뭣도 모르던 시절의 이야기다. 그러다 블로그 활동을 하게 되면서 나는 이 말을 거의 사용하지 않게 되었다. 독서 고수들이 어쩌면 그리도 많은지. 그에 비하면 나의 독서량은 터무니없이 초라한 수준이라 어디 가서 말도 못 하겠다.

그렇다고 그들이 매스컴이 알아주는 명사도 아니다(물론 개중엔 명사들도 없지는 않다). 그냥 아마추어고 일반인일 뿐이다. 《오래된 새 책》을 쓴 박균호 씨도 그런 사람 중의 한 사람이다. 그의 직업은 고등학교 교사란다.

책을 좋아하는 사람이라면 책을 다룬 책을 한 권 이상은 가지고 있을 것이다. 이 책도 그런 책이다. 그런데 이 책은 기존의 익숙한 그것과는 조금 달라 보인다. 독특하게도 절판된 책에 관한 책이어서다. 그야말로 저자가 헌책방에서 길어 올린 책에 관한 이야기를 오롯이 담았다. 어떻게 그렇게 모았을까 싶을 정도로 정보의 양이 혀를 내두를 정도다. 책을 읽고 있노라면 제일 먼저 드는 생각은 안타깝다 못해 속이 쓰리다는 것이다.

부제가 '절판된 책에 바치는 헌사'다. 그래서일까? 읽는 내내 "어머, 이 책이 벌써 절판이 됐어?" 하며 놀란다. 대부분 언젠가는 읽으려고 리스트에 담아 둔 책들이다. 몇 권은 헌책방을 뒤지면 살 수도 있겠지만 그러리만치 내가 부지런하다든가, 책에 대한 열의가 대단한 건 아닌 것 같다. 요컨대 헌책방을 뒤질 만큼 좋아하지는 않는다. 그런 것을 보면 나는 정말로 책을 좋아하는 사람은 아니겠구나 하는 생각이 든다. 물론 나도 절판된 책을 몇 권 가지고 있기는 하다. 평소엔 언젠간 읽어야지 하다가, 절판됐다 하면 사고 싶어져서 갖게 된 책들이다.

우리나라가 세계 10위 안에 드는 출판 강국이라고는 하지만, 책이 인기 생활필수품이 아니다 보니 절판율은 좀처럼 떨어지지 않는 것 같다. 그나마 헌책방에서 살 수만 있다면 다행이다. 헌책방에서조차 구할 수 없는 책은 또 얼마나 많은지 안타까운 마음이 절로 난다. 머리 숙여 참회라도 해야 하는 것은 아닐까 하는 생각도 든다.

"용서하십시오. 우리나라 출판 현실이나 환경 탓만은 아닙니다. 좋은 책을 알아보지 못한 독자가 게으른 탓입니다."

저자(번역자를 포함)가 쓰느라고 들인 공력이 얼마인가? 그것을 인쇄와 출판의 발달로 싸고 편하게 살 수 있음에도 사장된다는 건 얼마나 안타깝고 어리석은 일인가. 그러니 오늘도 수없이 사장되어 버리는 책에 마음속으로나마 애도를 표해야 할 것 같다.

우리가 헌책방을 간다는 건 두 가지 이유에서일 것이다. 절판된 책을 손에 넣기 위한 것과 시중보다 싸게 살 수 있다는 것. 한 가지를 더한다면 저자의 말처럼 누군가 그 책에 써 놨을 낙서들, 밑줄을 발견하는 맛 때문일 것이다. 아주 드문 경우이긴 하지만 남의 책을 선물받거나 빌려 읽는 경우 원래 책 주인이 해 놓은 밑줄이나 낙서를 언제쯤 발견하게 될까 은근 기다리곤 한다.

초등학교를 겨우 졸업했을까 말까 하던 시절, 우연히 셰익스피어의 유명한 소설 《로미오와 줄리엣》을 집에서 발견했다. 언제부터 있었는지 알 수가 없고, 세로로 쓰인 오래된 책이다. 추측해 보건대 외삼촌이 읽고 있던 책을 언니가 외가에 놀러 갔다가 빌려 가지고 온 것이 아닐까 싶다.

첫 페이지를 넘기자 연필로 선명히 쓴, 약간은 삐뚤어진 세로줄 글이 보인다. "○○아, 난 네가 좋다."라는 말로 시작된 그 글. 그것을 발견하고 순간 어찌나 얼굴이 화끈거리던지. 보지 말아야 할 것을 봐 버린 느낌이다. 물론 글은 그렇게 고백만을 담고 있지는 않았다. 생일 카드나 크리스마스카드에나 쓸 법한 인사말이 쓰여 있어서 선물할 생각이었을 거라 생각된다. ○○이라는 여자 친구가 너무 좋아 벅찬 마음을 담아. 외삼촌에게도 사랑하는 사람이 있을 수도 있다는 생각이 들었다.

과연 그 글을 외삼촌이 썼을까? 그럴 것 같지는 않아 보였다. 고백을 담은 책을 돌려받았을 리가 없다. 또 돌려받았다고 해도 고이 간직하다가 조카가 빌려 달란다고 덥석 빌려줬을 리 만무하다. 그냥 그 책은 실연당한 어떤 사람이 헌책방에 팔아넘겼거나, 실연까지는 아니어도 사랑의 열정이 식어 버린 누군가가 부주의하게 다른 책들과 함께 팔아 버린 걸 외삼촌이 샀을지도 모른다. 삼촌도 책을 읽으며 나와 비슷한 상상을 하지 않았을까?

헌책을 읽는다는 것은 가끔 이런 스릴과 상상을 가능케 한다. 꼭 그런 것이 아니더라도 '이 사람은 여기다 밑줄을 그어 놓았군!' 하거나, 메모를 발견하면 어떤 생각으로 여기다 이런 메모를 써 놓았을까를 궁금해한다. 그 사람의 생각을 알고 싶지만 더 이상 알 길이 없어 상상의 여백으로 남겨 둔다.

지금은 그런 낭만이 많이 없어졌다. 누가 촌스럽게 책에다 그런 사랑 고백을 할까? 지금도 헌책에서 그런 문장을 발견할 수 있을까? 있으면 좋겠지만 기대가 되지는 않는다.

요즘엔 인터넷에서도 쉽게 헌책을 구할 수 있게 되었는데, 싸게 살 수 있어서 좋기는 한데 얼마나 때가 탔느냐, 밑줄이 있느냐를 따져서 깨끗한 책만을 선호하게 되니 매력이 없어졌다. 헌책이라면 어느 정도 사람의 손때가 묻어야 하는 것이 아닌가? 하지만 이렇게 새 책 같은 헌책을 살 수가 있는데 무엇이 아쉬워 손때 묻은 책을 산단 말인가? 그래서 요즘은 헌책이라 하지 않고 중고 책이라고 한다. 나도 책을 몇 번 팔아 보기도 했는데, 나중에 혹시 팔게 될지도 몰라 줄 치는 것을 지극히 자제하며 읽게 된다.

그런데 아예 팔 것을 생각해 고이고이 본다면 그건 또 얼마나 불편하고 신경 쓰이는 일인가? 이런 상술을 생각한다는 게 중고 책을 파는 사람이나 사는 사람에게 그다지 편하고 좋은 일만은 아닌 것 같다. 물론 그 책을 팔아 더 좋은 책 사 보려고 한다고 주장하는 거라면 할 말은 없지만 말이다.

책은 어차피 사람의 손을 타는 순간 헌책이 된다. 서점 판매대에 위용을 뽐내는 새 책도 비닐로 싸지 않는 이상 하루 종일 누군가의 손에 만지작거림을 당했을 테니 엄밀히 말하면 새 책은 아니다. 그러니 너무 깨끗한 책만 좋아하지는 말자. 인간적이라는 것은 깨끗함이 아니라 여유로움에 있는 것이 아닌가. 그러므로 누군가에겐 인간 적인 낙서를 발견하는 기쁨 정도는 남겨 줘도 괜찮지 않을까? 혹시 라도 세상을 허무하게 여기는 사람이 헌책방에서 누군가의 책에 써 놓은 낙서를 읽고 삶의 이유를 발견한다면 그것도 좋은 일은 아닌가.

헌책을 선택할 때 횡재는 저자의 사인본을 발견했을 때다. 시쳇 말로 대박이다. 요즘엔 저자들이 자신의 책을 홍보하기 위해 강연회 나 사인회를 종종 열기 때문에 사인 받기가 많이 쉬워졌다. 저자 사 인본이라면 나도 몇 권 가지고 있는데, 김훈과 황석영 작가의 사인 은 물론이고, 은희경, 성석제, 김중혁, 김연수, 이은조 작가의 사인본 도 가지고 있다. 물론 찾아보면 더 있을 것 같다. 그중 가장 인상적 인 사인은 김중혁 작가의 사인이다. 《악기들의 도서관》이란 자신의 소설집에 한 사인인데, 무슨 그림 같기도 하고 도형 같기도 한 사인 이라 기억에 남는다.

사인을 받을 뻔하다가 포기한 작가도 몇 있다. 사인본의 귀중함 을 생각하니 그때 받았어야 했다는 생각이 든다. 중요한 순간을 놓 치지 않은 사인도 있다. 노벨 문학상 수상 작가 르 클레지오가 《혁 명》이란 작품을 썼을 때 받은 사인이다. 그가 노벨 문학상을 받기 전에 받은 사인으로, 그 후 그의 수상 소식을 듣고 쾌재를 부르지 않을 수가 없었다.

그리고 또 하나, 내겐 좀 특별한 사인본이 있다. 《매튜 본과 그의 날개 AMP》라는 책의 역자로부터 받은 사인이다. 내가 교회에서 극 작 활동을 했을 때 나의 작품을 연출한 친구다. 그는 친필로 인사말 을 남겼다. 그와 나는 꼭 일 년 동안 작가와 연출가로 함께 활동했는 데, 우연히 교회에서 마주쳤다. 책이 나온 지 얼마 되지 않아서였다.

그냥 인사만 하고 지나칠 수 있었지만 굳이 책을 선물해 줬다.

어찌나 고맙고 미안하던지. 순간 나같이 자격 없는 사람이 이런 걸 받아도 되나, 함께 있었을 때 잘 해 주지 못한 것이 미안할 정도다. 그는 인사말 끝에, 이 책을 읽고 독후감 제출해 달라는 농담을 남기기도 했는데, 그 후 그를 다시 만나지는 못했다. 독후감을 썼다면 다시 만날 수 있었을까? 꼭 그러리라는 법은 없을 텐데, 번역가들은 자신의 책이 아니라고 생각하는지 사인보다는 인사말을 많이 쓰는 것 같다. 예전에 번역가 박은영 씨도 자신이 번역한 첫 책을 내게 선물했을 때 간단한 인사말로 서명을 대신했다.

저자 친필 사인본은 아직까지 한 번도 팔거나 누구에게 양도한 적이 없다. 그리고 앞으로도 그럴 생각이 없다. 하지만 이사할 때 이 책들이 어떻게 될지 알 수 없다. 정신 바짝 차리고 있어야겠다. 저자 박균호 씨는 우리나라에선 친필 사인 책이 원래의 책 가격에 팔려 나간다고 한다. 외국 헌책방에선 따로 분류해 높은 가격에 흥정도 할 수 있고, 아예 저자가 자신의 사인본을 직접 팔기도 한단다. 물론 아주 소량이겠지만. 우리도 이런 유통 차별화가 있으면 좋지 않을까?

솔직히 초등학교 4학년 때부터 책에 관심을 가지고 지금까지 읽어 왔다면 나도 얇지만은 않은 감식안을 가졌다고 자부심을 가질 법도 하겠다. 나의 감식안이란 서너 가지로 분류된다. 책이라고 다 피가 되고 살이 되는 것은 아니다. 책 같지 않은 책이 있다. 그런 책은 벌써 표지부터도 좋지 않아 킬링 타임용 목록에도 들어가지도 못한다. 이건 감식안을 내세우고 말고 할 것도 없다. 감식안은 이 책이 내가 읽을 만한가 아닌가를 빨리 분별해 내는 것이다. 판별은 그리 오래 걸리지 않는다. 좀 과장해서 빛의 속도랄까? 작가와 표지는 빨리 반응이 온다. 그런 책은 막 자기를 데려가라고 아우성치는 것 같고, 책이 꽂혀 있는 곳에서 발길이 잘 안 떨어진다. 그러면 반드시 사야 한다. 안 사면 반드시 후회한다. 사지 않더라도 분류하는 경우가 있다. 좋은 책이긴 한데 기억했다가 나중에 사 봐야 할 책. 절대로 못 읽을 책. 읽어도 그만이고, 안 읽어도 상관없는 책 등등.

때론 이런 감식안을 일부러 흐리게 하는 경우도 있다. 말하자면 가끔은 내가 별로 좋아하지 않는 분야의 책에 도전하는 것이다. 주로 내 돈이 들어가지 않는, 각 출판사에서 보내 주는 서평 책들이다(이건 또 얼마나 좋은가. 아무리 책을 좋아해도 내가 쉬 읽지 못할 책에 내 돈을 쓰기란 쉽지 않다). 그렇게 해서 읽게 될 경우 기대 이상을 충족하는 경우는 그리 많지 않은데, 반수 정도는 책이 정말 별로여서일 수도 있지만 내가 먼저 별로라고 생각해서 그렇게 되는 경우도 있다.

이런 나의 감식안으로 말미암아 의외로 책을 넓게 고루 읽지 못하며, 갈수록 그 시야가 좁아진다. 지금도 여전히 책을 닥치는 대로 읽는다는 사람을 보면 존경스럽기도 하지만 한편 그게 가능할까 의문스럽기도 하다.

《오래된 새 책》의 미덕은 책에 대한 가치를 재평가하고 그것을 알리는 것에 있지 않나 싶다. 이를테면 당신네들이 깨끗한 신간들에만 눈을 돌릴 때, 좋은 책들이 당신에게서 멀어지고 사장되고 있다고 일깨우는 것 같다. 오래 살아남은 책들은 명불허전이다. 하지만 좋은 건 오래간다는 말을 유일하게 비껴가는 것도 책이라고 생각한다. 아, 이 모순을 어쩌랴.

이 책은 꼭 절판된 책에 관해서만 다루지는 않았다. 아직 절판되지 않는 책에 대해서도 소개하고 있는데, 뒤집어 보면 이 책도 언제 절판될지 모른다는 경고를 하는지도 모르겠다. 앞에서 나는 감식안이 어쩌고 떠들었는데, 나의 감식안을 흐리게 만드는 것 중 치명적인 건, 독서력을 키우지 않고 수집력을 키워 왔다는 것이다.

이것은 책을 좋아하는 사람이 빠지기 쉬운 일종의 크레바스요 동시에 허영 같은 것이라고 생각한다. 그것에 대해 박균호는 처음에 책을 한꺼번에 사지 말고, 한 번에 한두 권의 책을 사라고 조언한다. 하지만 책을 덮을 때쯤 당장 읽지 않을 책도 미리 사 두라고 말한다. 좋은 책은 가까이 두면 언젠가는 반드시 읽게 되기 때문이라고 한다. 어느 장단에 춤을 춰야 할까? 나도 언젠가 읽을 생각으로 책을 사들인 적이 있는데, 아직까지도 읽지 못한 경우가 많다. 앞으로도 사정이 허락되는 대로 사 두는 게 옳을까?

하긴 그도 절판되면 못 보고, 그 책의 가치는 높아지는 것이니 저자의 말은 새겨 둘 만하다. 그리고 인간이 부릴 수 있는 허영 중에 책을 모으는 허영은 다른 허영에 비하면 고상하고 우아한 것 아닌가?

저자는 고수답게 책에 관련된 좋은 카페와 블로그도 부록처럼 소개해 놓고 있다. 저자의 차진 언어가 정말 읽기가 좋다. 강추다!

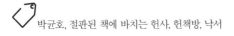 박균호, 절판된 책에 바치는 헌사, 헌책방, 낙서

# 07

# 영화평론가 정영일 씨를 아십니까?

언젠가 우연히 인터넷 서점 중고샵을 뒤지다가 전중헌이 쓴 《마지막 로맨티스트 정영일》을 발견했다. 발견하는 순간 눈이 두 배는 커졌고, 심장 역시 두근두근 뛰었다. 발간 연도가 1994년이다. 물론 이미 절판된 책이다. 처음 나왔을 때 이 책을 살까 말까 망설이다가 구입 시기를 놓쳐 버렸다. 그리고 다른 책에 밀려 거의 잊고 지냈었다.

정영일. 얼마나 유명한 사람인지는 알 만한 사람은 알 것이다. 문학평론계에 김현이 있다면, 영화평론계에선 정영일을 빼놓고 얘기할 수 없다. 그만큼 그는 영화평론에서는 독보적인 존재였다. 70~80년대 영화계를 풍미했고, 그 시절 KBS 〈명화극장〉에서 방영된 영화의 해설을 맡았으며(클로징 멘트인 "이번 주말에 만나게 될 영화는 ○○○○입니다. 놓치지 마십시오."는 그의 트레이드마크가 되었다), 80년대 초중반에 원종관 아나운서와 〈사랑방중계〉를 맡아 특유의 입담을 자랑했었다.

살아온 모양새도 문학평론가 김현과 비슷해서 평일엔 늘 영화계

관계자들과 술을 즐겼고, 주말에는 책을 산더미같이 쌓아 놓고 읽었다고 한다. 김현과 비슷한 시기에 돌아가신 것도 참 아이러니하다 (김현은 1990년, 정영일은 1992년 작고했다).

요즘엔 영화평론가 하면 정성일이나 이동진을 떠올릴 사람이 많을 것이다. 정성일은 알다시피 지금은 없어진 영화 잡지 〈키노〉의 편집장이었고, 그의 백과사전적 영화 지식은 타의 추종을 불허한다고 하지만, 그런 그조차 정영일의 영화평론을 따라가지 못한다며 그를 높이 치켜세웠더랬다.

정영일 씨가 돌아가셨다고 했을 때 정말 아쉽고 허전했다. 그가 한창 〈명화극장〉의 해설을 맡았을 땐, 내가 너무 어렸고 영화를 볼 줄 몰라 그가 얼마나 해설을 잘하는지 알지 못했다. 하지만 그가 맡은 〈사랑방중계〉는 정말 재밌게 본 기억이 있다. 그의 해설을 알았더라면 더 많이 흠모했을지 모른다. 그나마 한 세대도 더 뛰어넘어 책으로 그의 영화에 대한 숨결을 느껴 보게 됐다.

그래서일까? 이 책이 막상 내 손에 들어왔을 때 마음 한편이 숙연해졌다. 순간 예를 표해야 하는 것은 아닐까 생각했었다. 이 책의 원래 주인은 왜 팔 생각을 했을까 의문스러웠다. 받자마자 앞부분을 조금 읽었다. 70년대 말, 모 시사 월간지에 기고한 글이 보인다. 그가 본 영화들은 오늘날로 치면 고전에 속하는 영화들이다. 예를 들면 〈포세이돈 어드벤처〉나 〈대부〉, 〈바람과 함께 사라지다〉 등 그 당시를 풍미한 영화들이다.

재미있는 건, 그때는 '스포일러'란 개념이 없었던 만큼 당시의 관습에 따라 줄거리를 간략하게 소개하고, 그가 느끼고 생각한 바들을 아주 깔끔하게 정리해서 한 페이지 반을 넘지 않게 썼다는 점이다. 지금은 내용이 조금만 소개되어도 몸 둘 바를 몰라 하는데, 모름지기 글이란 좀 편하고 자유로운 상태에서 써야 한다고 생각한다. 스포일러 좀 있으면 어떠랴.

아무튼 난 이분이 잊힌다는 게 아쉽고 안타깝다. 정성일, 이동진도 좋지만 정영일 같은 분은 꼭 특정 시대, 특정인만 기억해야 하는 것은 아니라고 생각한다. 물론 쉽게 잊힐 수밖에 없는 태생적 이유가 있을 것이다. 요즘 누가 〈포세이돈 어드벤처〉 같은 구닥다리 영화를 보겠는가? 그리고 어떤 사람이 어떤 평론을 했는지 관심을 갖겠는가? 영화는 문학과 또 달라서 세월의 부침이 심하다. 그러니 정영일 같은 분이 쉽게 잊히는 것이 아닌가?

지금도 마찬가지다. 정성일이나 이동진이 요즘의 영화를 열심히 보고 평론하겠지만, 이들도 앞으로 한 세대만 지나면 옛 영화를 다룬 사람이 되어서 제2의 정영일이 될 것이다. 그런 의미에서 어떤 영화평론가가 어떤 영화를 평론하고, 그 내용이 무엇인가만을 알려고 하지 말았으면 좋겠다. 한 영화평론가가 어떤 시대정신으로 영화를 보고 어떻게 사랑하며 이 세상을 떠나갔는지를 아는 것도 우리가 영화를 사랑하는 한 방법이라고 생각한다.

그가 세상을 떠나간 지도 20년이 넘었다. 마땅한 평전은 고사하고, 그를 추모하는 추모집이라도 나와야 하는 것 아닐까? 이 책도 다시 출간됐으면 하는 바람을 가져 본다.

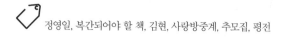 정영일, 복간되어야 할 책, 김현, 사랑방중계, 추모집, 평전

# 08

# 세계 명작의 무명 시절

스타가 처음부터 저 혼자 반짝반짝 빛났던 것은 아닐 것이다. 그들도 알고 보면 무명 시절이 있었을 것이다. 릭 게코스키의 《아주 특별한 책들의 이력서》에 나오는 작가들도 마찬가지인 것 같다. 유명한 책을 낸 작가 역시 처음부터 어느 별에서 툭하고 떨어진 것은 아니다. 그들도 나름 무명의 시절이 있었고, 습작의 시절이 있었을 것이다. 그러나 이것을 알려 주는 사람이 없다면 나처럼 둔감한 독자는 알 리가 없을 것이다. 그렇게 잘난 저자들의 무명 시절을 알게 되면 '그들도 우리처럼…!' 하며 더 친근하게 느끼게 된다.

릭 게코스키의 《아주 특별한 책들의 이력서》는 독서계에서 탁월한 공로를 세운 책이라고 말할 수 있을 것 같다. 그는 독서계의 빌 브라이슨으로 불린다. 희귀본에 관심이 많아 수집하고 그 과정을 취재하는 것을 업으로 삼은 사람이다. 취재하다 보면 흥미로운 일화도 많을 것이다. 유명 작가의 삶과 작품의 이면을 본다는 것은 얼마나 즐거운 일인가? 마치 여행을 하는 느낌일 것이다.

이 책에서 제일 먼저 눈에 띄는 건 윌리엄 골딩의 《파리대왕》이다. 노벨 문학상 수상 작품은 어렵거나 지루하다는 편견에서 이 책역시 조금도 비껴가지 않는다. 나는 아주 오래 전 읽기에 도전했다가 실패하고 대신 영화로 봤다. 그런데 이 책에 대한 저자의 표현이이채롭다.

"필력이 얼마나 대단했는지 손으로 쓴 원고인데도 수정한 흔적이 극히 드물었다. 나중에 그가 회고한 바에 따르면 그는 《파리대왕》을 집필할 때 줄거리가 머릿속에 워낙 뚜렷이 새겨 있어서글을 짓는 것이 아니라 그냥 타자기를 두드리는 듯했다고 한다."

나는 이 구절을 읽으면서 질투가 나다 못해 헛웃음이 나올 뻔했다. 신은 참 불공평하다. 여느 평범한 작가(또는 작가 지망생)에겐 그토록 무지막지하게 원고를 고쳐야 하는 천형(天刑)을 주시면서, 이런사람에게는 타자기로 두드리듯이 한 번에 쓸 수 있는 은총을 주셨단 말인가? 윌리엄 골딩은 가히 문학계의 미켈란젤로다. 미켈란젤로는 그의 머릿속에 이미 완벽한 조각상을 그려 놓고, 실제로 작업을할 땐 그 나머지 필요 없는 부분을 잘라 낸다는 마음으로 작품을완성했다고 하지 않는가? 윌리엄 골딩은 자신이 가르치는 학생(그는교직에 있었다고 한다)을 관찰했고 그것을 글로 옮겼다고 한다.

"인간이 엄청난 규모의 악을 행할 수도 있는 족속임을 깨달은후 이 아이들을 바라보는 그의 시선은 어떻게 변화한 것일까? 그의 학생들은 그 변화를 알아차리지 못했다. 그렇지만 인간에 대한 인간의 비인간성에 공포를 느낀 그는 서서히 이와 관련된 새

로운 주제에 관심을 두게 되었다. 그것은 아이에 대한 아이의 비
인간성이었다."

그가 찍어 내듯 글을 쓸 수 있는 것은 지난한 관찰 덕분이었을
것이다. 하지만 이렇게 유명한 작품도 처음엔 푸대접을 받았다. 스
물두 군데 출판사에 보내 봤지만 연속 퇴짜를 맞았다. 나보코프의
《롤리타》역시 그랬고, 우리가 그토록 추앙해 마지않는 저 유명한
롤링의 《해리 포터와 마법사의 돌》도 12번이나 출판사로부터 퇴짜
를 맞고 13번째에 빛을 보게 되었다. 헤밍웨이 역시 처음부터 잘난
사람은 아니었다. 그는 《세 편의 단편과 열 편의 시》를 발표하면서,
누구나 데뷔는 고단하다고 말한 바 있다.

이런 이야기를 들으면, '그래, 세상의 한다하는 작가의 작품도 다
그런 과정을 거쳤어. 첫술에 배부를 수 없지. 중요한 건 무슨 일에든
지 포기하지 않는 거야.' 하며 위로를 받을 수 있을 것 같다. 만일 그
런 사람이 있다면 세상을 긍정적으로 사는 사람이라고 할 수 있을
것이다.

때론 그 반대일 수도 있다. 이 사람들도 그렇게 긴 무명 시절이
있는데 나는 어느 세월에 뜻을 이루느냐며 지레 포기할 수도 있을
것 같다. 하지만 문제는 무엇인가를 하는 사람과 안 하는 사람의 차
이인 것 같다. 세상은 뭔가를 안 하는 사람보다 하는 사람의 것이
아닐까? 물론 잘된다는 보장은 없지만 말이다.

당대의 출판사들이 참 까막눈이라고 해야 할 것 같다. 그렇게 유
명한 작품에 퇴짜를 놓을 수가 있느냐는 말이다. 그들도 한마디씩
은 할 것이다. 누가 그렇게 될 줄 알았냐고. 가슴을 치며 시간을 거
꾸로 돌리고 싶어 했을지도 모른다. 그만큼 하나의 작품의 미래를

예측하는 것은 어려운 것이다. 역설적으로 어렵게 출판되었기에 노벨 문학상도 타고 명불허전이 될 수도 있었겠지. 쉽게 예측이 가능한 작품이라면 그만한 명예를 안을 수 있었겠는가?

책은 작가들의 삶을 다루기도 하고, 희귀본을 손에 넣기까지의 과정들을 전하기도 한다. 또한 보통 사람이 잘 알지 못하고 지나갈 법한 면도 한 마디씩 꾹 찔러 주고 가는 날카로움도 지녔다. 그런 부분을 읽다 보면 '어머, 정말?' 하며 작가와 작품에 대한 새로운 시각과 기대를 갖게 만든다.

이 책은 책을 읽을 때 좀 더 깊은 안목을 가질 것을 주문한다. 명작이니만큼 그 명성에 눌려 좋은 게 좋다는 안일한 자세로 책을 읽는 것처럼 안 좋은 건 없어 보인다. 아무리 좋은 작품이어도 끊임없이 의문과 비판 정신을 가지고 읽어야 한다는 말이다.

가장 안타까운 내용은 존 케네디 툴의 《바보들의 연합》이었다. 작가는 너무 아까운 삶을 살았으며 책도 제대로 빛을 보지 못했다. 더구나 우리나라엔 절판된 상태다.

책에 대한 끊임없는 애정과 노력으로 행복을 선사해 준 게코스키에게 고마운 마음을 전하고 싶다. 물론 알 리 없겠지만.

 릭 게코스키, 윌리엄 골딩, 파리대왕, 나보코프, 롤리타, 존 케네디 툴, 바보들의 연합

# 글쓰기

천형, 이승우, 임금님의 귀는 당나귀 귀, 아는 것을 쓰는 것, 소설 작법, 홍수 중 가뭄, 이윤기, 거울, 김탁환, 투쟁하는 삶, 당신은 내 말을 하고 있군요, 이 책은 바로 나예요, 인생을 값지게 만드는 인류사적 행위, 한승원, 창녀, 스스로 유배 보낸 자, 소설 사상가, 김운하, 망각, 자서전, 불면, 불가능한 고백, 장석주, 졸작은 누구나 쓸 수 있다, 작가 근성, 아카이브, 호모아카비스트, 기록하는 사람들, 기억 저장소, 로렐 대처 울리히, 산파 일기, 조지 오웰, 자본주의, 파시즘, 빅 브라더, 욕망, 나의 살던 곳, 실패의 달인, 절망의 카프카에서 공감의 카프카로, 하루키, 오리지널리티, 소설가의 자세

# 09

# 보는 것을 쓰는 것이 아니라 아는 것을 쓰는 것

오래전에 신경숙 씨가 한 인터뷰에서 이런 말을 했다. 작가는 남이 보지 못한 것을 보기 때문에 그에 대한 천형으로 끊임없이 책상에 앉아 뭔가를 써야 하는 운명을 지녔다고. 그 말이 뇌리에서 오래도록 잊히지 않는다.

나는 초등학교 때부터 작가를 꿈꿔 왔고, 지금도 여전히 작가로 살게 되길 꿈꾸면서도 여전히 글을 쓰지 못한다. 왜일까? 왜 나는 작가를 꿈꿨을까? 정말 나는 남이 보지 못하는 걸 보는 것 같긴 하다. 임금님의 귀는 당나귀 귀라고 말하고 싶고, 남들이 벌거벗은 임금님한테 "임금님이 입으신 옷은 너무 멋져요."라고 외칠 때 "임금님은 벌거벗었어!"라고 외치고 싶다. 그만큼 인간의 허위의식을 가감 없이 까발리는 작가이길, 진실을 말하는 작가이길 바랐다.

하지만 그러기는 또 얼마나 어려운가? 매일 머릿속에서는 몇 가지의 이야기가 뒤엉켜 있고, 그 많은 실타래 중 하나를 뽑아 글로 옮기려고 하면 쓰는 과정에서 뭉개져 버린다. 이승우 작가의 《당신은 이미 소설을 쓰기 시작했다》를 읽었다. 혹시 글 쓰는 데 도움이 될까 하여.

그는 말한다. 한 가지 발상이 떠올랐다고 해서 무작정 쓰지 말고 꼼꼼히 세밀하게 메모부터 하라고. 하지만 나를 포함한 많은 작가 지망생들은 영화 〈파인딩 포레스터〉(단 한 편의 작품으로 퓰리처상을 수상한 후 은둔한 윌리엄 포레스터가 영화 속 인물로 등장한다)의 작가처럼 영감이 떠오를 때 신들린 것처럼 쓰게 되길 바란다. 그런 천재가 없으란 법은 없지만, 동시에 그런 사람은 웬만해서 있지도 않다고 그는 잘라 말한다.

누구나 자신의 기구한 삶을 말할 때 책 열 권도 부족하다고 말하곤 한다. 그런데 왜 그들은 한 권도 못 쓰는 걸까? 이승우는 이렇게 말한다. 작가는 보는 것을 쓰는 것이 아니라 아는 것을 쓰는 거라고. 그러고 보니 그렇겠다 싶다. 보는 것을 쓰는 건 기자의 몫일 것이다. 작가는 그 보는 것을 해석해서 보여 주어야 한다. 작가는 어려운 것인지도 모르겠다. 그래서 인간이 하는 일이 아무리 어려워도 작가보다 쉬울 거라며 책상 앞의 천형을 위로하는지도 모르겠다.

지금까지 나름 적잖게 글쓰기에 관한 책을 읽어 왔다. 처음 읽기 시작한 것은 소설 작법에 관한 책이었는데, 소설을 어렵게 쓰지 말라는 얘기를 하는 그 책은 얼마나 지루하고 딱딱하던지 결국 읽기를 포기하고 말았다. 시간이 지나면서 같은 내용도 쉽게 쓰는 풍토로 발전한 덕분인지, 이 책은 읽기도 편하고 글쓰기에 대한 이론보단 실제적인 지침을 가르쳐 주고 있다. 무엇보다 이승우는 이론가가 아닌, 현장에서 직접 소설을 쓰는 작가다. 그런 사람의 글이 글쓰기 책으로 나오는 건 바람직하다고 본다.

이 책 이전에 창작에 관한 책 중 가장 재밌게 읽은 책은 스티븐 킹의 《유혹하는 글쓰기》였다. 이승우는 스티븐 킹과는 또 다른 느낌이긴 하지만 우회하지 않으며 군더더기가 없이 깔끔하다. 또한 작가 나름의 깊은 사유가 있어 좋다. 특히 에필로그에 '소설 창작 교육에 관한 몇 가지 오해'는 곱씹어 볼 만한 글로서, 우리나라의 창작 풍토에 관해 일침을 가하는 작가 특유의 통찰이 보인다. 홍수 중 가뭄이라고, 학교며 사설 기관, 심지어 백화점 문화 강좌에 이르기까지 창작을 가르쳐 주는 곳은 많고 어딜 가나 학생은 넘쳐 나는데, 정작 종합 베스트셀러 순위에서 소설이 차지하는 비중은 몇 권 되지 않는다. 그렇다면 소설을 쓰겠다는 그 많은 사람은 뭘 하고 있는 것일까?

소설 쓰기란 단시간 내에 마스터할 수 있는 무슨 기술이 아니라, 인문학적 바탕 위에 밖으로 흘러넘치는 내면의 축적이 있어야 한다는 저자의 말에 동의한다. 늘 쓸 것은 가득한데 가슴속에 고여만 있고 뿜어내지 못하는 나는 그런 소양이 부족해서일까? 그런 것 같기는 하다. 작가는 글쓰기를 너무 쉽게 보는 오늘날의 창작 풍토도 개탄한다. 거기엔 인터넷 글쓰기에 대한 비판도 빠지지 않는다. 앞으로 블로그에 글을 쓰는 것도 잘해야 할 것 같다.

정작 글은 못 쓰며 이런 책만 탐독하게 될까 봐 걱정이다. 공부 못하는 사람이 참고서 탓하고, 일 못하는 사람이 연장 탓한다고, 쓰라는 글은 안 쓰고 이런 책만 밝히면 뭐한단 말인가? (솔직히 이런 책은 흥미롭긴 하다.)

작고한 작가 이윤기는 동인문학상을 받는 자리에서 이런 말을 했다고 한다.

"앞으로 미인이 지나간다고 거울이 개선되는 것은 아니다. 뒤에 다 수은을 칠해야 거울은 개선된다. 그러니까 떠들지 말고 써라!"

내가 취할 자세도 자명해진다. 이런 소설 작법에 관한 책을 읽는 것보다 인문학에 더욱 정진할 것이요, 잔말 말고 쓰는 것이다. 모든 책이 다 독자에게 좋은 것은 아니다. 구슬이 서 말이어도 꿰어야 보배라지 않는가? 무조건 쓰라는 말은 진리인지도 모른다.

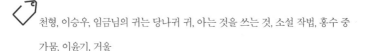 천형, 이승우, 임금님의 귀는 당나귀 귀, 아는 것을 쓰는 것, 소설 작법, 홍수 중 가뭄, 이윤기, 거울

# 10

# 인생을 값지게 만드는 인류사적 행위

언제부턴가 작가들의 글쓰기에 관한 책을 좋아하게 됐다. 그런 작가들은 자신이 글을 이렇게 쓴다고 천기를 누설해 주는 것만 같고, 동시에 나의 관음증을 만족시켜 준다. 좋아하면 닮는다고 나도 언젠가 좋은 작가가 되지 않을까?

오늘은 김탁환 작가의 《천년습작》을 뽑아 읽는다. 내가 이 책을 읽는 것은 뭔가 나를 이해해 주고 공감해 줄 것 같아서다. 작가에게도 글쓰기가 주는 기쁨 가운데 가장 강렬한 것이 공감이라고 한다. 누군가 "당신은 바로 내 이야기를 하고 있군요." 또는 "이 책은 바로 나예요."라고 말해 줄 때라는 아니 에르노(프랑스 작가. 대표작 《칼 같은 글쓰기》)의 말처럼 말이다. 다시 말해, 독자의 한 사람으로서 저자의 말에 눈을 맞추고 귀를 엶으로써 그의 기쁨에 기꺼이 동참해 주는 것이다.

저자는 소설 쓰기에는 두 가지가 있다고 했다. 하나는 책상 가득 자료들을 모아 놓고 쓰는 것이고, 다른 하나는 그런 것 하나 없이 오로지 노트북 하나 또는 펜과 종이만을 가지고 자신의 체험과 생각들을 풀어 나가는 것이다. 이 둘 중 어느 것이 더 쉬워 보일까? 전자는 많은 자료들을 모아야 하는 수고로움과 필력이 받쳐 주지 않으면 안 되는 일이다. 후자는 체험을 바탕으로 했으니 자신이 가장 잘 아는 이야기인 동시에 자신만이 할 수 있는 이야기를 쓰는 것이다. 마침 창작을 가르치는 선생님들도 하나같이 자신이 가장 잘 아는 이야기를 쓰라고 하니 그것에 부합되어 보인다. 하지만 그런 작업은 동시에 자신의 아픔을 들추어내야 하고 때론 부끄러움도 내보여야 하기 때문에 어렵다. 나 역시 글을 쓸 때는 대단한 각오와 결심을 가지고 시작하지만 매번 여기서 무너지곤 한다. 저자는 이 암초를 너무나 잘 알기에 이렇게 말한다.

"작가는 왜 이런 온갖 위험을 무릅쓰고 글을 쓰는 걸까요. 이것은 결코 위로와 평안을 주는 글쓰기가 아닙니다. 오히려 숨어 있는 상처를 하나하나 집어내어 다시 아파하는 행위지요. 독자가 불편한 것보다 열 배 백 배 더 작가는 불편합니다. 그것은 어쩌면 자신의 모든 것을 걸고 덤벼드는 한판 '투쟁하는 삶'인 겁니다. 글 따로 삶 따로의 나날이 아니라 글을 통해 삶을 사는 바로 일치의 나날인 겁니다."

예전엔 글을 쓰는 목적이 독자들에게 위로와 평안을 주는 것이라고 생각했었다. 그래야 앞서 인용했던 "당신은 내 말을 하고 있군요."라고 했던 아니 에르노의 말과 상통하는 것이 아니겠는가? 하지만 나의 그런 생각은 어쭙잖은 생각이었다. 작가가 뭐라고 사람들의 아픔을 알아서 위로하고 치료한단 말인가? 말마따나 작가의 모든 것을 걸고 덤벼드는 한판 '투쟁하는 삶'이 더 맞는 자세인 것 같다. 그래야 아니 에르노의 말이 진실로 성립되는 것이다.

그러나 나는 지금까지 이렇게 투쟁적으로 치열하게 글을 쓰지 못했다. 그저 의무감이나 생각을 정리할 필요가 있을 때 몇 줄 끼적여 보는 것뿐, 창작의 고통을 알기에 그 고통 속에 나를 맡기고 희열을 느끼는 것을 감히 감내하지 못했다. (아마도 내가 작가가 되지 못한다면 내 목숨 하나 어딘가에 기생할 만하든가, 아니면 발자크처럼 5만 잔의 커피를 마시지 못하고 수도복 한 벌 마련하지 못했기 때문인 줄로 알라.)

김탁환 작가는 책을 통하여 현실적인 문제들을 참 잘도 짚어 낸다. 작가로서의 재능에 대해, 자세에 대해, 또는 무엇을 쓰고 어떻게 쓸 것인가에 대해, 또한 작가에게 열린 길에 대해 저자는 하나하나 논리적이며 설득력 있게 쓰고 있다. 나아가서 독자와의 소통에 대해 생각해 보고, 오늘날 매체의 발달로 인해 근대 소설처럼 활자 하나로만 승부할 수 없는 현실을 어떻게 해결해 나갈 것인가(특히 제7강 매체와 이야기의 변신, 〈새벽 세시, 바람이 부나요?〉에 기대어나, 제15강 따뜻하게 영화 품기 〈복수는 나의 것〉과 〈집으로〉에 기대어 같은)에 관해 현실적이며 좋은 지침을 제시한다.

김탁환은 작가가 글을 쓰는 것은 작은 기적을 믿기 때문이라고 했다. 그는 첫 장편 역사 소설 《불멸》을 쓰고 이런 말을 했다. "나의 잠을 앗아간 소설들처럼, 내가 쓴 소설이 새벽까지 읽힐 수만 있다면, 어떤 고통이라도 감내하리라. 《불멸》은 '이 소설을 읽은 후 인생을 찬찬히 되돌아보게 되었습니다.'라는 놀라운 엽서 한 장과 맞바꾸기 위해 쓰였을 따름이다."

소박하고 진실하지만 쉽지 않은 이 한마디에 "나도"라고 응수하지 못한다면 이 글을 읽는 의미가 그다지 중요하지 않아 보인다. 더불어 그는 오늘날의 소설 쓰기가 너무 테크닉 위주로 빠지는 것을 경계하기도 했다.

"저는 글쓰기와 이야기 만들기를 '인생을 값지게 만드는 인류사적 행위'로 파악합니다. 잔재주가 아니라 삶을 관통하는 일관된 '자세'를 확립하는 것이 중요한 것입니다. 또 다른 하나는 글쓰기와 이야기 만들기를 디지털 기술로 해결하려는 시도입니다. (…) 설령 컴퓨터가 글을 쓰고 이야기를 만드는 날이 온다고 해도, 그것들은 단지 삶의 중요한 문제를 다루는 '척'할 뿐이겠지요. 글쓰기와 이야기 만들기의 핵심은 그럴듯한 흉내가 아니라 '진심' 그 자체입니다."

글쓰기란 테크닉의 문제가 아니라 얼마만큼 진심이 담겨 있는가의 문제인 것이다. 그런데 늘 우리가 두려워하는 건 테크닉이다. 아무리 주제가 좋아도 그것을 받쳐 주는 그릇이 미약하면 안 된다는 생각이 있는 것이다. 솔직히 우리 문학계의 관행이 그것을 부추긴다. 여타의 문학상을 타고 나오는 것을 보면 화려한 테크닉과 수사를 무기로 삼은 듯하다. 아예 그것을 표방한 문학상도 있다. 여기에 얼마나 진심이 통할 수 있을까? 하지만 우리가 보아 왔듯이 화려한 테크닉만으로 무장한 작품들은 일찍이 단명했다. 그러니 저자가 말하는 것은 믿을 만한 말이다.

사람은 누구나 '백년 학생'이라고 했다. 그만큼 죽을 때까지 배움의 자세를 유지하라는 뜻일 것이다. 그에 비해 김탁환은 글쓰기에 뜻을 둔 사람이라면 '천년 습작'을 각오하라고 주문한다. 이 말이 던져 주는 무게가 묵직하다. 동시에 위로가 되기도 한다. 이 세상 어느 소설가도 완벽한 작품을 내는 사람은 없다. 아무리 위대한 작가도 매번 습작하는 마음으로 글을 쓰지 않았을까? 작가에게 따로 정해진 습작기란 없을지도 모른다. 그것은 언제든지 마음만 먹으면 글쓰기가 가능하다는 말로도 들린다.

잘나가는 일은 다 때가 있다. 하지만 글쓰기는 언제든지 할 수 있으며, 나이 들면 들수록 유리하다고 생각한다. 그러니 지금부터 써라. 그런 사람에게 작가 김탁환은 맛난 술 익히며 기다리겠다고 했다. 그렇다면 그가 따라 주는 술 한 잔은 마셔 봐야 하지 않겠는가?

🏷 김탁환, 투쟁하는 삶, 당신은 내 말을 하고 있군요, 이 책은 바로 나예요, 인생을 값지게 만드는 인류사적 행위

# 11

# 창녀이며, 스스로 유배 보낸 자

작가 한승원을 알게 된 건 오래전 《사랑》이란 소설을 통해서였다. 하도 오래 전에 읽은 책이라 내용은 기억하지 못하지만, 다분히 샤머니즘적이면서도 환상적이고, 강렬하면서도 물 흐르는 듯한 문체는 지금도 또렷이 기억한다. 그런데 그의 강렬한 문체가 눈이 부셔서일까? 그 후 단 한 작품도 읽지 못하고 있다가 《한승원의 소설 쓰는 법》을 읽게 되었다.

작가들의 글쓰기에 관한 책을 읽기만 한다고 해서 좋은 글을 쓰는 것은 아니지만, 이런 책은 작가들의 세계관이나 스타일, 드러나지 않는 이면들을 볼 수가 있어 언제나 흥미롭다. 지금까지 이승우와 스티븐 킹, 김탁환 등의 책을 읽었는데, 이승우는 논리가 있으면서 깊이가 있고, 스티븐 킹은 마치 집을 짓는 것 같다. 김탁환은 그 스펙트럼이 넓다고나 할까? 그런데 비해 선생은 글쓰기에 관한 책 하나에도 자신의 사상과 깊이를 잘 녹여내고 있어서 앞에 나열한 작가들과는 다른 차원을 보여 준다. 소설만큼이나 에로틱하며 샤머니즘적이고 종교적이기도 하다. 작가의 필력이 글쓰기에 관한 책에도 그대로 녹아든 느낌이다.

《사랑》이란 소설을 읽으면서 선생이 불교 신자이거나 적어도 불교 사상에 심취한 분은 아닐까 생각했었다. 그런데 이 책을 읽으면서 불교 신자라기보단 범신론자가 아닐까 하는 생각이 들었다. 작가는 깊은 종교 철학 사상을, 소설 쓰기를 가르치는 글에서도 자유자재로 녹여내고 있다. 감히 '소설 사상가'라고 말하고 싶다. 지금까지 이렇게 불린 사람이 있었지 모르겠지만 말이다.

선생이 얼마나 글쓰기를 사랑하고, 자기 자신의 영혼을 태워 가며 글을 쓰고 있는가를 느낀다. 스스로 영혼을 태우는 고행을 감내하며, 글을 쓰려는 사람들에게 기꺼이 이 세계로 오라고 손짓한다. 올곧게 상업주의를 배격하고 자신의 글만 쓰라고 할 것 같은데, 오히려 상업주의에서 어떻게 살아남아야 하는지를 말한다. 글을 쓰는 사람에게 최소한의 협력은 타협이 아니라 생존으로 느껴졌다.

갑자기 그 옛날, 난생처음으로 글쓰기를 배워 보겠다고 가르침을 받은 나의 사부님 말씀이 생각났다. 사부는 자신이 과연 글을 쓸 사람인지 아닌지를 확인해 볼 수 있는 두 가지 척도가 있다고 했다. 하나는 내 안에 분노나 원한이 있느냐이고, 다른 하나는 글을 쓴 후에도 또 쓰고 싶은 마음이 있느냐라는 것이다. 이 두 가지에 "예."라고 대답한다면 작가가 될 수 있다고 했다. 그 이야기를 들을 때 전기에 감전되는 듯한 느낌이었다. 세월이 흐르고 보니 선생님이 말씀하신 것 중 후자는 몰라도 전자는 좀 아니겠다 싶기도 하다. 한승원 선생은 이렇게 말한다.

"이 세상은 긍정적으로 사는 사람의 몫이다. 긍정적으로 사는 사람은 자기 삶을 아름답게 가꾸려 하고 용서하고 더불어 살려

하고 착하게 살려고 한다. 착하게 살려 하는 데에는 용기가 필요하다. 좋은 작가는 좋은 눈(시각)이 만드는 것이다. 좋은 눈은 착한 생각과 좋은 책 읽기와 세상을 살아갈 만한 곳으로 바꾸려고 노력하는 의지를 가질 때 더 잘 만들어진다. 혁명이 세상을 바꾸는 것이 아니고 스스로 꽃 한 송이가 되어 세상에 장식되려 하는 노력이 세상을 바꾸는 것이다. 글쓰기도 그것과 크게 다르지 않다."

이 말이 나에겐 좀 더 옳은 말 같다(지금은 나의 사부님도 학생들에게 그렇게 말씀하실 거 같지는 않다. 그리고 워낙 오래된 일이라 사부도 그 옛날 그런 말을 했다는 걸 기억조차 못할지 모른다. 무엇보다 그 말씀은 오랜 세월을 거쳐 오면서 액면 그대로 받아들여지지는 않는다).

그런데 선생은 또 짓궂게도 책 말미에 이런 말도 남겼다. 자본주의 사회에서 '소설가'도 하나의 상품이라고. 그러면서 소설가를 창녀에 비유한다.

"고객이 오르가슴에 이르도록 연출할 뿐만 아니라 고객이 성적으로 그녀를 제압한 제왕이 되도록 연기도 능숙하게 해야 한다. 침대 안에 들어온 고객으로 하여금 성적으로 열등감을 맛보게 하거나 그녀를 제압하는 데 실패하게 해서는 절대로 안 된다. 소설가도 창녀와 같다. 당신은 고객인 독자를 위해 성심을 다해 책을 읽어야 하고, 열정적으로 소설을 써야 한다. 독자가 당신의 책을 읽는 한 시간을 위하여 작가인 당신은 젖 먹던 힘까지 모두 쏟아부어야 한다.
나는 소설가를 잡식성 동물이라고 규정한다. (…) 몸을 파는 창녀가 몸뚱이 하나만으로 창녀 행위를 하지 않고 자기의 온 인생, 온 운명을 던져서 미친 듯이 고객을 위해 사랑 행위를 하듯이 소설가는 먼저 책 읽기에 미쳐야 하고 소설거리를 하나 붙잡으면 그 소설을 미친 듯이 써내야 한다."

지극히 당연한 말이지만 창녀에 비유하니 처절하면서도 묘한 느낌이다.

"뜻 있는 작가는 자기를 스스로 유배 보낸다. 그 유배지는 자기가 마련한 작가실이다. 작가는 그 유배지에서 자기를 양생해야 한다. 작가는 세상과 자기에게서 유배당할지라도 외롭지 않은 기이한 사람이다. 그것은 그가 자기 소설 속에 설정한 인물들과 함께 살기 때문이다."

작가는 원래 외롭고 고독한 존재라고 자위하며 휘청대지 말아야 한다. 적어도 자신이 선택한 길에 스스로가 책임질 수 있어야 하지 않는가?
선생은 멋진 분이다. 그러니 내가 어찌 소설 사상가라 말하지 않을 수 있을까?

 한승원, 창녀, 스스로 유배 보낸 자, 소설 사상가

# 12

# 불가능한 고백, 불면의 글쓰기

김운하의 《릴케의 침묵》을 집어 든 건 부제가 마음이 끌렸기 때문이다. 내가 릴케를 알면 얼마나 알겠는가? 아는 건 고작, 장미를 좋아해 가시에 찔려 이른 나이에 세상을 떠났다는 것밖에 없다. 그럼에도 나를 끌어당긴 건 부제 '불가능한 고백, 불면의 글쓰기'였다. 더 정확히는 '불면의 글쓰기'다. 부제가 끌어당기긴 했지만 제목 또한 묘한 느낌을 준다. 침묵의 의미를 깨닫는 건 얼마나 덧없고 무모한 것일까? 이 세대가 과연 침묵을 허용하는 시대인가? 저자는 책가운데 외로움과 침묵의 정의에 관해 얘기하지만 제대로 깨닫는 건 확실히 쉬운 일은 아닌 성싶다.

"불면하는 밤의 매혹은 그것이 가져다주는 고통만큼이나 치명적이다. 나는 그런 매혹의 순간을 기다린다. 그러나 그 기다림은 어쩌면 불가능한 기다림인지도 모른다. 침묵하는 밤이 털어놓는 고백 자체가 불가능한 고백인 탓이다. 그러므로 불가능한 고백의 목소리에 귀 기울이기, 그것이 바로 불면의 글쓰기다."

저자가 말하는 불면의 글쓰기란 차마 열어 보지 못할 판도라의 상자를 독자에게 불쑥 들이미는 것 같다. 책은 뭔가 내밀한 고백을 담고 있는 것도 같고, 저자가 읽은 책들과 인문학에 경의를 표하는 것도 같다. 나도 글쓰기에 대한 고백을 하고 싶어지게 만든다. 유혹인가?

잠재된 글쓰기 욕망은 우연한 기회를 맞아 현실이 되었다. 오래전 어느 날 교회에서 연극 대본을 써 보지 않겠느냐고 제안했다. 대본 쓰는 법을 알고 있었던 건 아니지만 좋은 경험이 될 수 있을 거라는 생각에 수락했다. (난 늘 소설을 쓰고 싶어 했다.) 막상 일을 해보니 좋았다. 1년 동안은 정말 신나게 일을 했다. 나에게 이런 숨은 능력이 있었나? 물론 마냥 신이 난 것은 아니다. 장님이 코끼리 코 만지듯 일말의 불안감이 있었다. 이렇게 하는 것이 맞나? 가르쳐 주는 누구도 없이 맨땅에 헤딩하며 10분 내외의 짧은 극을 거의 매주 한 편씩 주일학교 예배 시간에 상연했다.

짧은 극이라고 해도 매주 쓴다는 건 결코 쉬운 일은 아니다. 어떤 땐 글이 너무 안 써져 컴퓨터 모니터를 창밖으로 내던지고 싶은 충동을 느끼곤 했다. 그래도 이것도 살아 있음이라 생각하고 매번 주어진 숙제를 성실하게 해 나갔다. 이렇게 말하면 모르는 사람은 내가 꽤 성실한 인간이라고 할지 모르겠지만 나는 절대 그런 인간이 못 되며, 만일 그렇다고 한다면 그건 그때 배운 것일 뿐이다. 단지 곰도 구르는 재주가 있다고, 사람이 뭔가 한 가지 정도는 관심 있고 잘하는 것이 있는데 나에게는 그 일이었던 셈이다.

처음 제의를 받았을 때는 주일학교 교사를 그만둘 참이었다. 제의를 수락하며 자연스럽게 교사의 역할도 연장되었는데, 대본 작업에 집중하느라 잊은 것이 있었다. 대본 쓰는 사람이기 이전에 교사라는 것. 분명 대본을 쓰는 일은 나를 새롭게 발견하게 해 준 일임엔 분명했지만, 교사의 직무를 대신할 만큼은 아니었다. 결국 교사 직무를 잘못한 것이 고스란히 돌아왔다.

주일학교 교사로 가르친 아이가 있었다. 거의 2년 동안 지켜보니 녀석 특유의 명랑함과 동시에 오만함이 느껴지곤 했는데 그것도 개성이라면 개성이라고 생각했다. 어떤 땐 선생인 나를 대하는 태도에서 도를 넘고 있다는 걸 느끼곤 했다. 녀석이 대학을 들어가던 해, 내가 힘들게 연극 대본 일을 이끌어 가는 것이 마음이 쓰였는지 도와주겠다고 손을 내밀었다. 시간이 지나는 사이, 팀을 장악하고 자신의 뜻대로 하겠다는 태도를 보였다. 어찌 보면 놀랄 일도 아니다. 결국 나는 설 자리를 점점 잃어 가며 분개했다. 적지 않은 상처도 남았다. (하지만 그 일은 세월이 지난 후 돌아보니 선생과 제자의 관점에서만 풀 수 있는 일은 아니었다고 생각한다. 그것은 권력의 문제이기도 했고 무엇보다 그 아이는 비로소 자신이 성인이 되었다고 생각했고, 주일학교란 조직 안에서 동등한 교사라고 생각했을 것이다.)

결국 그 일은 주일학교에 적지 않은 파장을 일으켰고, 나와 녀석 둘 다 경질되는 수모를 겪게 되었다. 그 일은 분명 나에게(녀석도 마찬가지였겠지) 적지 않은 충격이었지만 나는 조직의 선택을 존중했다. 물론 난 안다. 그 친구는 그 일이 너무나 하고 싶었던 것이다. 열심히 하면 모든 사람에게 인정받고 팀의 발전을 위해 좋을 줄 알았을 것이다. 설마 자신이 누군가를 곤란에 빠트리고 상처가 될 수도 있다는 걸 알지 못했을 뿐이다.

그 일 이후로 한동안 거울을 보지 않았다. 나 자신이 하도 초라

하고 한심해서 내 모습을 볼 수가 없었다. 마음을 추스르려고 노력하던 중, 구독하고 있던 일간지에서 평소 같으면 너무 작아서 눈에 띄지도 않았을 작은 광고 하나가 눈에 들어왔다. 창작을 가르치는 모 학원에서 신입생을 모집한다는 것이다. 그때까지 창작은 대학교 문창과에서 가르쳐 주는 줄 알았지, 이런 전문 학원이 있는 줄 몰랐다. 학교는 물론이고 학원도 썩 내켜 하지 않던 내가 그곳만큼은 꼭 한 번 다녀 보고 싶었다. 그렇게 해서 다니기 시작한 그곳은 정말 별천지였다.

시인이면서 80년대 민주화 투사였던 분이 경영하는 곳이었고, 역시 같은 운동권 출신의 강사에게서 창작 강의를 들었다(앞의 글에서 '나의 사부'라고 했던). 그때 새삼 깨달았던 건, 내가 한때 글 쓰는 사람이길 원치 않던 때가 있었다는 것이다. 누구든 문학소년이나 문학소녀가 아닌 때가 없었다고 하지만, 나는 언제부턴지 이 꿈을 의식 저 밑바닥으로 밀어 넣었었다.

초등학교 시절, 나는 유독 부모님이 싸우는 걸 못 견뎌 했다. 엄마는 늘 약자처럼 보였다. 언젠가 참다못해 장문의 편지를 아버지께 드렸는데, 무엇 때문이었는지 엄한 아버지가 나의 글을 칭찬해 주셨다. 덕분에 글은 사람을 변화시킬 수도 있다는 생각을 어렴풋이나마 했다. 그 후 중학교를 들어가고 늦가을, 교지에 제출하기 위해 시인지 낙서인지 모를 글을 몰래 짝사랑하던 국어 선생님 손에 직접 쥐어 드렸다(생각해 보면 그런 식으로 선생님께 연서를 드린 건 아닌지?). 당연히 내 글이 교지에 실릴 줄 알았다. 그런데 웬걸, 기대를 가지고 교지의 첫 페이지를 열었지만 마지막 페이지를 덮을 때까지 내가 쓴 글은 볼 수가 없었다. 얼마나 창피하고 부끄럽던지.

이후 사회에 몰아닥친 민주화 바람은 문학에 등을 돌리게 만들었다. 그 시절의 문학은 온통 참여문학 일색이었으니 더 이상 문학에서 배울 것은 없다고 생각했다. 설혹 있다고 해도 한 번 읽고 마는 소설의 일회성을 생각할 때 문학은 더 이상 나에겐 그렇게 중요한 것이 아니었다. 그랬던 내가 운동권 출신의 작가들을 직접 대하고 보니 당시의 소견이 얼마나 좁았는가를 깨닫게 되었다. 역설적으로 그 사람들과의 교류는 지난 아픔을 그런대로 잊게 해 주기도 했다.

1년 후, 나는 모종의 결단을 했다. 즉 내가 넘어진 곳에서 다시 일어나야겠다고 결심하고 주일학교로 돌아갔다. 《릴케의 침묵》은 말한다.

"상처에 대항하는 방식은 실로 여러 가지다. 그중 상처를 치유하고 극복하는 가장 탁월한 방식은 자기 자신을 끌어안는 것이다. 즉 자기에 대한 자부심을 되찾는 것이다. 상처는 쉽사리 콤플렉스가 되고 우울증과 신경과민, 피해의식을 낳는다. (…) 이를 극복하기 위해서는 그 상처를 적극적인 에너지로 전환시켜야 한다. 수많은 예술가와 사상가들은 내면에 대한 각인된 상처를 극복하기 위한 치열한 노력 끝에 위대한 작품을 남겼다."

이 말이 내게도 해당되는지 어떤지 모르겠지만 난 분명 그 일에 자부심이 있었고, 떠나온 이후에는 그 일을 하는 사람이 없었다. 하지만 넘어진 곳에서 다시 시작했다고 해서 누가 날 알아주고, 영웅이 되는 것은 아니다. 오히려 그보다 더 어려운 시험이 나를 기다리고 있었다. 조금씩 일이 안정되어 갈 때 주일학교의 담당자가 바뀌면서 과거의 일이 수면 위로 올라왔고, 아픈 상처를 들쑤셔 나를 내

쫓았다. 난 또 한 번의 좌절을 느껴야 했는지도 모르지만 그때의 나는 이전의 내가 아니었다. 오히려 당당하게 그곳을 걸어 나왔다. 원래 어느 조직이나 수장이 바뀌면 물갈이가 되는 건 당연한 것 아닌가? 나는 그 물을 타고 나가는 것뿐이라고 생각했다.

언제나 그렇듯 나를 평안하게 만드는 상황에선 글은 나오지 않는다. 오히려 괴롭게 만드는 상황이 영감을 잉태한다. 글쟁이란 내가 목격한 인간의 이면과 진실을 글로 남기고자 하는 욕망에 사로잡힌 사람을 지칭함은 아닌가. 그 후 훨씬 좋은 곳에서 글을 썼지만, 어느 조직이나 장소의 문제는 아니었다. 어디를 가든 그곳에서 만난 사람들, 그들과의 경험과 인연이 글을 쓰고 싶도록 만든다. 그것은 항상 좋은 경험만을 의미하지는 않는다. 그도 그럴 것이 난 항상 인간의 부조리한 면을 보면 글이 쓰고 싶어진다. 임금님의 귀는 당나귀 귀라고 외쳐 보고 싶은 것처럼.

"글쓰기를 하건 다른 창조적인 일을 하건, 진정으로 집중할 수 있는 무언가를 발견하고 최선을 다할 때 그리고 거기에서 성취감을 얻을 때 마음의 상처는 치유된다. 이것은 상처를 내면화시키는 것이 아니라 외면화시킴으로써 극복하는 방법이다. (…) 사랑의 상처를 극복하는 최선의 방법은 다른 사랑을 찾아 열정을 쏟는 것이다. 새로운 대상과 사랑을 주고받음으로써 상처는 치유될 수 있다. 그러나 많은 이들이 상처를 극복하는 대신 오히려 마음속에서 상처를 극대화하는 경우가 많다."

나는 주일학교의 일을 지금까지 한 번도 글로 쓰려고 하지 않았다. 게을러서일까? 부인하지 못하겠다. 하지만 내가 보고 겪은 일을 막상 글로 쓰려면 뭔가 모르게 주춤거려진다. 뭐 때문일까? 마침 저자가 자서전의 불가능함을 이야기해 공감이 갔다. 장 자크 루소의 《고백록》을 예로 들었는데, 루소는 자서전에 당대 유명 인사들의 위선과 행태를 고발하면서 이 모두가 진실임을 거듭 천명했다. 자신의 말과 위배되는 말을 하는 사람이 있다면 거짓말쟁이며 협잡꾼이라고까지 했다. 그런 사람은 목 졸라 죽여야 한다고도 했다. 하지만 그 말을 믿을 사람이 과연 얼마나 될까? 루소의 거짓말이 문제가 아니라, 진실이 과연 가능하냐고 저자는 묻는다. 사람들은 객관성을 들어 진실을 주장하려고 하지만 사실은 주관적인 사고와 감정을 벗어나지 못한다. 그래서 자서전은 진정한 글쓰기가 불가능하다고 말한다. 엄밀한 의미에서는 확실히 '불가능'할 것 같다.

하지만 저자는 말한다. 우리는 상처받을 가능성 속에서 모두 하나라고. 또 상처는 어떤 의미에서는 삶을 내면적으로 더 풍요롭게 해 주는 열정의 에너지이기도 하다고. 신이 인간에게 망각이란 선물을 준 것은 인간이 얼마나 쉽사리 상처를 받고 그로 인해 치명적인 고통을 겪을 것인지를 알기 때문이다. 동시에 신은 인간에게 그 상처를 극복할 내적인 힘도 부여해 주었다. '망각하는 능력'과 '노력하는 힘'은 마음의 상처를 지닌 인간이 신에게서 받은 두 가지 선물이라고 저자는 말한다. 바로 이것이 불가능한 부분에도 불구하고 고백의 가능성을 말하고 있는 것은 아닐까?

'지금은 말할 수 있다'라는 말은 두 가지를 의미할 것이다. 하나는 자신의 말을 책임지겠다는 것, 또 하나는 망각의 필터링을 통해 거짓으로 진실을 말하는 좀 더 고도화된 방법으로 편하게 이야기할 수 있다는 것이다. 누군가 글쓰기를 글 감옥이라고 표현했듯이,

나의 글쓰기는 십자가요 족쇄 같은 것이 되어 버렸다. 그러나 신이 주신 선물이라면 기꺼이 받아야 하지 않을까?

녀석과 결별한 후 나는 두세 번 마주친 적이 있다. 그때 그 일이 자신에게 무엇을 의미했는지 모르는지 그저 넙죽 인사만 할 뿐이었다. 그때마다 영화 〈파리대왕〉의 엔딩 장면이 생각났다. 어떤 남자가 '너희들 여기서 뭐하는 거니' 묻자 갑자기 모든 것이 아무 일 없었던 듯이 원래의 자리로 돌아가지 않던가. 난 그때 해맑은 녀석의 얼굴을 보며 그 옛날 무슨 일이 있었던 걸까 잠시 아찔해지곤 한다. 엄청 이상한 장난에 걸려들었던 건 아닌가 착각이 들 정도다. 내가 정말 그랬을까?

 김운하, 망각, 자서전, 불면, 불가능한 고백

# 13

## 졸작이라도 쓸 수 있는 용기

수년 전, 글 선생님을 다시 찾아가 배움을 청한 적이 있었다. 진짜 내 글을 써야겠다는 생각으로 마지막 공부를 해야겠다고 생각했다. 처음에는 소설, 두 번째는 시나리오를 배웠다. 난 늘 글을 쓴다면 소설을 쓰겠다고 다짐했었다. 소설을 쓰겠다면 그냥 쓰면 될 일이지 웬 시나리오냐고 할지 모르겠지만, 선생님은 말씀하셨다. 소설을 쓰려면 반드시 시나리오를 공부해야 한다고.

옛날 선생님 수업도 소설로 시작했다가 시나리오로 마칠 때가 많았다. 선생님은 시나리오에 대해 남다른 애정을 가지고 있었다. 나중에는 정식으로 시나리오 강의를 들으면 좋겠다고 생각했었다. 수업은 워크숍 방식으로 진행되었다. 예전에 단편 시나리오를 써 본 적이 있어 나의 글 수준이 어느 정돈지 알아보고 싶었다.

결론부터 얘기하자면 한마디로 장편 시나리오는 에누리 없는 참패였다. 얼마나 글을 못 썼다고 하는지 눈물을 다 찔끔거렸을 정도였다. 선생님은 워낙 기가 세서 조금만 뭐라고 해도 호되게 야단을 맞은 기분이 든다. 수업 방식도 엄격했다(수업이 워크숍 방식이라는 점엔 이의가 없지만 분위기는 문제가 있다고 생각한다. 선생님이 엄격함을 내세워 수강생을 공포로 몰아가고 있으니). 어쨌든 그러다 보니 자꾸 부정적인 생각이 들어 더 이상 글을 못 쓰게 될지도 모르겠다는 생각이 들었다.

시간은 때로 빨리도 가지만 느리게도 간다. 하지만 확실한 건 어쨌든 시간은 흐른다는 것이다. 그리고 한참 세월이 흐른 후, 장석주의 《글쓰기는 스타일이다》란 책에서 그때 일을 위로받는다. 그는 '글을 쓰고자 하는 사람에게 필요한 것은 졸작이라도 쓸 수 있는 용기다.'라고 했다. 당시 나와 단짝으로 지냈던 G도 이와 비슷한 얘기를 했었다. "언니, 우린 어쨌든 써냈다고. 저 안 쓰는 인간들(워크숍 작품을 내지 않는 사람들)에 비하면 우리가 훨씬 훌륭해."

'실패를 두려워하는 마음이 바로 실패를 낳는다. 실패를 즐기고, 실패에서 배워라. 실패나 시행착오를 겪지 않고 자신의 길을 단박에 찾아가는 사람은 드물다.' 책에 나온 말이다.

지금도 문득문득 생각해 본다. 나는 그때 왜 옛 선생님을 찾아갔던 걸까? 어쩌면 직선으로 가야 할 길을 우회했던 것은 아닐까? 돌아보면 정말로 해야 할 일에 나를 던지지 못하고 순간순간 멈칫하고 주저했던 적이 얼마나 많았던가? 그 습성에 따라 나는 정작 써야 할 글은 쓰지 않고 그렇게 선생님을 찾아가서 시간을 낭비했는지도 모른다. 그런다고 해서 겪어야 하는 일을 겪지 않았던 것도 아니지 않은가? 보라. 참패였다고 징징대고 있으니.

나는 늘 남이 이해하지 못하는 글은 쓰지 않는 것이 좋다고 생각했다. 언젠가 그런 글을 써 봤기 때문에 하는 말일 것이다. 나 자신을 위해 단 한 편의 글도 쓰지 못하는 사람이 과연 남을 위해 쓰는 글은 얼마나 진실할 수 있을까? 늘 필요에 의해서만 글을 쓰다 보니 언제부턴가 '좋았어요'란 말 한마디 듣는 게 내 역할과 가치를 정해 버렸는지도 모른다.

"졸작은 누구나 쓸 수 있지 않은가. 그러니 써라. 느끼는 대로 솔직하게! 누구에게 보이기 위한 글을 쓰지 말라. 칭찬받기 위해서도 쓰지 말라. 오직 피 흘리기 위해 써라. 자신의 치부, 결점, 상처, 결코 드러내고 싶지 않은 이야기. (…) 자신에게 치명적인 바로 그것을 써라. 당신이 모르는 당신을 드러내보도록 하라. 무의식 속에 웅크리고 있는 자아, 당신의 내면 깊은 곳에 숨은 '상처받은 용'을 바깥으로 끌어내라. 밖으로 나온 그 짐승은 용틀임하며 크게 분노해 당신을 할퀴려 들 것이다. (…) 하지만 '상처받은 용'을 세상 밖으로 드러낼 줄 알아야 한다. 그래야만 자신의 내면을 응시할 수 있으며 마음의 상처와 아픔을 치유할 수 있다."

그 선생님에게서 두 번의 배움의 기회를 가졌다. 한 번은 단편소설을 썼고, 또 한 번은 시나리오를 썼다. 한 번은 칭찬을 들었지만 한 번은 혹평을 받았다. 그리고 이 둘의 공통점은 다 나의 이야기를 썼다는 것이다. 나는 안다. 사람들은 꾸며 내고 지어낸 이야기보다 자신의 이야기에 더 많이 반응한다는 것을.

왜 시나리오는 그런 혹평을 받았던 걸까? 이유야 따져 보면 없지 않겠지만, 중요한 건 혹평을 받은 글은 두 번 다시 보고 싶어 하지 않는다는 점이다. 하지만 그것을 봤어야 했다. 아주 똑똑히. 그래서 내 동기가 무엇이고, 치부와 결점이 무엇인지, 상처받은 용이 무엇인지를 봤어야 했다. 그러고 보면 작가야말로 수시로 정신분석을 받아야 하는 존재는 아닐까 싶기도 하다. 고백성사를 가장 많이 해야 하는 존재다. 이렇게 장석주는 스스로를 무섭게 응시하도록 만든다.

그때 눈물이 찔끔거리도록 호되게 꾸지람을 들었던 건 의미 없는 짓이었을까? 물론 그렇지는 않다. 훗날 벌거벗는 글을 쓰기 위해 그곳을 갔는지도 모른다. 언젠가 선생님은 이런 말씀을 하셨다. 그 글 이후에도 또 쓰고 싶은지 자신을 들여다보라고. 그렇다. 나는 그렇게 다리미로 덴 듯 그 일이 충격적이어서 당시로서는 다시는 글을 못 쓸 것만 같았지만 그 후에도 글을 계속 썼다. 2012년 우연히 손양원 목사의 일대기를 읽다가 마음이 뜨거워져 대본을 쓰고 어느 극단에 의해 대학로 무대에 올리기까지 했으니.

하지만 한 번 좋으면 또 한 번은 나쁜 법일까? 그렇게 대학로에 내 작품을 올렸으니 비로소 작가라고 해도 손색이 없을 것 같고, 연이어 새로운 작품을 쓸 수 있을 것 같은데, 나의 행복은 딱 거기까지만이었다. 사실 그 작품을 준비할 때도, 무대에 올린 후에도 인간의 부조리한 면을 보았고, 그것에 항거했다. 그 죄로 다음 작품을 쓰지도 올리지도 못했다.

솔직히 인간의 부조리한 면을 보면 너무도 역겨워 모든 것을 포기하고 싶어지긴 한다. 그러나 포기하지 못하게 하는 작가 근성이 있다. 어떤 식으로든 인간의 부조리함을 글로 쓰는 것에 진짜 작가 근성이 있는지도 모르겠다. 장석주는 또 말한다.

"한시도 글 쓰는 손을 멈추지 말라. 글을 쓰는 손을 멈추는 순간 글쓰기를 향해 흘러가던 에너지까지 멈출 수 있다."

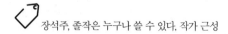 장석주, 졸작은 누구나 쓸 수 있다, 작가 근성

# 14

# 인류를 구원할 기록

작년 말, 교회 청년부 홈커밍데이에 다녀왔다. 청년부를 떠나온 지 벌써 20년 정도 되었나 보다. 7회째라고 하는데, 나는 처음이었다. 한 달 전에 연락을 받았다. 그 순간 나가고 싶은 마음과 아닌 마음이 반반이었다. 모임에 발을 들여놓는 순간 옛 추억들이 되살아나 글로 써 보고 싶다는 생각도 들었다. 사람은 왜 자서전 또는 자전적 이야기를 쓰고 싶어 하는 것일까?

동물과 인간이 다른 점에 관해서는 여러 가지를 꼽지만 그중 하나를 들자면 바로 이것일 것이다. 인간만이 기억하고, 추억한다는 것. 그리고 그것을 기록한다는 것. 이런 사람을 두고 《기록이 상처를 위로한다》의 저자 안정희는 '호모아키비스트'라고 했다. 이는 기록하는 사람들을 지칭하는 말로, '아카이브(archive)'에서 추출한 말이기도 하다. 아카이브는 원래 '정부의 기록' 또는 '공문서'를 의미하는데, 지금은 '기록'이나 '기록물을 보관하는 장소'라는 의미로 쓰인다고 한다.

그렇게 말을 하자면 공적인 기록인 만큼 사건이나 주관을 배제

한 기록이어야 할 것 같다. 하지만 저자는 개인의 기록물을 더 중히 여겨 '민간 아카이브'를 지향한다. 그러니까 누구라도 기록할 수 있다는 것이다. 그리고 이 책은 처음부터 끝까지 민간 아카이브의 수많은 예를 보여 준다. 아카이브는 왜 생긴 것일까? 저자는 '개별적인 인간은 소멸하되 기록하는 인류는 미래를 꿈꾼다'고 말한다. 그도 맞는 말이다. 유한한 존재로서의 인간이 지상에 살다 갔다는 불멸의 흔적을 남기기 위해 아카이브가 발전해 오지 않았을까? 그래서 문자가 없었던 시절엔 동굴 같은 데 그림으로 남겼던 것이고.

낙서에서 발견되기도 한다. 여행 가서 그곳 카페나 유명한 장소에 내가 이곳에 왔다 갔다고 흔적을 남기지 않는가? 그러고 보면 기록하는 습성은 인간의 본능이란 생각이 든다. 저자는 기록이 되기 위해서는 '언제, 어디서, 누가, 무엇을, 왜, 어떻게' 했는가에 관한 이야기가 담겨 있어야 한다고 한다. 이것은 스토리텔링의 기본 요소와 다르지 않으며, 아카이브는 기억 저장소의 의미를 가지고 있다는 것이다. 거기에 공공성이 있거나 공유적이어야 한다는 기본 전제 조건이 있다.

어떤 것이 아카이브가 될 수 있을까? 어렵게 생각할 것은 없다. 인간의 삶을 둘러싼 모든 것들이 기록의 대상이요 아카이브다. 가장 흔하게 떠올릴 수 있는 게 역사일 것이다. 정치사나 사회사 같은 거시적인 것도 있겠지만, 미시사나 일상사 같은 것이 오히려 더 큰 의미를 가질 수 있을 것이다. 여행을 예로 들면 여행한 곳을 기록으로 남기는 것. 요즘 흔히 하는 방식이다. 먹방의 시대이니 요리도 대상이 될 수가 있고, 카페나 레스토랑 기행도 아카이브의 대상이 될 수 있을 것이다.

어떤 사람은 독특하게 단추 모으거나 버스 승차담을 기록으로 남기기도 하는데 그런 흔치 않은 분야의 기록도 좋은 아카이브가 될 것이다. 말하자면 자신이 좋아하는 분야를 기록하라는 것이다. 사람마다 알게 모르게 한 가지 이상씩 기록할 내용이 있을 것이다. 나는 초등학교 때부터 늘 책에 관한 관심이 있어 왔고, 인터넷 블로그가 생기고부터는 서평을 줄곧 써 오곤 했는데 이것도 아카이브일 것이다.

이 책에서 주목해서 본 것이 있는데, 로렐 대처 울리히가 쓴 《산파일기》다. 사실 이건 울리히가 직접 쓴 책은 아니다. 마서 밸러드라는 17세기에 살았던 산파가 무려 27년 동안 자신이 산파 일을 하면서 쓴 일기를 로렐 울리히가 발견해 번역하고, 그것으로 퓰리처상을 받고 하버드 교수까지 된 사례를 기술해 놓았다. 그게 뭐 그리 대단할까?

사실 내용도 별것 아니라고 한다. 그냥 언제 누구의 아기를 받았다는 내용만 단조롭게 쓰여 있을 뿐이다. 하지만 그 일기엔 굉장한 의미가 숨어 있었다. 17세기 미국 여성들의 삶을 되살린 것이다. 미국 건국 역사에서 보이지 않았던 사람들을 보여 준 것이다. 인간의 일상적인 행위 하나의 기록이 훗날 어떤 영향을 미치게 될지는 아무도 모른다는 것을 역설적으로 보여 준다. 읽는 순간 언제부턴가 쓰지 않던 일기를 다시 써야 하지 않을까 하는 생각이 들었다.

아무리 생각해도 교회 청년회 시절의 이야기를 글로 써도 로렐 대처 울리히처럼 앞으로 22세기나 23세기쯤 누군가에 의해 발견되어 역사의 어느 시기의 근간이 되고, 한 사람을 영예롭게 할 수 있을 것 같지는 않다. 하지만 그럴 수 없다고 해서 아카이브로서의 의미를 지닐 수 없는 것은 아닐 것이다. 책에서 다루어진 예를 보면 소소한 것도 아카이브가 될 수 있다는 것을 방증하고 있다.

저자는 거의 모든 분야의 책을 아카이브의 관점에서 보고 있는데 하다못해 소설도 그렇게 보고 있었다. 뭐 소설도 기록이라면 기록일 수 있겠지만, 아무리 역사 소설이라고 해도 픽션을 포함하고 있기 때문에 엄밀한 의미에서 아카이브라고 할 수 있을지 잘 모르겠다. 물론 작가 자신에겐 하나의 기록물로 남을 수는 있겠지만, 이 부분은 저자가 아무래도 의욕이 과한 건 아닌가 싶기도 하다.

오늘날은 공유의 시대라고 해도 과언이 아닐 정도로 공유가 흔하다 못해 넘쳐 난다. 거기엔 소셜 기술의 발달이 압도적인 기여를 했음은 말할 필요도 없다. 하지만 저자는 아카이브는 아날로그적으로 하라고 말한다. 왜냐하면 그게 진정한 아카이브의 정신이니까. 또 기록이라는 건 하루아침에 뚝딱 완성될 수 있는 것이 아니다.

뭔가를 기록으로 남기고 싶은 것이 있는가? 그렇다면 마음에만 간직하지 말고 오늘부터 시작하라. 또 누가 아는가? 아직 있지도 않은 손자나 증손자가 보게 될지. 나아가서 앞으로 1세기나 2세기 후엔 기록유산으로 남을지 아무도 모르는 일이다.

인간만이 기록을 남기고, 기록이 인간을 구원할 것이다. 믿는 자에게 복이 있을지어다.

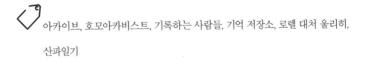

아카이브, 호모아카비스트, 기록하는 사람들, 기억 저장소, 로렐 대처 울리히, 산파일기

## 15

# 르포 문학이 주는 진정성

《동물농장》과 《1984》가 이미 명작의 반열에 오른 것이 한 세대도 더 전의 일이건만, 조지 오웰은 오래도록 다가가지 못했던 작가 중 한 사람이었다. 그러던 중 이런저런 이유로 거의 비슷한 시기에 《위건 부두로 가는 길》과 《숨 쉬러 나가다》를 읽게 되었다.

어떤 책이든 10페이지 내지 20페이지를 읽기까지, 과연 이 책이 나에게 맞는 책인지 아닌지 독서가 주는 특유의 긴장감을 떨쳐 버릴 수가 없다. 《위건 부두로 가는 길》은 르포 문학이 주는 진정성이 무엇인지를 알고 싶어 읽었다. 결론부터 얘기하자면 읽기가 쉽지 않고, 솔직히 말하자면 거북했다. 차라리 문체가 어려운 것이라면 나았을는지도 모르겠다. 그의 문체는 감정을 거의 배제한 채 건조하다. 읽는 중간중간 조지 오웰 특유의 유머를 접할 수도 있다.

그럼에도 읽으며 드는 거북한 마음에 '내가 왜 이 책을 읽고 있어야 하는 거지?', '도대체 조지 오웰은 무슨 말을 하려고 이런 책을 썼을까?' 하는 의문이 들었다. 책을 읽으며 에밀 졸라 원작의 영화 〈제르미날〉이 생각났다. 탄광촌의 메마르고 퍽퍽한 삶과 갱도 안의 풍경들을 사실적으로 묘사하고 있어 역시 보기 즐거운 영화는 아니었다. 영화는 탄광촌의 억압된 분노가 민중 봉기로 이어지는 데 반해, 《위건 부두로 가는 길》은 탄광촌의 삶을 그대로 보여 주는 것에서 끝난다.

지금도 잊히지 않는 영화의 한 장면은, 큰 물통에 물을 받아 놓고 주인공의 일가족이 차례로 목욕을 하는 장면이다. 하루 종일 막장 안에서 탄을 캐느라 새까매진 몸을 씻느라 한 사람이 쓰기에도 부족한 물을 가족 전체가 돌아가며 쓴다는 게 믿어지지 않는다. 조지 오웰이 묘사한 탄광촌 사람들의 삶은 한 수 위다. 그나마 영화는 웅장한 스케일로 보는 맛이라도 있지만, 책은 그야말로 한 자 한 자 종이 위에 뿌려 놓은 활자를 쫓아가다 보면 그 세밀함이 상당히 부담스럽다.

그런 것을 보면 사람들은 자기가 보고 느끼는 것 이상이나 이하는 감히 상상할 수 없는 것 같다. 자기 현재의 삶 이상의 것을 보면 눈이 휘둥그레지고 동화되지 못해 안달하지만, 자기보다 못한 것을 보면 절로 미간을 찌푸리게 되며 빨리 벗어나고 싶어 한다. 그러면서 난 저 정도는 아니지 하는 정도로 위안 삼는 것이다.

나는 부잣집에서 태어나지 않아서 있는 것을 자랑하며 살지 못했다. 그렇다고 가난하고 궁핍하게 살지도 않아 남의 도움을 받거나 도둑질 같은 건 해 본 적도 없다. 그래서 극빈자의 삶이 어떤 것인지 알지 못한다. 그러니 이 책은 읽기에 적지 않은 부담감이 있었다.


그나마 읽기가 좀 나았던 건 《숨 쉬러 나가다》였다. 줄거리를 놓치는 경우가 있어 몇 번을 다시 돌아가 읽기를 반복하며 읽었다. 전체적인 느낌은 안정적이고, 오웰 자신의 이야기를 한다는 착각이 들

정도로 묘사가 섬세하고 인상적이다. 특히 주인공이 지극히 소시민적이어서 나로선 감정 이입이 훨씬 수월했다. 주인공 조지 볼링의 삶이 우리 서민의 삶을 대변해 준다는 느낌도 받았다. 주인공은 살이 쪄 놀림을 받고, 누구를 누르고 좀 더 나은 삶을 누리고 대접받으려고 하며, 무엇인가엔 쭈뼛거리기도 한다. 결혼하기 전 약간 샛길을 가긴 하지만 마음에 든 처자와 결혼해 아이 낳고 밋밋한 삶을 살기는 영락없이 우리네의 삶과 똑같다.

그래도 사랑하는 사람과 결혼하면 만족스러울 줄 알았다. 아름다웠던 아내는 결혼 후 늘 먹고사는 문제로 전전긍긍하는 여느 여염집 아낙으로 변해 간다. 이 모든 것이 주는 지루함에서 벗어나고자, 어느 날 주인공 조지 볼링은 고향으로 여행을 떠난다. 명목상 잠시 숨 쉬러 가는 거였지만 엄밀한 의미에선 일탈의 또 다른 방편이다. 고작 주인공의 일탈이란 게 고향을 여행하는 거라니? 너무 건전해 귀엽기까지 하다. 적어도 그렇게 갑갑한 일상을 벗어나는 것이라면 근사한 곳으로의 여행이나, 모르는 사람과의 하룻밤의 정사, 뭐 그런 것을 상상하게 되지 않을까? 그런데 주인공은 기껏 기대감에 부풀어 고향을 갔지만, 그곳은 어렸을 적 자신이 뛰어놀던 곳과는 너무나 많이 달라져 있었다. 정신병원이 들어서지 않나, 옛 애인은 자신을 알아보지도 못했다.

나도 어린 시절을 보냈던 곳이 생각났다. 유년 시절과 청년 시절을 보냈던 그곳이. 지금도 집 앞에서 아무 버스나 타고 30분이면 도착할 수 있는 곳을 나는 아직 한 번도 가 보지 못했다. 내가 살았던 동네 골목골목을 누비며 옛 삶을 돌아볼 자신이 없어서다. 그곳에 가면 어린 시절이 생각나 눈물을 왈칵 쏟을 것만 같고, 너무 많이 변해 버린 것에 가슴이 콱 막힐 것도 같기 때문이다.

그래도 기억이 다 지워져 버리기 전에 살아온 곳에 대한 글을 쓰고 싶어진다. 자본주의 세상은 너무나 빨리 변하고 있어 나의 옛 기억조차 빼앗아 가 버릴까 봐서다. 누군가에게는 내가 살던 곳이 처음부터 이런 모습이 아니라고 말해 주고 싶기 때문이다.

내가 살던 동네는 70년대 중반만 하더라도 아스팔트가 깔려 있지 않아, 비가 오거나 눈이 녹는 봄이면 땅이 질척거려 도무지 발을 내딛기가 힘들고, 바람이 불면 황토 먼지가 말도 못했다. 실개천이 있어 학교를 가려면 크게 깡충거리며 건너야 했고, 달구지를 맨 소가 똥을 싸며 지나갔다. 가을이면 코스모스와 갈대가 흔들거리고, 집 뒤엔 조그만 야산이 있고, 밤이면 부엉이가 울었다. 무엇보다 집집마다 마당이 있었다.

그런 것이 어느 날 회색 아스팔트가 깔리기 시작했고, 산을 깎아 집이 지어졌다. 또 세월이 지나 사람들은 살던 집을 아예 허물고 새로 짓기 시작했는데, 할 수만 있으면 위로만 올라가려고 했다. 새로 지은 집의 그 많은 방들은 뜨내기들이나 소위 '나가요' 언니, 오빠들의 차지가 되었고, 거리는 유흥가와 그에 부수적으로 따라오는 장사치들의 소굴이 되어 버렸다. 자본주의가 점점 더 욕망의 층위를 쌓아 나갈 때, 자본주의의 찌꺼기들도 더불어 그 욕망에 편입하려고 아우성치는 소리가 들리는 것 같다. 그럴 때마다 내가 얼마나 옛날을 그리워했는지 아무도 모를 것이다.


70년대 새마을 운동으로 시작해서 80년대 경제 부흥기를 맞이했지만 그게 과연 좋기만 했을까? 나는 아직도 잘 모르겠다. 우리는 확실히 잘살게 된 것을 실감할 수는 있었지만, '삶의 질도 좋아졌는가' 하는 질문에는 아무도 그렇다고 대답하지 못할 것이다. 그런데 왜 사람들은 자본주의 중심에 서지 못해 안달하는 것일까?

조지 오웰은 평생을 파시즘과 싸워 온 작가다. 만일 그가 21세기를 다시 산다면, 그의 적은 자본주의와 인권 침해가 아닐까? 처음에 나는 그가 왜 평생토록 가난한 자들을 생각하고, 그들에 관한 글을 끊임없이 썼는지 알지 못했다. 비교적 부유한 환경 속에서 자란 그는 어느 날 외할아버지의 도움으로 평소 동경하던 버마에 가게 되었고, 거기서 가난한 자들을 착취하고 억압하는 것을 보았다. 그것은 그에게 평생 잊지 못할 일로 각인되었고, 결국 가난한 자들을 위해 평생 글을 쓰는 계기가 된 것이다.

"어떤 사람에게는 광부들이 일하는 모습을 지켜보기만 해도 자괴감을 느낄 만하다. 그럴 때 우리는 잠시나마 '지식인'으로서 전반적으로 우월한 존재로서의 자기 지위를 의심하게 된다. 적어도 지켜보는 동안에는 우월한 인간들이 계속 우월하기 위해서는 광부들이 피땀을 흘려야만 한다는 자각을 똑똑히 할 수 있기 때문이다."《위건 부두로 가는 길》

인간이 욕망을 갖고 있는 한 아래로 향하기는 쉽지 않다. 과부가 과부의 사정을 알듯, 가난은 가난한 사람만이 잘 아는 것이다. 하지만 조지 오웰 같은 사람도 있다. 그렇다면 가난한 사람, 그들은 누구일까? 어떤 의미일까?

몇 년 전, 일본이 그렇게 천재지변으로 고통받고 있을 때 얼핏 일본의 부자들에 대한 기사를 본 적이 있다. 그들은 유목민적 기질을 발휘해 해외 어딘가에 집을 사 놓고 천재지변이 나면 그곳으로 피난을 간다는 것이다. 그러지 않더라도 일 년의 반은 해외에 거주하고 나머지는 국내에 거주하면서 세금을 내지 않는다. 단편적인 이야기지만 그게 과연 남의 나라 이야기이기만 하겠는가? 전쟁이 나도 전장에 나가는 건 가난한 사람들이지, 있는 사람들은 아닐 것이다. 이렇게 가난한 사람은 보호받지 못한다.

나는 이 두 권의 책을 읽으면서 새삼 자본주의만이 살길인가 묻고 싶어졌다. 솔직히 자본주의란 말 자체도 있는 사람의 사전에나 있는 말이다. 배우 현빈이 수년 전 모 드라마에서 말해서 유명해진 '가난하고 소외된 이웃'이라는 말도 알고 보면 자본주의에서 나온 말일 테고, 자본주의가 아닌 나라에선(그것이 비록 오지더라도) 이 말 자체가 존재하지 않을지 모른다. 그렇다면 자본주의가 존재하기 위해 결과적으로 따라올 수밖에 없었던 이 '가난하고 소외된 사람들'은 과연 누구란 말인가? 이제는 좀 진지하게 생각해 봐야 하지 않을까?

왜 자본가들은 없는 사람까지 따라오게 만들면서 그들을 책임지거나 돌보지 않는가? 자본가와 없는 사람이 갈라져 나라를 망치는 것이 아니라, 힘 있는 사람이 힘없는 사람에게 힘을 키우는 방법을 가르쳐 함께 잘 사는 나라를 만드는 것이 되어야 하는 것이 아닌가?

하룻밤 자고 일어나면 어떻게 될지 모르는 물가를 생각하면 우리가 이런 세상을 얼마나 더 오래 버틸 수 있을까 한숨이 절로 나온다. 이쯤 되면 '뭔가 다른 길을 모색해 봐야 하는 것은 아닐까? 정말 지금의 자본주의만이 대안일까?' 그런 생각이 든다.

조지 오웰의 책을 읽었을 때나 안 읽었을 때나 그에 대한 나의 이미지는 별로 변하지 않았다. 디스토피아. 암울한 세상에 대한 반추를 많이 했던 작가여서일까? 그의 인생은 별로 행복하지 못했고, 젊은 나이에 사망했다. 그가 설혹 인생을 다시 산다고 해도 이 세상에 가난한 사람이 있는 한 행복하게 살지는 못할 것이다. 무엇보다 그는 21세기를 다시 살지 않을 것이다. 20세기 파시즘이란 괴물과 평생을 씨름했는데 자본주의와 또 싸우라고?

그는 자신의 소설 《1984》의 빅 브라더만큼이나 유명한 전설이 되었다. 그렇다고 해서 그를 영웅이라고까지 부를 것은 없다고 생각한다. 영웅은 혁명가의 것이지, 작가의 것은 아니기 때문이다. 그래서 우리는 그를 전설로 기억하는지도 모르겠다. 지상에 조지 오웰이란 사람이 살다가 갔다. 우린 이것만으로도 그를 충분히 기억할 만하고, 또 그래야만 한다고 생각한다.

읽기 전엔 쉽지 않은 작가라고 생각했는데, 읽고 나니 그에 대한 존경과 함께 묘한 연민이 느껴진다.

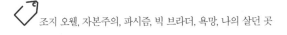 조지 오웰, 자본주의, 파시즘, 빅 브라더, 욕망, 나의 살던 곳

# 16

# 끊임없이 불만을 토로하며 문제 제기를 하는 사람

　문학을 좋아한다고 해서 세상의 모든 작가를 다 좋아하는 것은 아닐 것이다. 편견이겠지만 나 같은 경우 카프카의 작품을 중학교 때 처음 접해 보고 왠지 넘지 못할 산맥 같아 포기한 적이 있다. 그 난해함과 우울함, 약간의 괴기스러움은 내 취향이 아닌 것 같았다. 굳이 한 가지 이유를 더하자면, 작품의 분위기 못지않게 그의 삶이 그리 유쾌하지는 않았다는 것이다. 어쩔 수 없이 순탄치 못했다면 이해했을 것 같다. 스스로를 유폐했던 삶이 뭐 그리 알고 싶고 본받고 싶겠는가?

　사람은 어떤 사람을 사귀느냐에 따라 그 삶도 영향을 받는다. 책도 그렇지 않을까. 어떤 작가의 작품을 읽느냐에 따라 기분뿐만 아니라 사고나 영혼까지도 좌우하기도 한다. 가령 에밀 졸라의 《작품》은 읽다가 주인공의 불행한 삶에 가위 눌리는 기분이 들어 결국 다 읽지 못하고 덮어 버렸다. 그 후 에밀 졸라의 책은 선택하기를 주저하게 됐다.

　어쩌자고 못다 읽은 아쉬움을 떠올리며 카프카의 책을 집어 들었는지 모르겠다. 그것도 그의 일기와 편지를 엮은 《절망은 나의 힘》이란 책이다. 일기와 편지란 게 무엇인가? 그 사람의 생각과 사상을 가장 집약적으로 알 수 있는 것이다. 그러니 난 옛 기억을 떠올리며 또 한 번 카프카에 대해 절망하게 되지 않을까 걱정했다.

엮은이는 가시라기 히로키라는 사람인데 일본 내에서는 알아주는 카프카 전문가라고 한다. 그런 그도 카프카를 가리켜 '실패의 달인'이라고 했다. 저자는 카프카를 아주 잘 소개해 놓았고, 카프카를 빌려 절망이 현대인에게 어떤 의미인지 아주 간결하면서도 이해하기 쉽게 설명해 놓았다. 솔직히 읽으면서도 저자가 이렇게 쓸 정도라면 카프카에 대해 상당히 통달해 있다 싶었다.

책을 보면 카프카는 무척이나 소심한 사람 같다. 오죽하면 약혼자 밀레나에게 쓴 편지에 "우유 컵을 입으로 가져가는 것조차 두려워집니다. 그 컵이 눈앞에서 깨져서 파편이 얼굴로 튀어 오르지 말란 보장이 없기 때문입니다."라고 했을까? 이 정도라면 거의 신경증 환자에 가깝지 않을까 싶기도 하다. 그뿐인가? 그는 평생 부모로부터 작가로 인정받지 못했고, 아버지 앞에서 기 한번 제대로 펴 보지 못했다. 카프카의 애인은 우리가 상상하는 그런 여자가 아니었다. 자신의 집에서 일하는 하녀였다. 그녀와 결혼할 생각을 했던 건 단지 그녀가 카프카에 비해 큰 덩치를 가져서였는데, 왠지 자신을 보호해 줄 것만 같았기 때문이라고 한다. 하지만 두 번의 청혼에도 불구하고 결혼하지 못했다. 결혼도 용기와 책임 의식이 있어야 가능한 것인데 그는 너무나 나약했다.

카프카는 늘 자신이 글을 너무 못 쓴다고 학대에 가까우리만치 자책하기도 했다. 아마도 잘하고 싶다는 생각이 너무 강해 오히려 못할 거란 불안이 삼켜 버린 것 같다. 그러기에 손대는 작품마다 끝을 본 작품이 없었다. 이건 좀 놀라운 부분이긴 하다. 미완성 작품도 작품으로 인정받을 수 있다니. 물론 세상의 많은 작품 중에 그런 작품이 없지는 않을 것이다. 보통 작가의 작품이라면 미완성은 미완성일 뿐, 작품이라고 인정할까? 당시 문단의 풍토가 부럽기도 하다. 한편으로는 카프카였기에 가능했을 거라고 생각된다. 그의 작품이 오늘날에도 많은 작가들에게 영향을 미치는 것을 보면 말이다.

그의 소심함은 작업하는 태도에도 영향을 미쳐, 방대한 양을 써 놓고도 늘 작업 양이 부족하다고 말했다. 늘 전업 작가가 되길 원했지만, 빵을 위해 일해야 하는 것에 불만을 가졌다. 그렇다고 그가 가난하게 살았느냐면 그렇지도 않다. 그는 부잣집 아들이었다. 하긴 아버지가 부자인 것과 자신은 별개라는 걸 카프카는 일찌감치 깨달았을지 모를 일이다. 능력을 인정받아 출세가도를 달리기도 했음에도 늘 행복하지 않았다. 인간관계도 서툴고 사람을 기피하여 자신의 작품을 의뢰할 줄도 몰랐다. 그래서 브로트라는 당대 유명한 대중 작가 겸 친구가 대신 출판해 주기도 했다. 그는 왜 당당하고 적극적으로 살지 못했던 걸까?

사람을 이해하면 연민을 느끼는 걸까, 아니면 연민이 느껴지면 이해할 수 있는 것일까? 카프카를 좋아할 수 없을 거라고 생각했는데, 어느 틈엔가 그를 이해할 수 있을 것 같고 연민이 느껴지기도 했다. 그는 학교에 절망하면서 '내가 받은 교육은 해로운 독에 지나지 않는다.'고 일기에 토로하곤 했다. 이 부분에 깊은 공감이 갔다. 나역시 잠깐을 제외하고, 학교를 좋아해 본 적이 없다.

카프카는 친구 관계에 희망은 없다며, '그것은 허무한 도움닫기였다.'고 단편에서 고백하기도 한다. 나도 같은 생각이다. 솔직히 나이가 먹으면 먹을수록 친구 관계를 유지하기가 쉽지 않다는 걸 깨닫는다. 한때 친구일 뿐, 한번 멀어지기 시작하면 좀처럼 다시 가까워지지는 않는 것 같다.

그는 삶 모든 부분에서 절망했다. 미래에 대해서, 직업과 결혼, 자식, 인간관계는 물론이고, 학교나 직업, 음식 등 하다못해 꿈이나 진실에 대해서까지도 철저하게 절망했다. 왜 그리도 절망으로 자신을 철저히 짓밟았던 걸까? 그건 사랑을 받지 못했기 때문이라고 쉽게 추측할 수도 있을 것이다. 말했다시피 그는 아버지에게 인정받지 못했으며, 어머니나 다른 형제들에게도 받아들여지지 못했다.

저자의 의도처럼 '과연 카프카가 절망만 했던 사람이었을까'에 의문을 가져 본다. 그것은 저자가 테마를 그렇게 잡았기 때문이며, 그런 스펙트럼에서 보자면 카프카는 실패의 달인이고 절망의 왕인지도 모른다. 하지만 나는 카프카가 절망만 했다고 생각하지 않는다. 절망했다면 왜 절망할 수밖에 없는지도 알아야 하고, 그가 절망을 통해 무엇을 말하고자 했는지도 알아야 한다.

생각해 보아야 할 것은, 작가는 어떤 족속이냐는 것이다. 만일 정말 우리가 유토피아에 살고 있다면 그 세계에서 가장 먼저 없어져야 할 직업은 바로 작가일지도 모른다. 누구는 불만이 나의 힘이라고 했다. 작가는 바로 이 불만과 불일치를 글로 쓰는 사람들인 것이다. 그리고 바로 그것이 세상의 변화를 가져온다고 믿는 것이다. 인간이 불만을 토로한다는 것은 그만큼 그 안에 이상적인 세계가 존재하기 때문일 것이다.

작가는 혁명가가 아니다. 다만 끊임없이 불만을 토로하며 문제 제기를 하는 사람들이다. 그러니까 카프카의 절망이란 건 역설적으로 그 나름의 방식으로 희망을 얘기했던 것인지도 모른다.

카프카가 불만으로 여기지 않았던 유일한 분야는 아이러니하게도 죽음이었다. 살면서 그는 늘 불면증에 시달렸는데, 죽음을 생각하며 편안히 잠을 잤다고 한다. 오늘날은 어떻게 하면 건강하게 오래 살 것이냐에 관심이 있지, 죽음에 대해선 통 관심이 없다. 죽음을 기대했던 카프카는 결핵으로 절명하고 만다. 그제야 그의 불만과 절망이 끝난 것이다. 그런데 또 모를 일이다. 저세상에서 타고난 대로 절망을 하며 살지.

카프카가 다른 모든 것을 배신했지만(난 왠지 그의 절망 자체가 세상에 대한 배신처럼 느껴졌다), 끝까지 자신이 작가였다는 사실을 잊지 않았다는 게 마음에 든다. 절망을 문학으로 승화시킬 줄 알았던 카프카는 진정한 작가고, 작가에게 문학이 구원임에 틀림없는 사실인 것 같다. 그래서 난 이 책을 읽고 나서야 비로소 작품을 통해 카프카를 알고 싶어졌다.

문학에서만은 절망하지 않고 희망했던 카프카. 이제 그를 만나러 가야 할 것 같다.

 실패의 달인, 절망의 카프카에서 공감의 카프카로

# 17

# 규칙적인 생활과 소설가의 자세

내가 처음 하루키를 접한 건 《노르웨이의 숲(상실의 시대)》이 아니라 단편집이었다. 그전에 일본 소설을 몇 작품 읽기는 했는데 별재미를 못 붙이고 있었다. 그때 일본 소설 하면 떠오르는 한 단어가 있다면 그건 '백치미'였다. 영혼이 느껴지지 않는다고나 할까? (물론 그 느낌은 세월이 흐르면서 달라지기는 했다.) 그런 데 비해 하루키의 작품은 같은 일본 소설이라고 해도 다른 느낌이었다. 아메리칸 스타일이 다분했다고나 할까? 특히 단편 〈치즈케이크 모양을 한 나의 가난〉은 가히 백미라고 해도 좋으리만치 기억 속에 남는 작품이다. 그렇다고 내가 하루키 마니아라는 건 아니다. 초기 몇 작품을 제외하면 난 하루키의 작품을 그다지 좋아하는 것도 아니다. 하지만 지금은 너무 유명해진 덕에 외면할 수 없는 작가가 되어 버렸다. 작가에 대한 관심 덕에 《하루키 스타일》이란 책을 읽었다.

오래전부터 궁금했다. 하루키는 여느 일본 소설가 같지 않은데 그 다름은 어디에서 오는 것인지. 하루키는 레이먼드 카버와 폴 오스터, 레이먼드 챈들러를 좋아하고 실제로 이들의 작품에서 많은 영감을 얻었다. 그러면 그렇지. 그의 아메리칸 스타일이 괜히 나오는 것이 아니었다. 그 스스로도 의도한 것이라고 밝히고 있다. 그러니까 자국의 작가들이 구사하는 작풍을 뛰어넘고 싶어 했던 것이다.

그의 소설이 세계적인 보편성을 획득할 수 있었던 배경에는 10대 시절 탐독한 미국 현대 작가들의 영향이 컸다. 항구 도시 고베에서 나고 자란 하루키는 고교 시절부터 외국 선원들이 헌책방에 팔고 간 영문 페이퍼백을 사다 읽는 게 취미였는데, 이때 미국 작가들의 작품을 재미 삼아 번역하곤 했다. 이는 훗날 하루키가 수많은 영미 소설의 번역가로 활동하는 데 튼튼한 기초가 되었다. 확실히 크게 될 사람은 노는 폼도 다르다 싶다. 하루키의 작품이 '미국 작가가 일본어로 쓴 소설'이라는 평을 받고, 그가 미국에 자신의 소설을 알릴 수 있는 것도 이유가 있었다. 물론 '헤밍웨이의 아류'니 '버터 냄새 나는 작품'이란 비평도 듣는다. 그는 별로 개의치 않는다고 한다.

하루키는 하루를 규칙적으로 사는 것으로 잘 알려져 있다. 오전 4시 전후로 일어나 신선한 커피 한 잔을 내려 마신 후 곧바로 책상 앞에 앉아 원고를 쓴다. 오전 10시에는 10킬로미터를 달리고(그가 마라톤 마니아라는 건 익히 잘 알려진 사실), 번역 작업을 취미 삼아 하고, 중고 음반 가게를 돌아다니며, 장을 봐서 요리를 하고, 저녁을 먹은 뒤 책을 읽다 밤 10시경 잠자리에 든다. 하루키는 문체가 곧 삶의 방식과 직결된다고 믿고, 생활의 단순화를 통해 일상의 잡다한 요소들을 지우고 대신 소설가로서 해야 할 일들에 집중한다.

작가로 등단하거나 주목받는 작가가 되는 것보다 어쩌면 더 어려운 일은 '작가로 살아가는 것'일지도 모른다. 하루키를 보면 창의력과 상상력은 자유와 일탈에서 나오는 게 아니라 매일 규칙적으로 자신이 좋아하는 무언가를 반복하는 꾸준함과 그 일을 진정으로 즐기는 태도에서 비롯된 게 아닐까 싶다.

한때 우리나라 일부 작가들은 하루키의 문체를 흉내 내곤 했다. 물론 문체가 워낙 독특했으니 따라 해 보고 싶은 마음도 있었을 것이다. 하지만 그건 하루키가 '헤밍웨이 아류'란 평을 듣는 것보다 더 못한 일이라고 생각한다. 그때 그들은 하루키를 흉내 내지 못해 안달할 것이 아니라 그의 성실함과 꾸준함을 배웠어야 했다. 그리고 하루키처럼 말할 수 있어야 한다.

"반복성에는 확실히 주술적인 것이 있어요. 정글의 깊은 곳에서 들려오는 북소리의 울림 같은 것이지요."

하루키는 글을 쓸 때는 레이먼드 챈들러의 방식을 선호하며 따라 했다. 첫째, 일에 집중할 시간을 정한다. 자기가 제대로 미쳐 보고 싶은 그 무언가를 하루 중 언제, 몇 시간 동안 할 것인지를 정한다. 둘째, 일하기 위해 필요한 준비물들을 갖춘다. 셋째, 정해진 시간에 오직 그 일에만 집중하는 것을 매일매일 지킨다. 돌발적으로 일어날 수 있는 요소들은 차단한 채 신변잡기적 생각들은 모두 머릿속에서 지운다.

하루키는 30년을 지속적으로 집중하여 글을 썼다. 독자의 마음을 끌어당기는 것은 줄거리도, 문장도 아닌, 소설에 배어나는 소설가의 '자세'라는 사실을 인식했다. 하루키는 서구 문학의 아류가 아닌 자신만의 '오리지널리티'를 만들어 냈다. 누군가의 영향을 받았더라도 본격적으로 전업 작가의 길을 걷게 된 뒤 하루키는 자신만의 방향성을 모색해 간다. 소설가의 '자세'를 고민하고, 연구하며 발전시켜 나갔고, 어느 시점부터는 그 앞에 아무도 없었다고 한다. 하루키 방식을 오리지널이라 할 만하며, 그만의 '스타일'이라고 불러도 무방할 것이다.

인간관계 역시 중요하게 여긴다. 출판사 직원을 대할 때도 직원이 아닌 인간으로 대한다. 그러니만큼 자신을 진정성 있게 대해 주는 사람에게 신뢰를 느낀다. 재미있는 것은, 자신의 책을 영어로 번역할 때 그만의 원칙이 있다는 점이다. 그의 책을 번역해 주는 사람은 제이 루빈 교수와 필립 가브리엘, 알프레드 번바움 교수 등 세 명이 있다고 한다. 하루키는 매번 자신의 작품을 이들 세 명에게 읽게 하고 그중 가장 열정을 보이는 사람을 번역자로 결정한다. 재치 있는 방식인 것 같다.

책 내용을 읽고 있으면 하루키가 확실히 매력적인 사람이라는 것에 동의하지 않을 수 없다. 서른을 코앞에 둔 어느 날 야구 경기를 구경하다 소설가가 되기로 결심하고, 소설을 써 본 적도 소설 작법 같은 것을 배운 적도 없지만 어쨌든 소설을 쓰기 시작했다. 소설을 쓰려고 하는 사람들에게 얼마나 도전할 용기를 주는가? 글을 써 보겠다고 하면 왜 그렇게 자질에 대해서 요구하는 것이 많은 것인지, 창작 수업 한 시간만 들어도 지레 겁부터 먹게 된다. 물론 그런 식으로 해서 될 사람과 안 될 사람을 걸러 내는 것이겠지만, 해 보지도 못하게 기를 죽이는 것은 좀 그렇지 않은가?

하루키는 학교라는 제도권 교육을 싫어한다. 청소년기에도 공부를 잘 하지 않았고, 1년 재수 끝에 와세다 대학에 들어갔다. 대학에 들어가서 잘한 것은 지금의 아내를 만난 것뿐이라고 말한다. 신문이나 잡지, TV는 거의 보지 않는다. 대신 뭔가에는 미쳐 있다. 예를 들면 재즈 같은 것. 오래전 하루키를 좋아해서 하루키를 닮은 나의 선생님도 그런 말씀을 하셨다. 글을 쓰는 것도 중요하지만 무엇이든 한 가지에 정통해 있으라고. 그 말이 세월이 흐르면 흐를수록 점점 더 선명하게 와 닿는다.

사실 내가 그의 책을 그리 많이 안 읽었던 이유 중 하나가 섹스에 관한 표현이 너무 많거나 적나라하다는 것이다. 외모로 보면 하루키는 상당히 보수적으로 생겼다. 오죽하면 그의 표정을 가리켜, 긴장하면 얼굴이 풀을 먹인 것처럼 빳빳하게 굳는다고 표현했을까. 표정만 보면 그가 섹스 표현을 잘하는 작가라는 건 도무지 믿어지지 않을 정도다.

사실 그도 섹스에 관한 표현을 그다지 좋아하지 않는다고 한다. 하지만 섹스에 관한 묘사를 통해 많은 사람들과 꿈을 공유할 수 있다는 것을 알고 그것을 극복했다고 한다. 나아가 섹스는 자신의 본능에 굴복하지 않으면서 제어할 수 있는 아이템과도 같다고 보았다. 관점이 좀 독특한 것 같긴 하지만, 섹스 표현은 소설에서 그만의 스타일을 구축하는 데 한몫했을 것이다.


하루키는 말한다. '소설가는 많은 것을 관찰하고, 판단은 조금만 하는 사람'이라고. 그런 의미에서 관찰은 하루키 문학 인생의 출발점과 같다고 했다. 어둠과 지하, 그리고 통로는 하루키 작품의 주요 모티프며, '겉으로 드러나지 않는 사람의 진짜 모습, 그 보이지 않는 것을 말하는 것이고, 사람이 진정 구원받기 위해서는 홀로 어둠의 깊숙한 부분까지 내려가지 않으면 안 된다.'고 했다. 그래서 그의 작품 속 주인공들은 각자가 느끼는 공포를 인정하고, 그것을 직시하면서 상실, 상처, 고독, 혼란 등을 헤쳐 나가는 사람들이라고 했다.

하루키도 이제 예순이 넘었다. 문득 그가 자서전을 쓸까 궁금해졌다. 그의 독특한 성격으로 봐선 안 쓸 것 같다. 워낙에 많은 책에서 자신의 삶을 주저리주저리 늘어놓았으니 말이다. 그렇다면 누군가는 그의 평전을 써야 하지 않을까? 뭐 평전은 꼭 그 사람이 죽었을 때나 쓸 수 있는 것은 아니다. 움베르토 에코는 살아 있을 때 평전이 나왔으니 말이다. (솔직히 이 책은 저자의 노고가 느껴지긴 하지만, 다소 산만하고 자기계발류처럼 느껴지기도 한다.)

고개를 돌려 시계를 보니 오후 2시가 조금 못 된 시각이다. 이 시각에 하루키는 뭘 하고 있을까? 책에 나와 있는 대로라면, 번역을 하고 있거나, 어느 중고 음반 가게를 기웃거리고 있으려나? 그가 더 궁금해졌다.

 하루키, 오리지널리티, 소설가의 자세

# 만남

박범신, 은교, 노욕, 자본주의, 내 안에 늙지 않는 짐승이 산다, 청년 작가, 극지법, 알파
인 방법, 김훈, 내 젊은 날의 숲, 사대문 안과 밖, 가부장, 마초, 문장, 복지 정책, 기율, 팁
을 줘서 보내라, 김홍신, 인생사용설명서, 자존감, 열등감, 오프라 윈프리, 박정자, 은희
경, 소년을 위로해줘, 새봄처럼 그날이 오네, 꼬리에 꼬리를 무는 잡념, 독기, 강신주, 철
학이 필요한 시간, 통섭, 김수영, 달나라의 장난, 우리가 우리의 목소리를 낼 때까지, 성
석제, 그, 라는 왕을 찾아서, 조폭 두목, 작가계의 안성기, 쏘가리, 문학수, 쇼팽, 베토벤,
박완서, 리스트, 더 클래식, 하루키, 순례를 떠난 해, 야나체크, 조경란, 백화점, 짧고 의
미 있고 가치 있는 것에 대한 강박, 김탁환, 목격자, 조운선, 세월호, 제탁, 백탑파, 혜성,
반환점

# 18

# 박범신_ 내 안에 늙지 않는 짐승이 산다

실제로 본 박범신 작가는 사진보다 조금은 야위어 보였다.

그렇지 않아도 그는 《은교》를 한 달 반 만에 탈고하고, 무엇인가가 쑥 빠져나간 느낌이라고 했다. 그리고 한동안 설사병으로 고생했다고 한다. 950매에 달하는 원고를 어느 날은 30매, 또 어느 날은 40~50매를 생리적인 필요를 해결하는 시간 외에 꼬박 앉아서 썼다고 한다. 자기 안의 어떤 힘이 자신을 계속 밀고 나가는 느낌이었고, 뭔가를 받아 적고 꼬리에 꼬리를 무는 느낌이었다며 그런 경험은 자신도 처음이라고 했다.

신이 들렸다는 것이 바로 이런 느낌일까? 뭔가 살짝 부럽기도 했지만 이내 그런 후유증으로 탈이 날 법도 했겠다 싶다. 그는 작품 속 주인공인 이적요가 자신을 의미함을 부정하지 않았다. 그렇다고 해서 자신이 실제로 17살 소녀와 연애를 해 보고 그 같은 작품을 썼다고는 생각하지 말라고 당부한다. 그는 현재 34살 된 딸을 두고 있는데, 딸 외에는 17살 고등학생을 대해 본 것은 30년도 더 된 일이라고 부언했다.

나도 《은교》에서 분명 박범신을 보았다. 오늘날의 문학 현실을 비판하는 대목에서다. 그런데 작가와 주인공이 좀 다른 건, 이적요는 그의 필명답게 세속적인 모든 것을 단절하다시피 하고, 고요하다 못해 적요하게 사는 인물이라는 점이다. 보통 작가들이 새 작품을 내면 독자와 만나곤 하는데, 이적요는 그런 것조차 비난한다. 그에 비해 박범신 작가는 이렇게 독자들과 만나고 있다.

《은교》는 서지우와 이적요의 이야기지만, 그 중심에 은교가 있다. 그것이 의미하는 것은 무엇일까? 작가는 《은교》는 일종의 로망이며 이룰 수 없는 꿈 또는 갈망을 상징하는 것으로, 직접적이고 뜨거움과 솔직함으로 쓰려고 노력했다. 그래서였을까? 정말 이 작품을 읽으면서 나도 모르게 후하며 내 안에 뭔가 모를 후끈 달아오른 열기를 뿜어냈던 것을 기억한다. 나로선 흔치 않은 경험이었다. 작가의 말대로 《은교》를 읽는다는 건 이놈의 갈망, 즉 이룰 수 없는 꿈이 나이가 들어도 좀처럼 수그러들지 않는다는 것을 확인하는 일인지도 모른다.

비록 내가 작가의 나이에 근접해 있지는 않지만, 이 책이 젊은이들에게 얼마나 호응을 얻을 수 있을까에 의문을 가질 법한 나이에 도달해 있는 것도 사실이다. 만일 내가 20대 나이로 이 책을 읽었다면 이렇게 열기를 뿜어내며 읽을 수 있었을까? 그냥 흔히 하는 시쳇말로 "포스가 느껴지는 소설"이라며 정형화된 언어로밖에는 말하지 못했을지도 모른다.


어릴 땐 꿈이 참 많았는데, 이제는 살면 살수록 내 지나가 버린 젊음과 이루지 못한 꿈을 아쉬워하는 일이 많아졌다. 서글픈 일이다. 그래서 은교는 이적요에게 초월적 그림자일지도 모르겠다. 이적요에게 은교는 이룰 수 없는 사랑이고, 동시에 완성을 갈망하는 존재며, 그리움이다. 그것은 한순간 찾아지는 것이 아니며 죽을 때까지 찾는 것이라고 했다. 그렇다면 인간은 얼마나 피곤한 존재일까? 시지프스의 아바타가 보인다.

그의 말을 들으며 작품에 대한 의미가 새로워진다. 작가는 이 책을 밤에 읽으라고 했다. 왜 밤에만 읽으라고 했는지 몰랐는데 이날 마침내 의문이 풀렸다. 단순히 밤에 썼으니 밤에 읽으라고만 한 것이 아니었다. 자신의 욕망과 알몸으로 마주할 수 있는 시간이 밤이기 때문이다. 사실 작가는 삶을 깽판 놓고 싶어서 이적요와 은교가 실제로 섹스도 하고 불타는 사랑을 하는 '불온한 서적'으로 만들고 싶었다고 한다. 하지만 감옥에 갈 것만 같아 그렇게 하지 못했다고 했다. 그만큼 인간의 억눌려 있는 본능을 건드려 보고 싶었다고.

순간 나는 그가 자신의 책을 불온한 서적으로 만들지 않은 것이 다행이라고 생각했다. 작품 속 이적요는 사회주의에 투신해 10년간 옥살이를 했다. 설혹 작가로서 그는 감당할 수 있을지 몰라도 이를 지켜봐야 하는 사람들의 마음은 그렇지가 않을 것이다. 그저 그의 '불온한 마음'만으로도 충분하다.

작가는 낮엔 생업에 최선을 다하고, 밤엔 그런 사회적 자아를 내려놓고 원시적 자아와 맞닥뜨리길 바랐다. 실오라기 하나 걸치지 않은 욕망을 응시하게 되길 바랐고, 인간의 오욕칠정을 건드려 독자를 거기에 빠뜨리려고 모의했단다. 왜 그는 그런 모의를 했던 것일까?


그는 이적요를 통해 자본주의를 비판한다. 자본주의는 개발을 담보로 하지 않으면 안 된다. 개발은 욕망을 활활 타오르도록 부채질하며 소비를 부추겼다. 이윤을 창출하려면 소비에 경쟁을 붙이지 않으면 안 된다. 이것이 자본주의의 모습이며, 이적요의 입장에선 소음이었다.

그는 산을 오르는 데는 두 가지 방법이 있다고 말한다. 극지법과 알파인 방법이다. 극지법이란 등정주의 등반법으로 셰르파를 동원해서라도 무조건 높은 곳에 오르는 방법이고, 알파인 방법은 높든 낮든 자신의 오감에 의지하여 장비나 타인의 도움 없이 오르는 방법이다. 즉 자기 봉우리를 설정하고 그곳을 향해 오르는 것이다. 남이 발견하지 않은 전인미답을 찾는 것. 진정한 산악인은 바로 후자에 속한다고 했다.

자본주의 폐해는 자기 정체성을 생각하지 못하게 만들고, 진정으로 자신이 원하는 것이 무엇인가에 대해 생각하지 못하게 만들어 왔다. 오직 서열화된 가짜 욕망을 좇게 만들었다는 것이다. 나는 이 부분에서 왜 그가 그런 모의를 획책했는지, 문학의 사명이 무엇인지 그제야 알 것 같았다. 작가는 그렇게 오욕칠정을 통해 인간 본연의 모습이 무엇인지를 알게 하고 싶었던 것이다. 또한 문학은 이런 자본주의의 폐해에서 인간을 구해 내며 자기 정체성을 발견할 수 있도록 해야 하는 것이다.

물론 자본주의나 물질만능주의가 인간을 타락시켜 온 것도 사실이다. 하지만 이것을 뛰어넘고자 하는 또 다른 물결이 있다는 것도 간과해서는 안 된다. 작가는 이를 가리켜 '제3의 전쟁'이라고 했다. 즉 본질의 전쟁. 그래서 어떤 사람은 1억 전세금을 빼 가족과 여행을 가기도 한단다. 전인미답의 자신의 봉우리를 찾으러.

작가란 자기부정 없이는 불가능하다고 했다. 작가는 끊임없이 이번 작품이 지난번 작품보다 나아졌는가를 물어봐야 하는 존재들이며, 문학이란 행복하고 안온하고 충만한 것을 그리는 것이 아니라 불행하고 상처받고 결핍된 것을 이야기하는 것이다. 바로 이 결핍이 충만을 낳은 현대 문학의 자궁이라고 했다. 한마디로 "사랑은 바구니에 담기지 않는다."를 보여 주는 것이라고.

그래서 《은교》가 그처럼 절절했는가 보다. 하지만 이 부분이 받아들이기 힘들었다. 여타의 작가들도 그렇게 글을 쓴다면 우울하고 불행해지는 것이 아니겠는가? 왜 작가는 직접적으로 행복을 말할 수 없고, 충만한 사랑을 말하면 안 되는 것일까? 물론 작가의 말에 공감할 수 없다는 것이 아니다. 행복도 행복 자체로는 설명이 불가능하며, 불행을 얘기할 때야 비로소 행복을 말할 수 있다. 또한 결핍을 통하지 않고 충만을 말할 수 있을까? 그렇다면 그의 말이 옳다. 어쩌겠는가? 그것이 문학이 타고난 숙명이고, 작가는 그것에 복종하는 존재인 것을.

작가의 인간에 대한 생각이 참 독특하고 재미있다. 무엇보다 그는 여자를 잘 모르겠다고 한다. 그래도 여자를 그리워하게 되는 건 자궁이 있기 때문이라고 한다. 자궁이 있다는 건 희망을 담보로 하고 있다는 뜻이기도 하단다. 그런 데 비해 남자는 소모적이고, 쓸쓸하며 슬픈 동물이란다. 나는 그의 말에 괜스레 웃음이 비어져 나왔다. 이것도 독자의 연민을 자아내는 페이소스인가? 게다가 늙기까지 하지 않는가.

그가 여자를 치켜세운 건 어쩌면 자신이 여성이 아닌 존재로 태어났기 때문일지도 모른다. 그는 자신도 남자지만 남자들만의 모임을 그다지 좋아하지 않는다고 한다. 남자들만 모이면 이야기는 딱 세 가지로 압축된다. 부동산과 웰빙 식품, 자식 이야기(거기에 한 가지를 추가한다면 하수상한 정치 시국 이야기). 그러다 그 자리에 여자 하나만 끼어도 대화의 분위기는 사뭇 달라진다고.

무슨 뜻인지 알 것 같다. 남자가 여자에게 관심이 있고, 여자가 남자에게 관심이 있는 건 자연스러운 음양의 법칙이기도 하니까. 이 것은 또한 젊은 사람들만의 특권도 아니며, 인간이라면 끊임없이 추구하게 만드는 근원적 욕구가 아니겠는가? 그러므로 그는 노욕을 우습게 여기지 말라고 한다. 그것을 폄하하고 저급한 욕망으로 취급하는 것은 가치에서 벗어난 것이다. 무작정 누르고만 있을 것도 아니며, 쉽사리 발산할 것도 아니다. 그의 말을 들으니 앞으로 노년의 삶을 다시 보게 되는 때가 올 것 같다. 아니, 이미 시작됐는지도 모른다. 적어도 우리나라는 빠른 속도로 노령화되어 가고 있지 않는가? 그렇다면 무엇이 인간답게 늙는 것일까 생각해야 한다.

그는 '이것은 안 된다'고 말하는 것이 많은 사람은 늙을수록 삶이 지옥이 될 것이라고 했다. 그러면서 가끔 인터넷 글쓰기는 저급하다는 말을 듣곤 하는데 그 말을 용납하지 못하겠다고 했다. 인터넷 글쓰기는 저급하지 않으며, 저급하다면 청소를 하면 된다.

그도 한때는 악플에 시달리기도 했다. 하지만 그는 문학 외엔 다른 아무 짓도 하지 않았기에 나중에는 선플이 달리며 악플을 몰아냈다. 그러니 나이 들었다고 웅크리지 말고 새로운 것에 열린 마음을 가지라고 충고한다. 자신도 나이의 의자에 앉기 싫어서 《은교》 e-book 내자고 먼저 제안했다고 한다. 그 이야기를 들으며 나도 혹시 나이 들어 감에 따라 옛 방식과 가치에 안주하려고 하지 않았나 돌아보게 된다. 나는 아직도 e-book보단 종이책이 좋고, 아직도 악플이나 무플을 감당하기 싫어 갈수록 블로그에 글 쓰는 일이 소극적이 되며, 남의 눈치를 보게 된다. 나는 그보다 나이도 훨씬 어린데 벌써부터 이러고 있다.

　작가는 1993년에 절필을 선언하기도 했다. 그것은 문학으로 얻은 기득권을 돌려준다는 의미로 그렇게 한 것인데, 죽어서 관 속에 든 느낌이었다고 한다. 그리고 그 기간 동안 자신도 모르게 계속 중얼거리고 있는 자신을 발견하고 있더란다. 말하자면 또 다른 방식으로 소설을 쓰고 있었던 것이다. 그러면서 그는 "내 안에 늙지 않는 짐승이 산다."고 했다. 솔직히 그 말은 그날 들은 작가의 말 중에 가장 인상적이며 도전적인 말이다.

　글을 쓰지 않는다는 것은 생살을 찢는 느낌이고, 이놈한테 잡아먹히지 않기 위해서 글을 쓰는 것이라고 했다. 그놈은 대충 낙지와 비슷한 모양을 하고 있는데, 글을 쓸 때 놈이 조용해진다. 그냥 하는 말이 아닌 듯하다. 상당히 구체적이고 실질적이다. 글 쓰는 것은 그의 천형이며 순직에 대한 욕망이라고 했다. 정말 그는 문학에 대한 순정만 남아 있는 것 같았다.

　누군가 물었다. 행복하냐고. 그러자 그는 웃으며 "나는 본래 행복이라는 것이 뭔지 몰라요." 한다. 순간적이고 찰나적인 기쁨이야 있을 수 있겠지만 이러고 사는 거지 별수 있겠나 하며 껄껄 웃는다. 자신과의 약속이기 때문에 글을 쓸 뿐이라고 했다.

　그래서 그럴까? 체념인지 달관인지 노작가의 얼굴엔 행복에 대한 밝음도 불행에 대한 어두움도 발견할 수가 없다. 그리고 그는 종교를 가지고 있지는 않지만 종교인다운 풍모가 느껴진다. 한 가지만을 온전히 사랑한 것이 그를 그렇게 만든 건 아닐까 싶기도 한다.

　그는 나이를 먹으니 인간이 갖는 욕망이 다 내려놓아지더라고 했다. 하지만 사랑받고 싶은 욕구 하나만은 내려놓지 않게 되더란다. 결국 그것이 그로 하여금 글을 쓰게 만들고, 오늘을 살게 만드는 원동력임을 나는 느낄 수가 있었다. 부디 그 욕망만은 오래오래 간직하면 좋겠다.

재미있게도 《은교》 이후에 출강하는 학교의 남자 제자들은 하나같이 "제가 서지우죠?"라고 물어보고, 여자 제자들은 하나같이 "제가 은교죠?"라고 물어본다. 난 작품에 표현된 인간의 오욕칠정만을 좇느라 미처 물어보지 못했던 질문이다. 그러자 그는 단호하게 "내가 서지우요." 한다. 아, 그렇다면 처음에 말했던 이적요는 어디로 갔단 말인가? 난 명백히 이적요 속에서 그를 본 것 같은데. 그 범상한 서지우라니.

서지우와 이적요를 어떻게 놓고 볼 것인가는 여러 갈래가 있겠다. 그가 자기 자신을 가리켜 서지우라고 했던 것은 그냥 겸손하려고 하는 말인지도 모르겠다. 내가 볼 땐 그는 도통 범상해 보이지 않는 이적요인데 말이다.

그런데 작가는 천재 시인 이상을 언급하며 천재성은 천재성이 아닌 것과 섞여 있다면서, 이상도 원래는 천재가 아니었다고 했다. 이상은 결핵성 매독이란 판정을 받고 생이 얼마 남지 않음을 직감했을 때, 자신의 천재성을 발휘하여 위대한 작품을 남긴 것이라고 한다. 이상도 그럴진대 자신 안에 천재성이 없다고 누가 말할 수 있을까? 그런 것처럼 인간 안에는 범상한 서지우와 범상하지 않은 이적요가 혼재해 있다는 것이다.

누구는 그를 가리켜 그랬다. 국민 작가라고. 작가를 그렇게 부르기엔 너무 평범하고 정형화된 수식어가 아닌가? 그는 오늘도 자신 안에 있는 늙지 않는 짐승과 싸우느라 고군분투하는지도 모른다.

그렇다면 '청년 작가'라는 호칭이 맞는 표현이 아닐까?

　작가와의 만남에 참여해 본 중에 그와의 만남이 가장 후끈했고, 열정이 느껴졌다. 그런 열정을 독자에게 전달해 줄 수 있는 작가는 그리 많지 않다. 그런 것으로 보아 그는 정말 청년 작가임에 틀림없다. 《은교》를 막 읽고 났을 때처럼 마음의 충만함을 가지고 그 자리를 나올 수 있었다.

　작가처럼 늙어 가면 정말 좋겠다.

 박범신, 은교, 노욕, 자본주의, 내 안에 늙지 않는 짐승이 산다, 청년 작가, 극지법, 알파인 방법

# 19

## 김홍신 _ 인생사용설명서

　사실 국회의원들이 다 국민들에게 원성을 듣고 외면당하는 것은 아닐 것이다. 어떤 국회의원은 존경과 신뢰를 받기도 할 것이다. 청렴도가 높지 않으니 그런 국회의원을 찾아보기란 쉽지 않다. 하지만 김홍신 전 국회의원이라면 신뢰가 간다. 언젠가 TV 〈무릎팍도사〉에 나온 모습을 본 적이 있다. 국회의원 시절 정적은 물론이고, 그가 속한 당에서조차 배척당했다고 했다. 그의 청렴함이 당원들에게 본의 아니게 피해를 줬기 때문이라고 한다.

　그는 의정 활동을 접고 다시 작가의 자리로 돌아왔다. 그리고 낸 책이 《인생사용설명서》다. 책이 나온 후 강연회 소식을 듣고 참석했다. 강연 제목 역시 '인생사용설명서'다. 6년 전 아내와 사별하고 아들을 결혼시키면서 쓴 책이라고 한다. 갑자기 아내를 잃고 아들을 장가보내려니 모든 게 너무 막막했다. 그래서 결혼하는 아들에게 아버지로서 들려주고 싶은 말을 정리했고, 그것이 책으로 나왔을 때 아들의 결혼식을 축하하러 온 하객들에게 답례품으로 한 권씩 선물했다고 한다.

강연은 예정된 시간보다 30분 일찍 시작되었다. 그 자그마한 분이 뭐 하실 말씀이 많아서 예정된 시간보다 30분이나 일찍 강연을 시작하는 걸까. 충청도 양반 출신답게 말할 때 차근차근했다. 체구는 TV에서 보는 것보다 더 작아 보였다. 어떻게 저 자그마한 체구로 1981년 우리나라 최초의 밀리언셀러라는 《인간시장》과 대작 《대발해》를 쓸 수 있었는지, 그의 글에 대한 애착과 집념에 새삼 숙연해진다.

사람이 뜻을 세우고 그 일에 1만 시간을 투자하면 성공한 사람이 될 수 있다고 한다. 김홍신 작가는 그것을 증명해 준 사람이기도 하다. 그는 공부를 그다지 잘 해 본 적이 없는데, 단지 소설 하나 잘 쓰고픈 마음 하나로 대학에 들어갔고, 지금의 대작가의 반열에 오를 수 있었다.

그는 작가이면서 대학에서 후학을 가르치는 교수이기도 하다. 한 학기 수강 신청 인원이 무려 2,500명이라고 하는데, 지명도 때문이기도 하겠지만 그에겐 나름의 노하우가 있었다. 자신의 강의를 신청한 학생들에게 무조건 학점을 준다고 한다. 그러니까 어느 누구도 과락이 없다. 시험 문제도 여느 교수의 그것과 다르다. 예를 들어 세 문제 중의 첫 번째 문제는 '나의 첫사랑에 관하여 서술하라.', 두 번째는 '오늘 만약 나에게 1억 원이 생긴다면?', 세 번째 '나는 누구인가?'다.

그런 시험 문제를 냈던 건 학생들을 향한 그의 간절한 소망이 담겨 있기 때문이다. 말하자면 그는 단순히 측정 가능한 지식보다 지혜를 전해 주고 싶었던 것 같다. 그러니 학생들이 몰릴 수밖에.

그는 이 문제를 모인 청중들에게도 똑같이 내 준다. 뭐라고 대답해야 할까? 조금은 당황스럽다. 청중의 반응을 보고 너무 막연하다고 생각했는지, 다른 질문을 던졌다. 사람의 사회적 가격은 얼마일까? 즉 나를 팔면 얼마를 받을까? 나랑 가장 가까이 사는 사람이 나에 대해 가격을 매긴다면 얼마를 책정할까? 질문에 쉽게 대답할 수 없었다. 열등감 때문일까? 그럴 수도 있겠다. 그렇다면 우리는 과연 열등감을 어떻게 보고 다루어야 할까?

우리가 잘 알고 있는 오프라 윈프리의 얘기를 전해 줬다. 그녀는 10살 때 성폭행을 당하고 그 이후에도 힘겨운 삶을 살았지만 오늘날 가장 영향력이 큰 사람 중의 한 사람이다. 사람들이 물었다. 어떻게 그런 성공적인 삶을 살 수 있었느냐고. 자신의 그런 악몽 같은 삶에 대해 뭐라고 얘기하고 싶으냐고. 그녀의 말은 의외로 간단했다. "그래서? 그래서 뭐가 어쨌다고?"

작가는 열등감을 바라보는 관점이 그 사람을 성공시킨다고 했다. 그러므로 결코 열등감에 무릎 꿇지 말라고 한다. 더불어 행복에 대한 관점이 달라지길 부탁했다. 이제까지 우리의 행복은 부자가 되고 싶은 욕망에 맞춰져 있었다. 그 욕망 때문에 열등감에 빠져 살아왔다. 열등감에 대한 생각을 바꾸라고 말한다. 열등감의 반대는 우월감이 아니라 '자존감'이라고.

생각해 보면 자존감이란 누가 줄 수 있는 것이 아니다. 스스로가 세워 나가지 않으면 안 된다. 그러니 나의 가격을 타인에게 맡기지 말라고 한다. 그것은 어리석은 일이다. 우리는 인생을 살되 근사하게 살 의무가 있다. 그런데 늘 남과 비교당하고 열등감에 사로잡혀 있으니 우린 인생을 잘못 사용하고 있는 셈이다. 한 살이라도 젊을 때 하고 싶은 걸 다 하라고 한다. 그런 의미에서 이집트 교훈을 되새겨 줬다. 이집트인은 사람이 죽어 저승에 가면 반드시 두 가지 질문을 받는다고 여겼다. 사는 동안 기뻤는가? 사는 동안 남을 기쁘게 했는가?

그날 김홍신 작가는 놀라운 사실 하나를 가르쳐 줬다. 연극배우 박정자 씨에 관한 이야기다. 배우들이 한번 배역을 맡으면 보통 6개월 정도 공연하게 되는데, 나이 든 역할을 맡으면 정말 노화가 빨리 진행된다는 걸 느낄 수 있다. 그에 반해 젊은 역을 맡으면 피부가 탱탱해지고 젊어지는 느낌이 든다. 운동의 가장 좋은 모습은 몸이 유연해지는 것이다. 몸이 유연해지려면 마음이 먼저 유연해져야 한다.

인생을 잘 사용하려면 무엇보다 잘 버려야 한다. 우리는 육신의 쓰레기는 잘 버리면서 왜 영혼의 쓰레기는 버리지 못하느냐며, 잘못된 생각, 습관, 사고방식 등을 잘 버려야 한다고 했다.

강연회 마지막 순서에서는 사인회도 겸했는데, 불편한 몸으로 작가의 작품들을 필사해 온 초로의 독자 한 분이 그 필사 노트에 사인을 받았다. 그는 뇌졸중 때문인지 반신불수였다. 모인 사람들은 절망 속에서 작가의 작품을 필사하며 희망의 불씨를 피웠을 그분과, 누군가에게 희망이 되어 준 김홍신 작가에게 아낌없는 박수를 보냈다.

작가가 새삼 더 존경스러워졌다.

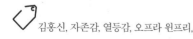
김홍신, 자존감, 열등감, 오프라 윈프리, 박정자

# 20

# 김훈 _ 어떻게 하면 잘 늙어갈 수 있을까

김훈 작가 강연회의 특징은 혼자 강단에 서지 않는다는 것이다.
《남한산성》을 펴냈을 때도 어느 문학평론가의 사회로 강연을
했는데, 이번 《내 젊은 날의 숲》을 내고 가진 독자와의 만남 역시도
권희철 문학평론가의 사회로 강연했다. 김훈 작가를 소개하는 것으
로 시작했는데 그 소개가 나름 재밌다. 김훈 작가는 서울 출생이다.
그런데 여기서 꼭 밝히고 넘어가야 하는 것이 있는데, 서울 출신도
사대문 안이냐 밖이냐가 중요하단다. 당연히 작가는 사대문 안에서
출생했다고 해서 웃음이 터졌다.

잘 아는 대로 작가는 자전거를 좋아한다. 그래서 이력에 자전거
레이서라고 밝히기도 하는데 사실 자전거 레이서라는 공식 직함은
없다. 즉 작가가 만들어 낸 것이다. 그는 자전거 말고도 등산을 좋
아해 알피니스트란 직함을 갖게 되길 원했는데, 알피니스트라면 적
어도 히말라야 정도는 다녀와야 하는데 아직까지 한 번도 다녀오지
못했다. 대신 북한산이나 도봉산은 완주했는데 그것 가지고는 알피
니스트란 명함을 내밀 수가 없어 자전거 레이서로 만족하기로 했다.

강연회라고는 하지만 김훈은 말을 아끼는 작가다. 그래서 따로 준비해서 들려줄 강연은 없고 바로 질의응답으로 들어갔고, 사이사이 사회를 맡은 권희철 씨가 보충 질문을 하는 식으로 진행됐다.

그는 먼저 왜 작가가 되었으며, 작가가 되려면 어떻게 해야 하느냐는 질문을 받았다. 가장 많이 받는 질문이 아닐까 싶다. 소설가는 처음부터 자신이 원하던 것은 아니었다. 그보단 대기업에서 일하고 싶어 했다. 공교롭게도(?) 1950년대에 태어난 그는, 굶어 죽어 나가는 보릿고개를 간신히 넘어 밥을 먹기 시작한 세대라고 했다. 즉 밥을 못 먹는 나라에서 밥을 먹는 나라로 발전을 함께 한 세대인데, 그 과정에서 비리가 많음을 알게 되었다. 밑바닥에 깔린 악의 문제를 해결하지 않으면 희망이 없겠다는 것을 깨닫고 소설가의 길로 들어서게 됐다. 지금 생각해도 자연스러운 귀결이었다고.

그 질문을 했던 사람은 20대 후반의 작가 지망생이었던 것으로 기억하는데, 사실 한 가지의 꿈을 가지고도 이룰까 말까 한데, 원하지 않았는데 어찌하다 보니 무엇이 되어 있더라고 하면 아직 꿈을 이루지 못한 입장에선 좌절을 느낄 것도 같다. 하지만 김훈도 늦게 발견한 자신의 길에서 뚜렷한 동기 의식이 있었던 것 같다. 무엇이든 그런 강력한 동기가 그 사람을 가장 꿈에 가까이 갈 수 있도록 만드는 것은 아닐까?

김훈 문학의 화두는 역시 '남자'일 것이다. 또 그러니만큼 그를 두고 '마초'니 '가부장'이니 말이 많은 것도 사실이다. 그러나 그는 가부장은 인정하지만 마초는 인정하지 않았다. 사실 가부장이란 단어가 부정적 이미지로 쓰여서 그렇지, 원래 한 가정을 지키고 아내와 아이를 돌보는 상당히 신사적인 의미로 그 말을 좋아한단다. 하지만 마초는 남자의 허세를 뜻하는 말로서 그는 그 단어를 아주 싫어한다고 했다. 서양의 이상한 이론들, 이를테면 아들은 엄마를 좋아하고 딸은 아빠를 좋아한다는 오이디푸스 콤플렉스와 엘렉트라 콤플렉스도 그는 탐탁지 않게 생각했다. 그러면서 우리나라는 아버지와 아들은 몰라도 딸과 어머니는 대체로 잘 지내지 않느냐며 반문한다. 작가의 그런 말을 들으니 나 역시 '엄마하고 잘 지냈나?' 고개가 갸우뚱해진다.

그는 정말 역사 소설을 쓰는 작가일까?《칼의 노래》와《남한산성》,《현의 노래》등을 보면 그런 것도 같다. 게다가 지금도 소설로 쓸지 안 쓸지 모르겠는데, 우리나라의 천주교 박해를 공부하는 중이라고 한다. 그런 것으로 볼 때 작가는 역사에 천착하여 소설 쓰기를 좋아하는 것 같지만 작가는 부인한다. 단지 자신에게 역사란 주제를 가장 잘 드러낼 수 있는 하나의 재료일 뿐, 역사 소설가는 아니라고 못 박았다.

실제로《남한산성》은 그 시대의 야만성을 얘기하려고 했고,《칼의 노래》는 남자의 고독을,《현의 노래》는 무기와 악기를 얘기하려고 했을 뿐이다. 소설을 쓰는 전략적 판단에 의해 선택되었을 뿐이다. 그리고 만일 우리나라의 천주교 박해를 소설로 쓰게 된다면, 죽음을 각오하고 신앙을 지키는 쪽이 아닌, 목숨을 지켜야 하기 때문에 신앙을 버릴 수밖에 없는 사람의 입장을 쓰고 싶다고 했다. (훗날 작가는 소설〈흑산〉을 완성했다.)

그는 문장이 좋은 작가로 잘 알려져 있다. 그의 간결하고 시적인 문체를 보면 정말 시를 많이 읽지 않을까란 생각을 해 본다. 그래서 어떤 독자는 단도직입적으로 물었다. 어떤 시를 좋아하느냐고. 돌아오는 답은 의외였다. 작가는 시를 읽지 않는다고 했다. 그가 읽는 것은 법전이나 소방 실무 지침 같은 책이었다. 법전은 진화된 언어로 쓰여 그 언어가 갖는 명석함과 문장의 선명함 때문에 좋아하고, 소방 실무 지침 같은 책은 위기 상황에서 사는 방법을 설명해 놓고 있기 때문에 복잡하게 생각할 것 없어 좋아한다고 했다. (과연 생각이 많은 사람에겐 그것도 좋은 방법이겠구나 싶다.)

단지 《칼의 노래》 같은 작품은 문장을 생각할 때 한 칼에 쓰는 문장을 생각했다고 한다. 또한 빨리 쓰는 문장, 즉 사물놀이 장단 중에서 휘모리나 자진모리를 생각했고, 전쟁 소설이었던 만큼 무사의 문체와 비장미를 생각했다고 한다.


자연스럽게 따라오는, 어디서 영감을 얻느냐는 질문에는 답을 회피했다. 영감 같은 것은 없다. 단지 노동만 있을 뿐이다! 확실히 작가다운 명확한 대답이란 생각이 든다. 사실 생각하기에 따라선 영감을 어디서 얻느냐는 질문이 작가의 속내를 알고 싶어 하는, 얄팍하고도 진부한 질문일지도 모르겠다.

강연 도중 작가는 상당히 인상적인 얘기를 했다. 그는 정부의 복지 정책을 보면서 복지의 무조건적 확장에 대해 반대했다. 기율, 즉 무상으로 먹는 밥은 의미가 없다. 무상으로 밥을 먹게 해 주기보다 일을 할 수 있는 기회를 주는 것이 중요하다고 말한다. 우리의 청소년들이 왜 그토록 스피드에 목숨 거는지 아느냐며, 오토바이를 사기 위해 피자집에서 아르바이트를 하는 아이들 이야기를 했다. 배달이 조금 늦기라도 하면 득달같이 주인에게 항의가 들어가고 주인은 알바비에서 천 원을 깎는다고 한다. 그러니 청소년들이 그렇게 스피드에 목을 매는 것이다. (이것은 나도 잘 몰랐던 사실이다.) 그러면서 작가는 피자 배달 아르바이트생에게 팁을 줘서 보내라고 당부했다. 기성세대는 술집에 가면 생면부지의 여자들에게 팁을 잘 찔러 주면서 왜 그런 아이들에겐 팁을 주지 않는지 모르겠다고 해서 호응을 받았다.

강연회 분위기는 정말 활기찼다. 특히 작가는 사람을 그다지 잘 기억 못하는 것으로도 유명하다. 권희철 문학평론가도 작가를 사석에서 만나고 또 얼마 만에 다시 만나면 누구냐고, 무슨 일을 하느냐고 묻는다고 한다. 그런데 어느 독자가 전에 작품 하나를 필사하고 보여 드렸더니 잘했다고 칭찬했었는데 기억하느냐고 물었다. 그랬더니 기억한다고 했다. 그 독자는 이번엔 《내 젊은 날의 숲》에 나오는 꽃 하나를 책에 나온 설명 그대로 그려서 액자에 넣어 작가에게 선물해 박수를 받았다. 나도 그림을 보았는데 책에 나온 세밀화만큼이나 꼼꼼하게 잘 그렸다.

선입견일지 모르겠지만 김훈 작가를 보면 쉽게 말을 섞기가 어려울 것 같다는 생각이 든다. 하지만 그는 일일이 사인 받으러 온 사람들의 이름을 불러 주며 사인을 했다. 내 이름도 불러 주었는데 그런 것을 보면 의외로 친절하고 속정이 깊은 사람인지도 모른다는 생각이 든다.

지금도 강연 중간에 그가 했던 말이 생각난다. 자신은 지금 이렇게 나이 먹고 늙어 가는 것이 좋다. 인생을 다시 살아도 실수와 방황이 많은 젊은 때로는 다시 돌아가고 싶지 않다. 남은 건 어떻게 하면 회춘할 것이냐가 아니라, 어떻게 하면 잘 늙어 갈 수 있을까라고 생각한다.

작가는 현재 60대 초반인데 70이 되면 글을 못 쓸 거라고 하며, 앞으로 자신이 쓸 수 있는 작품은 고작해야 두세 작품이 될 거라고 했다. 하지만 '고작해야'는 말은 '적어도'의 또 다른 말이 아닐까?

소재는 다양하지만 일관된 주제를 가지고 작품을 쓰는 작가는 그다지 많지 않아 보인다. 모쪼록 건강해서 앞으로도 좋은 작품을 계속 볼 수 있었으면 좋겠다.

 김훈, 사대문 안과 밖, 가부장, 마초, 문장, 복지 정책, 기율, 팁을 줘서 보내라

# 21

# 은희경 _ 새봄처럼, 그날이 오네

내가 은희경 작가를 처음 만난 건 1990년대 중반 작가의 강연에서였다. 그때는 지금처럼 작가들이 독자와 만나고, 사인회와 낭독회가 흔했던 시절은 아니었다. 오래된 일이라 그때 작가가 무슨 말을 했는지 기억이 가물가물하지만, 하나 기억나는 건 글쓰기가 재밌어졌다는 말이다. 그때가 아마도 《새의 선물》이 나온 직후가 아니었나 싶다. 그 얘기를 얼마나 자신감 있게 하던지 부럽기도 하고 샘이 나기도 했다. 그리고 작가는 나이보다 훨씬 젊어 보인다는 생각을 했다.

그로부터 십수 년이 흘러 나는 작가를 다시 만났다. 그 세월 동안 어떻게 변했을지 궁금했다. 행사는 어느 카페에서 진행되었는데, 입구에서 소설 《소년을 위로해줘》를 사서 면치레를 해 본다. 시간보다 일찍 도착해 자리를 찾아 책을 여기저기 뒤적여 보았다. 얇다고 해서 책이 값어치를 못하는 건 아니겠지만, 책 두께가 도톰해 마음에 들었다. 시간이 되자 드디어 은희경 작가가 등장했다. 작가를 보면 두 가지 점에서 놀라게 되는데, 하나는 짧지 않은 세월 동안에도 예전 모습을 거의 그대로 유지하고 있다는 점이다. 아직도 티와 무릎 위에 닿는 앙증맞은 스커트가 잘 어울린다(그녀는 50대 중반쯤으로 알고 있다). 나에게 상큼한 용기를 줬다. '그래, 맞아. 사람이 나이가 들어도 옷은 젊게 입어야 해.' 하는. 모처럼 봄에 어울릴 만한 옷을 사 입어야겠다는 충동마저 갖게 했다.

또 하나는 글을 참 쉽게 쓴다는 점이다. 어떤 사람은 지독히도 힘들게 정상을 향해 올라가고, 어떤 사람은 그냥 힘들이지 않고 무난하게 자신의 산을 오른다. 은희경 작가는 후자에 속하지 않나 싶다.


어렸을 때부터 글쓰기 재주로 칭찬을 많이 받아 일찌감치 작가가 되기로 결심했다고 한다. 하지만 막상 본격적으로 글을 쓰기 시작한 건 35살 무렵이었다. 비교적 늦은 출발이다. 작가라면 이 세상에 대해서 할 말이 있어야 하는데 그녀는 막상 할 말이 없었다고 한다. 산다는 것의 간절함이나 절박함이 없으니 그렇게 되더라고. 이렇다 할 질문이 있는 것도 아니고 문제의식도 없었다. 하지만 늘 현재 잘할 수 있는 일에 최선을 다하자고 다짐했단다.

예를 들면 한창 아기를 키울 땐 그 일에만 집중했다고 한다. 모든 것엔 헛된 것이 없고, 게으르지 않고 포기하지 않는다면 얻을 수 있는 것이 있다고 믿었다. 또한 지금 할 수 있는 일을 익혀 놓자고 마음먹었단다. 결국 그 모든 것을 통해서 겪은 일이 소설의 좋은 재료가 됐던 것이다.

평화로울 것만 같은 작가에게도 나름의 어려운 시기는 있었다고 한다. 고생을 해 보니 비로소 할 말이 많아지고 쓸 말이 생기더란다. 그녀는 글을 써야 한다고 마음먹었을 때, 한 달간 일기장과 메모지를 가지고 훌쩍 여행을 떠나 단편 5편을 썼다. 그중 〈이중주〉가 동아일보 신춘문예에 당선되어 작가가 되었다. 그때가 1995년의 일이다. 작가가 생각하는 베스트와 남이 생각하는 베스트가 다른 건 분명 있는 것 같다. 작가는 함께 쓴 〈빈처〉가 등단될 줄 알았는데, 떨어졌고 나중에 다듬어 펴내 더 많이 알려졌다.

은희경 작품에 관한 평가는 대체로 이런 것이었다. '신랄하고 가차 없으며 냉정하다.' 그녀는 처음엔 그런 평가에 만족했다고 한다. 속으로 '그래, 성공했어!' 하며 쾌재를 불렀다. 그것은 한국 소설이 지나치게 가르치려 하고 온정적이란 생각에 나름 반란을 꾀한 것이기도 했다. 냉정하고 객관적으로 쓰고 싶다는 바람을 갖다 보니 그렇게 보인 것 같다고 했다.

그런데 그런 말을 하도 들어, 작가의 작품이 독일어로 번역됐을 때 한 독일 기자와의 인터뷰 중에 물어보았다고 한다. 정말 그렇게 생각하느냐고. 그러자 독일인의 정서가 우리나라와 달라서인지 기자는 전혀 그렇게 생각하지 않으며, 오히려 균형 있고 객관적이란 느낌이 든다고 해 내심 안심했다고 한다. 작가는 아마도 독자가 지나치게 따뜻해서 반대급부로 그런 평가를 받는 것 같다며 웃었다.

그런데 신작 《소년을 위로해줘》는 이전까지의 작품과는 다르다고 한다. 사실 이 작품은 작년에 문학동네 카페에 연재했던 것을 책으로 펴낸 것이다. 그때 어떤 독자가 댓글에 "이제까지 선생님 작품과 너무 달라 속은 느낌이에요."라고 해서 웃은 적이 있다고 한다. 기존의 평가는 늘 이면을 보고 싶어 하는 잠재된 욕구로 글을 썼기 때문에 그랬을 거라고 했다. 그러나 이 작품은 그런 욕구를 탈피해서 앞이나 뒤가 구분이 없는 작품이며, 또한 이전의 작품을 쓸 때는 많이 아팠지만 이 작품은 그런 것 없이 즐겁게 썼다고 했다.

그녀는 무엇이 자신으로 하여금 글을 쓰게 만드는가를 생각해 보면 그건 '잡념'이라고 했다. 학교 때도 겉으로 보기엔 선생님 말씀을 잘 듣는 것 같지만 그 순간에도 자신은 끊임없이 꼬리에 꼬리를 무는 잡념에 빠지곤 했다. 한 가지 단어에서 끊임없이 다른 것들을 연상하고 관찰력을 키워 무엇을 보든지 자신의 방식대로 생각하는 것이 글을 쓰는 힘이 되었다 한다. 그러므로 작품의 소재는 늘 일상생활에서 얻으며, 일상생활에 무심하지 않는 것이 글을 쓸 때의 가장 기본자세라고 했다.

은희경 작가가 글을 쓸 때의 규칙은 뭐가 있을까? 누군가가 그녀에게 '소설을 쓸 때 새롭지 않은 건 부도덕하다.'고 말했다고 한다. 그녀는 늘 익숙하지 않은 새로운 방법으로 글을 쓰려고 노력한다. 그래서 카프카와 쿤데라를 좋아하는데, 카프카는 《소송》에서 보듯이 일상의 법정이 아닌, 부조리하고 파악할 수 없는 법정의 묘사가 좋고, 쿤데라는 이야기하는 방식이 독특하며 반어적인 독설이라 좋아한다. 또 하나는 무엇보다 이 작품을 꼭 써야겠다는 '독기'가 찾아와야 한다고 했다.

그녀는 주로 밤이나 새벽에 일을 한다. 그리고 그 주기는 3개월 단위로 짜이는데, 한 달은 주로 돌아다니고 책을 읽는 등 작품 구상을 위한 시간을 갖고, 또 한 달은 쓰기 위한 기간을 갖는다고 한다. 이때는 집이 유난히 깨끗해진다고 한다. 왜 그런지는 쉽게 알 수 있을 것이다. 그리고 나머지 한 달은 이렇게 독자와의 만남이나 다른 행사에 참여한다고 한다.

행사 진행 전, 운영진은 참석자 전원에게 포스트잇을 나눠 주며 작가에게 궁금한 사항을 적어 앞에 있는 메모판에 붙여 달라고 했다. "가급적 다닥다닥 붙어 있으면 좋겠죠?" 하며 참여를 독려했다. 메모판이 그다지 크지는 않았지만 제법 다닥다닥 붙었다. 시간상 몇 개만 읽고 말 줄 알았는데 그녀는 그것을 다 읽고 일일이 답변해 준다. 물론 중복되는 것은 피하고, 나중엔 시간이 없어 짧게 대답하기도 했는데, 나는 그녀의 독자에 대한 정성과 친절함에 감동했다.

질문 중에 이런 질문이 있었다. 작업이 끝나면 뭐 하느냐고. 그랬더니 술을 많이 마시고(그것도 독주) 잔다고 했다. 그리고 '저 사람 이번 작품은 별로야.'라고 남의 흉허물을 말해도 좋을, 마음이 잘 통하는 친구 몇과 어울린다고. 후계자를 키우느냐는 질문에, 키우지 않고 오직 자기 자신만 키운다고 했다. '옷은 어느 쇼핑몰을 이용하시나요?' 하는 질문엔, 사실은 쇼핑을 거의 하지 않는다고, 시간도 없거니와 행사로 외국에 나갈 일이 있으면 그때 짬을 내 한꺼번에 옷을 산다고 했다. 그날 입은 옷도 외국에서 사 온 옷이라고 화사하게 웃는다.

작가는 트위터도 하는데 가끔 자신이 작가인 줄 모르는 사람이 있어 즐겁다고 했다. 예전에 박범신 작가의 아들이 대학에 들어갔는데 신입생 환영회 때 누군가가 아들이 말한 작품을 안다고 하면서, 그럼 네가 박완서 작가의 아들이냐고 해서 웃은 적이 있다고 한다. 그런 것처럼 누가 은희경에게 뭐 하는 분이냐고 하면 그게 그렇게 재밌을 수가 없다고. 하긴 유명한데 그것을 몰라주는 사람이 있으면 장난기가 발동하면서 즐거워질 때도 있을 것이다.

글을 쓸 때 듣는 음악이 있느냐는 질문에, 전혀 듣지 않는데 이번 《소년을 위로해줘》는 누가 힙합 CD를 선물해 줘 그걸 들으면서 썼다고 한다. 차기작은 뭐냐고 묻자(이건 나도 물었던 거다), 연애 소설이 될 것이며 그것도 성인 버전이라고 해서 기대에 찬 환호를 받았다.

"새봄처럼, 그날이 오네." 사인회 때 작가가 내 책에 써 주었던 말이다. 작가마다 사인이 조금씩 다른데 유독 은희경 작가의 이 사인이 마음에 든다. 나한테만 해 주는 말이 아닌데도 새봄엔 평생을 기다린 그날이 와 줄 것만 같다. 그리고 어쩌면 그리도 한 사람 한 사람 상냥하게 웃어 주며 정성스럽게 사인을 해 주던지, 십몇 년 전에는 깨닫지 못한 그녀의 매력이 물씬 느껴졌다. 다음 작품이라던 그녀의 연애 소설이 기다려진다.

이 글을 읽는 분들도 한번 따라 읽어 보시라. "새봄처럼, 그날이 오네."
정말 그날을 맞이하시길!

 은희경, 새봄처럼 그날이 오네, 꼬리에 꼬리를 무는 잡념, 독기

# 22

# 강신주 _ 우리의 목소리를 낼 때까지

철학자 강신주 씨의 강연회에 다녀왔다. 장소는 김대중 도서관이었다. 장소가 주는 숙연함을 무시할 수는 없는 것 같다. 아니나 다를까, 강연을 시작할 때 강신주 씨도 한마디 한다. 김대중 같은 어르신은 영원히 죽지 않을 줄 알았는데, 그분도 결국 가시더라고. 자신도 그분 강연을 들어 봤는데 정말 청산유수로 멋지게 하시더란다. 강신주는 철학계에서는 소장파로 각광받는 철학자다. 이날도 빈자리가 거의 없을 정도로 가득해 인기가 어느 정돈지 실감케 했다.

처음 보는 순간 두 가지가 인상적이었는데, 첫 번째는 사진에서 봤던 것보다 훨씬 젊다는 것이고, 두 번째는 흔히 철학자 하면 떠올리는 이미지가 있는데 거기서 저만큼 벗어나 있다는 것이다. 다시 말하면, 그는 젊고 그만큼 역동적이었다. 철학이란 주제인 만큼 좀 딱딱하고 무거운 얘기를 하지 않을까 걱정했는데 예상은 빗나갔다. 한마디로 철학이란 주제를 그만큼 쉽고 유쾌하게 풀어내는 사람도 드물 것이란 생각을 하게 만들었다. 그만큼 재미있었고 유쾌하며, 때론 웃기기까지 하다(웃기지 않을 것 같은 그의 유머 감각은 정말 탁월

했다).

　그는 사람들이 인문학의 위기를 말하지만, 각 대학에서 철학과가 사라지는 것에 관해 걱정하거나 위기로 여기지 않았다. 아니, 오히려 없어지는 것이 당연하다고 생각하는 쪽이다. 어떻게 전공 하나만을 가지고 인간을 설명하려 드는지 모르겠다며 의문을 제기한다. 인간은 철학만을 가지고 설명할 수 없으며, 경제학 등 여타의 학문만으로도 인간을 다 설명할 수 없다고 단언한다. 그런 의미에서 '통섭'만이 인간을 설명해 낼 수 있다고 말한다. 그러므로 철학이 어느 학문과 만나 인간을 잘 설명해 내며 자기 역할을 감당하고 있다면 그것만으로도 충분한 거라고 했다.

　서두에 김수영의 〈달나라의 장난〉이라는 시를 읽어 주었다(이 시는 인터넷에서 검색해 보면 쉽게 찾을 수 있다). 하지만 나를 비롯해 청중은 그가 왜 이 시를 읽어 주는지 알지 못했다. 또한 그 뜻을 파악하기는 쉽지 않았다(강신주는 김수영의 열렬한 팬이다. 강연을 할 때면 으레 김수영의 시를 읽고 시작한다. 처음에는 귀에 들어오지 않지만 은근히 잔상이 남는다).

　참석한 사람치고 대학 때 철학 강의 한 번 들어 보지 않은 사람이 없을 것이다. 하지만 무엇을 말하는지 그 개념을 파악하기가 쉽지 않으며, 역사적으로 파악하고자 하면 시쳇말로 머리에서 쥐가날 지경이다. 스피노자가 어떻고, 칸트가 어떻고, 니체가 어떻고…. 강신주는 단언한다. 역대 어떤 철학자가 무슨 말을 했는지를 꿰고 있는 것만이 철학은 아니며, 오히려 인문학자들은 사람들이 광대나 앵무새처럼 살기를 원치 않는다고. 그렇다면 철학이나 인문학은 왜 읽는가? 읽는다면 어디까지 읽어야 하는가? 그의 대답은 명쾌했다. "우리가 우리의 목소리를 낼 때까지."

더불어 약간의 독설 같기도 한데, 철학은 어떻게 편식할까를 말하는 학문이라고도 했다. 인문학자들은 자기 나름의 몸짓을 취하며 살기를 바란다는 의미이기도 하다. 누군가 왜 사느냐고 묻는다면 대부분의 사람들은 '사는 게 습관이 돼서'라고 대답하겠지만, 철학과 인문학은 습관적으로 사는 것을 못 견뎌 한다. 저자는 학생들의 논술을 채점하기도 했다는데, 학생들이 적당히 알 만한 철학자의 말을 끌어와 답안을 그럴듯하게 작성하지만, 비슷한 답안일 뿐 자기 생각이 담긴 글은 거의 볼 수 없다고 개탄한다.

언제나 그렇듯 앞부분에선 저자의 강연이 진행되고 후에 질의응답 시간으로 진행됐는데(여기선 '인문학 카운슬링'이라고 했다), 그중 특별히 두 사람의 질문이 기억에 남는다. 둘은 다 대학에 재학 중인 학생이라고 자신을 소개했다. 한 사람은(여학생이다) 요즘 '창조성' 또는 '창조적'이라는 말을 많이 하는데, 과연 어디서 이것을 찾을 수 있을지 모르겠다고 했다. 어찌 보면 너무 많이 들어 온 말이라 질려 오히려 시큰둥하고 권태로움마저 느끼는 것도 같았다.

또 한 학생은(남자) 자신은 책 읽는 것이 중요하다고 생각해서 열심히 책을 읽지만, 책을 읽지 않고 컴퓨터 게임을 잘하는 친구가 오히려 더 잘나가고 인기도 많더란다. 자기는 사귀던 여자 친구와도 헤어졌는데, 과연 책을 읽는 것이 뭐가 좋은지 모르겠다고 했다(청중들이 많이 웃었다).

그는 앞서 질문한 학생에겐 '창조적'이어야 한다는 콤플렉스를 버려야 한다고 조언한다. 그리고 그렇게 묻는 순간 내가 얼마나 정직한가를 묻고, 얼마나 집중하였는가를 물어보라고 했다. 그는 그렇게 물어봄으로써 뭔가 닫힌 시야, 닫힌 마음이 열릴 거라고 했다. 또

한 뒤의 학생에겐, 지금은 비교되고 나를 열등하게 만들지 몰라도, 인생의 전체적인 긴 안목으로 봤을 때 오히려 학생이 나중에 더 의미 있는 생을 살 공산이 크다고 격려했다. 요는 인생이란 또는 철학이란 그렇게 딱딱 떨어지는 모범 답안이 아니며, (이미 말했던 것처럼) 자기 목소리를 낼 때까지 살아야 하며, 그런 논술을 해야 할 것이라고 말했다.

"당신에겐 철학이 있습니까?" 이것은 그날 저자가 우리에게 나눠 준 유인물의 제목이다. 그중 몇 부분만 옮겨 보겠다.

"(…) 실연을 뼈저리게 겪은 사람만이 한용운, 이성복(둘 다 시인)의 처절한 연애시를 읽을 수 있는 법이다. 마찬가지로 삶이 무엇인가가 잘못되었다는 것, 어디서부터인지는 모르지만 길을 잃어버렸다는 자각이 없다면, 우리는 철학자와 그들의 난해한 철학책을 찾으려고 하지도 않을 것이다. 산을 걷다가 자신이 지금 어디에 있는지, 혹은 어디로 가고 있는지 자신이 없을 때가 있다. 이럴 경우 우리는 가장 높은 봉우리에 애써 올라가야 한다. (…) 그렇지만 불행히도 봉우리를 잘못 선택할 수도 있다. (…) 어떻게 해야 할까? 실망할 것 없다. 다시 내려가 실망하지 않고 새로운 봉우리에 오르면 된다.
철학자도 마찬가지다. 잃어버린 철학자도 있고, 아니면 잃어버린 길을 찾아주기는커녕 오히려 삶을 복잡하게 만드는 철학자도 있다. 그래서 자신의 길을 비추어주는 철학자를 만난다는 것, 그것은 일생일대의 행운이라고 말할 수 있다. (…) 우리의 최종 목적은 자신만의 철학을 만드는 데 있다. 물론 그렇기 위해서 당분간 우리는 자신의 삶을 낯설게 만들거나, 혹은 당신의 속앓이를 씻어 주는 철학자의 도움을 받을 필요가 있다. 혼자서라도 삶의 여정에 당당하게 나아갈 수 있을 정도로 지혜로워질 때까지 말이다."

덧붙여 "죽기 전에 나 자신의 삶을 살아야 하지 않는가? 철학, 인문학은 (화장을 하는 것이 아니라) 화장을 벗기는 것이다. 인문학이나 철학은 각자가 각자의 스타일대로 되는 것, 살아야 하는, 살아 내고 있는, 나의 무게로 지탱하고 있는지 묻는 학문이다. 그것은 나는 나이기 때문에 있는 것"이라며 마무리했다.

강연 마지막에 다시 김수영의 시 〈달나라의 장난〉을 읽어 주었다. 확실히 강연을 듣고 이 시를 들으니, 아무 생각 없이 들었을 때와는 느낌이 달랐다. 그 느낌을 이 글을 읽는 독자들도 파악할 수 있을지 모르겠다. 파악이 어려울 수도 있을 것이다. 중요한 건 팽이가 돌기 위해 자신의 중심축을 잘 잡아야 하는 것처럼, 세상의 다양한 풍조 속에서 나 자신을 잃지 않고, 나의 목소리를 내며 노력하며 살기 위해 철학이 필요하다고 했다.

솔직히 나는 철학이라는 학문을 이렇게 말하는 사람은 처음 본 것 같다. "우리가 우리의 목소리를 낼 때까지."라니. 이것이 철학이고 인문학이라면 다시 도전하고 싶다는 생각도 든다. 인문학 파이팅! 내 인생도 파이팅이다.

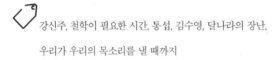

강신주, 철학이 필요한 시간, 통섭, 김수영, 달나라의 장난,

우리가 우리의 목소리를 낼 때까지

# 23

# 성석제 _ 소외되고 약한 사람을 향한 관심

그를 만나러 가는 길은 역시 쉽지 않았다. 행사 장소 근처까지는 늦지 않게 왔다고 생각했는데, 정작 다 와서 헤매고 있으니 이게 무슨 낭패란 말인가? 좀 늦게 장소를 찾고 자리를 찾아 앉고 보니 현수막이 눈에 들어왔다. '그, 라는 왕을 찾아서'. 문득 조금 전까지 내가 찾은 건 무엇이었는지 묻고 싶어졌다. 장소였을까? 작가였을까? 아님 내 안에 꿈틀대는 문학에 대한 열망이었을까?

우리말에 중요한 본론을 얘기할 때 '폐일언하고'란 말을 쓰곤 한다. 이전에 무슨 얘기를 했든 앞으로의 얘기가 중요하다고 주의를 환기하려는 말일 게다. 그래, 늦게 왔다고 불평하지 말고, 이전에 무슨 말을 했든 폐일언하고 들어 볼 참이다. 자리에 앉으며 들은 건, 작가가 글을 쓰겠다고 산속으로 들어갔던 이야기부터다. 꼭 필요한 기초 생활용품과 법률 용어 사전(글쓰기 참고용이 아닌 취침용)을 들고 무조건 산골 암자로 들어갔다고 한다. 대부분은 불편해서 오래 못 있고 하산하는 그곳을 작가는 버텨 볼 요량으로 들어간 것이다.

얼마나 불편했던지, 쓸 수 있는 취사도구라곤 가마솥 두 개가 전부였다. 1인분 밥을 하든, 라면을 삶든 큰 가마솥을 이용해야만 했다. 얼마나 불편했을까? 게다가 한쪽 손은 다쳐서 거의 쓸 수가 없었다. 잔소리하는 사람도 없으니 꼬박 한 달을 씻지 않고 살았단다. 나중엔 얼굴에서 무엇이 떨어지는데 알고 봤더니 각질이 저절로 떨어진 것이었다. 떨어진 자리에 속살이 비치는데, 그때 처음 자신이 잘생겼다는 걸 알았단다. 그 이야기를 들으니 자신이 못났는지 잘났는지 모를 때 해 봄직한 실험이 될 수 있을 것 같다. 십중팔구는 나쁘지 않게 생겼다고 생각하는 데 즉효가 될 듯싶다. 깜찍한 실험이 아닐 수 없다.

빈궁한 생활의 어느 겨울, 눈이 많이 온 날 문 밖으로 발자국이 보였단다. 사람 발자국 같지는 않았고 큰 짐승의 발자국, 이를테면 호랑이의 발자국 같았다. 어찌나 놀라고 겁이 나던지 며칠을 숨소리 조차 제대로 내지 못했다며, 웃기지만 웃지 못할 이야기를 털어놓았다. 작가는 그때를 모티프로 해서 훗날 《호랑이를 봤다》를 썼을지 모른다.


성석제를 처음 만났던 건 2006년 《참말로 좋은 날》을 발표하고 난 직후였다. 지금이야 사회자도 있고 낭독자도 초대되어 제법 세련되게 진행하지만, 그 시절엔 작가 혼자 연단에 나와 연설인지, 강의인지, 잡담인지 모를 이야기를 하고 몇 번의 질의응답을 받고 끝냈던 것 같다. 지금 생각하면 조금은 썰렁하지 않았나 싶다. 그리고 꼭 5년 만이다. 다시 만난 작가는 거의 변함이 없었다. 약간 느리고 어눌한 말투도, 싱거운 듯한 입담도.

그는 모 대기업 출신이다. 우연히 창업주의 장례식 때 읽을 조사를 대신 쓴 것이 계기가 되어 사보 일을 맡게 되었는데, 매일 정해진 시간에 일어나 정해진 곳으로 출근하고 퇴근하는 틀에 박힌 삶이 싫어 회사를 그만두었다. 학교를 잘 졸업하고, 직장 잘 다니는 평범한 삶을 그리 좋아하지 않았다. 그가 늘 관심 있어 하는 쪽은 소외되고 약한 사람들이었다. 그런 사람들의 이야기를 들으면 글이 쓰고 싶어지는 것이다. 《왕을 찾아서》도 역시 소외된 사람들의 이야기인데, 특별히 조폭들의 세계를 다루고 있다.

사실 나는 성석제 하면 생각나는 작품이 《황만근은 이렇게 말했다》다. 황만근이란 이름이 흔치 않은 이름이고, 조폭 두목에 관한 이야기로 나름 재밌게 읽었던 기억이 난다. 그 책이 나온 후 한번은 어느 독자가 만나자고 청하더란다. 알고 봤더니 진짜 조폭이었다. 그것도 두목. 그는 조폭의 세계에 대해 완전히 다 알고 있는 것 같지 않다며, 소위 한 수 가르쳐 주겠다는 것이다. 어쩌나 무섭게 생겼던지, 작가는 그때 이후로 그 세계를 소설로 쓸 생각을 버렸다고 한다.


많은 소설가들이 그러하듯 작가 역시 소설을 쓰기 전에 시로 등단했다. 이 사실을 아는 사람은 그리 많지 않다. 그동안 시집도 두 권이나 냈지만 그의 프로필엔 늘 빠져 있다. 그의 소설만 기억하는 독자들이 있고, 지금도 시는 쓰지 않고 소설만을 쓰기 때문이란다.

그가 시로 등단했다는 사실에 기뻐한 사람이 있는데, 이날 사회를 맡은 시인 신용목 씨다. 그는 짓궂게 작가에게 지금 누가 원고료를 준다면 시를 다시 쓰겠느냐고 묻는다. 그러자 작가는 누가 나에게 그런 명목의 고료를 주겠느냐며, 시는 다시 쓰지 않을 거라고 했다. 가장 잘 쓸 수 있는 것이 소설이거니와 그것으로 돈을 벌어 왔다. 그것 외에 달리 무엇을 더 하겠는가.

사람이 속상하고 슬플 때 울어 버리면 그 눈물과 함께 마음이 정화되는 것처럼, 그에게 소설 쓰기란 그런 거라고 했다. 이렇게 좋은 일에 돈까지 주겠다는데 그 좋은 일을 왜 마다하겠느냐고 한다. 그러고 보면 그는 천생 소설가란 생각이 든다.

사회자 신용목 씨는 "형님(사회자는 작가가 동향이라 친근하게 그렇게 불렀다)은 작가들의 세계에선 가장 잘생겼다."고 했다. 그러면서 영화배우 누구를 닮지 않았느냐고 묻는다. 그러자 청중이 와 웃었다. 나도 웃지 않을 수가 없었다. 그러자 대뜸 누군가 "안성기요! 옆모습이!" 한다. 그러지 않아도 작가가 어딜 가는데 누가 대뜸 "어, 안성기다!" 하더란다. 그는 못 들은 척하고 계속 가던 길을 가는데 그 사람이 계속 자신을 쫓아오더란다. 그래서 아무래도 이쯤에서 자신이 안성기가 아님을 솔직하게 보여 줘야겠다고 생각하고 "저 안성기 아닌데요." 했단다. 그런데 알고 봤더니 그 사람은 작가가 아니라 그 앞에 가는 사람에게 그런 것이었다. 순간 어찌나 무안했던지. 듣고 있던 우리도 박장대소를 했다. 그래서인지 배우 안성기와 닮은 면이 있는 것도 같다. 정말 옆모습이. 눈가에 잡히는 굵은 주름도 얼핏 비슷하고. 그 사실을 인정하든 안 하든 그는 좋은 인상을 가진 사람임에는 틀림없다.

무엇보다 작가는 비상한 재주를 가졌다. 사람에 대한 이미지를 잘 그린다. 그것도 그 사람을 있는 그대로 그리는 것이 아니라 자신만이 아는 이미지로 그린다. 그러다 보니 친구들이 "넌 왜 소설에서 나를 한 번도 등장시키지 않느냐."고 불만 아닌 불만을 사기도 한다. 사실 한 번씩은 다 등장시켰는데 그것이 자신이라는 걸 모르는 것 같다고. 또는 그와는 반대로 과거의 애인들을 등장시키기도 하는데, 여러 사람이 자신을 생각하고 쓴 것 아니냐고 물어서 난감했던 적도 있다고 한다. 과연 작가가 인물을 묘사하는 특수성과 보편성이 이렇게 드러나는구나 싶다.

　예전에 그를 만났을 때 질의응답 시간에 내가 했던 질문이 문득
떠올랐다. 그때 난, 작가도 실제 존재하는 인물을 소설에 쓰기도 할
텐데 그동안 실제 인물이 나타나서 왜 나를 그렸느냐고 시비를 걸었
던 적은 없었느냐고 물었다. 그때 그런 적이 딱 한 번 있었다고 했다.
역시 조폭 두목이었다. 그때 작가는 당신보다 더 센 사람을 알고 있
다고 겁을 줬고, 나머지는 다른 사람들(이를테면 출판 관계자들)이 도
와줘서 모면했다고 해서 웃었던 적이 있다.

　다른 작가도 매번 자신의 작품에 가장 좋은 제목을 부여하겠지
만, 성석제 작가 역시 제목을 잘 짓기로 빠지지 않는 작가라고 생각
한다. 제목이 너무 좋아 소설을 읽기 시작했고, 그래서 팬이 된 독
자도 있다고 했다. 하긴 이번에 다시 나온 《왕을 찾아서》도 그렇고,
《호랑이를 봤다》나 앞서 말한 《황만근은 이렇게 말했다》도 나름 독
특하면서도 뭔가의 아우라가 있다.

　그 전에 연어나 고등어 등 주로 물고기로 제목을 지어서 베스트
셀러가 된 작품이 있어 자신도 '쏘가리'란 제목으로 작품을 쓴 적이
있는데 별로 성공하지 못했다고 한다. 가끔은 그냥 넘어갈 법도 한
데 작가는 스스로가 초를 친다. 또한 이것이 또 얼마나 웃기던지. 어
찌 보면 이것이 성석제 작가의 매력인지도 모르겠다.

　분위기는 시종 즐겁고 재미있었다. 이날은 서로 질문을 하느라
시간이 모자랄 정도였다. 그걸 보면서 예전과는 사뭇 다르게 성석제
작가의 인기가 어느 정도인지 실감할 수 있었다. 한 독자가 가장 좋
아하는 작가가 누구냐고 물었다. 그러자 대답이 좀 의외였다. 박지
원과 홍명희와 이옥이라고 했다. 그들이 누구인가. 우리와는 시대를

같이하지 않는 까마득한 옛 시대의 작가들이다. 역시 그의 해학적 문장이 그냥 나오는 것이 아니겠구나 싶었다.

또 다른 독자는 어느 때가 가장 좋은 작품을 쓴 시기였느냐고 묻기도 했다. 이는 전성기가 있었는지, 있었다면 언제였는지 묻는 질문 같기도 하다. 그런데 의외로 작가는 "지금"이라고 짧게 대답했다. 그때 보았다. 그 짧은 대답 속에서 작가로서의 당당함을, 지금도 글을 열심히 쓰고 있으며 앞으로도 써야 할 글이 많다는 것을. 그러므로 '지금 쓰는 작가'에겐 전성기라는 것이 따로 없을 것이다. 지금이 전성기인 것이다. 만일 과거를 추억하는 작가가 있다면 그는 이미 노쇠해졌다고 말할 수 있을 것이다.

그런 열정을 가진 작가는 매번 독자를 웃기고 감동을 준다. 다음번엔 또 어떤 작품으로 우리를 웃기고 감동을 줄지 매번 기대하게 만드는 작가가 성석제가 아닌가 싶다. 작가의 다음 작품을 또 기대해 보자.

 성석제, 조폭 두목, 작가계의 안성기, 쏘가리

# 24

# 조경란_ 가치 있는 것에 대한 강박

약속 장소에 도착했을 때 테이블엔 와인 잔과 와인에 어울릴 만한 안줏거리가 놓여 있었다. 시작 전 카페 주인장이 따라 주는 칠레산 와인을 엉겁결에 받아 두었다. 사실 먹는 것이 마음을 열어 준다고 하지만 모르는 사람끼리 조촐하게 앉아 있자니 그도 참 어색하다. 그래도 조만간 이 와인이 사람의 마음을 열어 주리라고 믿어 본다.

사진에서도 느꼈지만 작가는 천생 여자란 느낌을 갖게 한다. 호리호리한 몸매에 하얀 스카프를 늘어뜨리고, 유난히 까만 머리에 작은 목소리로 조근조근하게 말하는 것이 인상적이다. 마침 그 자리는 작가가 책을 내고 하는 행사의 마지막 순번이라고 한다. 그동안 얼마나 숨 가쁘게 다녔을는지 알 것도 같다. 작가들 중엔 사람들 만나는 것을 즐기는 작가도 있겠지만 은둔형의 작가도 있다. 조경란 작가는 다분히 후자에 속하는 작가다. 그래서일까, 그녀는 말을 많이 해야 하는 날이 부끄럽다고 했다.

이제 이 자리가 마지막이고 다음 날이면 다시 은둔 모드로 들어

갈 것이라고 하니 적잖이 안심되겠다 싶다. 더구나 다소 딱딱한 강연회 자리가 아니고, 이렇게 와인과 함께 담소를 나누는 것 같았으니 더욱 그러지 않았을까?

와인을 한 잔씩 받아 놓고 돌아가면서 간략한 자기소개가 이어진다. 내 차례가 되니 좀 부끄러웠다. 일상에 치여 《백화점》을 읽지 못했다. 그런데 무슨 감식안인지, 그녀는 나에게 작가의 포스가 느껴진다고 했다. 무명이긴 해도 작가는 작가니, 그런 말을 듣는 것도 나쁘지는 않았다. 작가는 작가를 알아본다고 해 두자.

작가는 모르는 사람과 마음의 문을 열고 대화를 하고 싶으면, 좋아하는 것이 무엇인지 또는 싫어하는 것이 무엇인지 물어보는 것이 효과적이라고 한다. 글을 쓰기 전 자료 준비하기 위해 근처 도서관을 자주 찾는데, 문을 닫으면 백화점 가는 것을 좋아한다고 한다. 밥도 사 먹고 쇼핑도 하며 외롭지 않게 돌아다닐 수 있어 종종 간다고 했다. 또한 백화점은 누가 자신을 알아보는 사람이 없어 좋다고 했다. 작가 조경란이 아닌, 조금은 편안해진 인간 조경란으로 돌아갈 수 있어서 좋아한다고.

그러면서 그녀는 부탁 한 가지를 했다. 혹시라도 백화점에서 자신을 보게 되거든 모른 척 그냥 지나가 달라고. 이해가 갔다. 자신이 좋아하는 일을 방해받는 것처럼 싫은 것도 없다. 누구든 자신이 좋아하는 일을 즐길 권리가 있다. 그 사람의 권리를 인정하고 보호해 주는 차원에서라도 여러분도 작가를 백화점에서 보게 되거든 모른 척하고 지나가 주시길!

그런데 난 누가 좋아하는 것이 뭐냐고 물으면 딱히 대답할 말이 없다. 내가 좋아하는 것이 뭘까? 그저 마음에 맞는 친구나 지인들과 식사를 같이 하며 웃고 떠드는 게 좋다. 될 수 있으면 이렇게 마음에 드는 예쁘고 아기자기한 조용한 카페면 더 좋겠다. 이것이 질문에 대한 대답이 될 수 있을는지 모르겠다.

그녀는 작가가 되고 싶으면 군자 같은 사람이 되어야 한다고 했다. 말을 많이 하지 않으면서도 골방에 앉아서도 세상을 꿰뚫어 보는 그런 사람 말이다. 그래서 작가의 작업실엔 '묵(默)'이란 글자가 벽에 걸려 있단다.

그녀는 지금도 잠을 잘 자지 못한다고 한다. 특히 글을 쓰기 직전에는. 그 말이 이해가 갈 것도 같다. 새 작품을 앞에 놓고 얼마나 생각이 많을까? 얼마나 많은 장면들, 말들이 머릿속을 후벼 놓을까? 그때마다 벽에 걸려 있는 '묵'을 바라보며 흐트러진 마음을 고집스러우리만치 다잡고 쓸 것이다.

그녀는 글을 쓰기 위해 16년간 지켜 온 철칙이 있다고 한다. 여행은 가되 너무 멀리 나가지 않는다. 멀리 나가면 책상 앞에 돌아와 앉기가 힘들어서다. 그리고 커피를 좋아하는데 최근엔 양이 늘어서 걱정이라고 했다(역시 작가와 커피는 떼려야 뗄 수 없는 관계인가 보다). 커피는 꼭 핸드드립으로 마시는데, 로스팅해서 마셔 볼까도 생각했지만 시간이 너무 많이 걸리고 무엇보다 글 쓰는 데도 방해가 돼 포기했다고 했다. 그런 걸 보면 작가가 얼마나 자기 관리가 철저한 사람인지 알 것도 같다.

작가는 빨리 읽고 잊히는 그런 책은 쓰고 싶지 않다고 했다. 작가의 목표는 늘 진실한 이야기를 진실하게 쓰는 것이다. 그래서 자신의 글은 쉽게 읽히지 않을 거라고 했다. 천성적으로 그렇게 쓰거니와 자신은 항상 짧고 의미 있고 가치 있는 것에 대한 강박이 있다고 했다. 그러기 위해 작가는 책을 많이 읽고, 철학과 심리학, 미학 같은 공부를 게을리하지 않는다고 했다.

　아는 것이 많아도 쓰기는 아주 조금 쓴다고 했다. 아는 것을 쓰지 않는 것과, 모르는 것을 아는 척하고 쓰는 것은 다르다. 척하며 쓰는 것을 아주 많이 경계한다고 했다. 예를 들어 작가가 쓴 《풍선을 샀어》라는 작품은, 주인공이 독일에서 철학을 10년간 공부하고 왔던 만큼 작가는 그 한 작품을 쓰기 위해 니체의 책을 다 섭렵했다고 했다. 확실히 맞는 말 같다. 내가 창작을 공부했을 때도, 선생님은 작가는 많이 알고 그중 빙산의 일각을 독자에게 보여 줄 뿐이라고 했다.


　작가로 산 세월이 16년. 이제 달인의 경지에도 오를 법하지만 그녀는 매번 자신의 작품에 만족하지 못하고 아쉬워한다. 그래도 이젠 연륜이 쌓여서 그런지 예전엔 잘 써야지, 나를 이겨야지 하는 긴장과 압박 속에서 글을 쓰곤 했는데 지금은 그것에서 많이 자유로워졌다고 한다.

　하지만 요즘 젊은 작가들을 보면 부럽다고 했다. 그들은 즐기며 글을 쓰는데 그녀는 매번 자신의 모든 것을 걸어야 하니 말이다. 그렇게 온전한 작가가 되기 위해서 그녀는 몇 가지의 것들을 포기하기도 했다. 이를테면 결혼을 포기했고, 글쓰기 강좌에서 누구를 가르치는 일을 하지 않으며, 어디선가 또박또박 나오는 월급을 받지 않는다고 했다. 그것은 정말 쉽지 않은 일일 것이다. 하지만 나는 비슷한 연대를 살고 있어서인지 그런 작가가 믿음이 간다.

　작가는 글이 써지지 않는 두려움을 어떻게 극복할까? 전에는 두려움이 있었다고 한다. 하지만 지금은 두려움이 없다고 했다. 정말 두려움이 없기 때문이 아니라 그냥 두려움을 직시하다 보면 두려움이 사라진다고. 어느 작가건 문체에 대한 고민을 하지 않는 작가는 없을 것이다. 무엇보다 자신만의 문체를 발견하고 그것을 발전시켜 나가는 것. 그러기 위해 어떤 노력이 필요할까? 조경란 작가는 필사도 좋은 방법이긴 하지만 최선의 방법이라고 생각하지는 않는다고 했다. 어느 작가의 문체가 좋아서 필사를 하다 보면 그것에 갇히게 되기 때문이다.

대신 작가는 좋은 작품을 여러 번 읽고, 특히 단편인 경우 소리 내어 읽어 볼 것을 권했다. 그러다 보면 아무리 훌륭한 작가라도 없어도 되는 문장, 조사 등을 발견할 수 있을 거라고. 물론 이것 역시 쉽지 않지만 권할 만한 방법이라고 했다. 더불어 작가는 때로 이기적일 필요가 있다고 했다. 글을 쓰기 위해 때론 사랑하는 사람을, 가족을 희생시켜야 할 때도 있다. 그것을 할 수 없다면 작가가 되지 말아야 한다고 했다. 이건 정말 깊이 숙고해야 할 부분이란 생각이 든다.


자연스러운 분위기 속에 작가에게 물어보았다. 작가라는 직업에 만족하는지, 만일 다음 생에도 작가를 할 건지, 작가 외에 다른 꿈이 있는지를. 그때 작가는 다음에도 생이 있다면 절대로 작가는 되지 않겠다고 했다. 그러면서 조카 하나가 이모가 하는 일을 궁금해하며 작가가 되고 싶어 하는 것 같더란다. 그래서 작가가 얼마나 어려운지 아느냐며, 하지 말라고 했다. 그러자 이제 겨우 7살인 조카가 세상에 어렵지 않은 일이 어디 있겠느냐며 자신을 놀라게 했다고. 하지만 꿈이 없이 살아온 26년의 세월이 있었기에 자신의 길을 찾고 지금까지 글을 써 온 자신의 삶에 만족한다고 했다.

그런데 그 말을 하면서 울먹이는 것이 아닌가? 그만큼 작가로서 걸어온 길이 얼마나 지난했는지 알 것 같았다. (나는 누군가를 울려 본 적이 없는데 짓궂게도 남과 다른 질문을 한 것 같아 속으로 엄지손가락을 들어 올렸다. 나도 참 못됐다. 남을 울려 놓고…) 대신 작가는 다음에도 생이 존재한다면 가수가 되고 싶다고 했다. 두세 명의 세션과 함께 자신의 노래로 사람들을 즐겁게 해 주고 싶다고. 그건 내 꿈과도 비슷하다.

새삼 놀란 건, 요즘 백화점에 서점이 없어졌다는 사실이다. 사람들이 이젠 아이패드니 태블릿 PC니 하는 것으로 책을 다운받아 읽으니 백화점에 서점이 필요 없게 되었다는 것이다. 그래서 그런지 작가는 사람 모이는 장소에서 종이책을 보는 것이 어색해 자꾸 감추게 되고 위축된다고 한다.

그런데 작가의 말을 들으니 뭔지 모를 반항심이 생겼다. TV가 나올 때 라디오는 없어질 거라고 했다. 하지만 TV와 라디오는 여전히 공존한다. 비디오가 나올 때 영화관은 없어질 거라고 했다. 하지만 영화관은 여전히 존재한다. 종이책도 마찬가지다. 그런 기계가 나왔다고 해서 종이책이 없어지기야 하겠는가? 기계는 기계만이 안고 있는 한계가 있다. 그것에 인간의 무한한 가치를 종속시킬 수 없다. 어차피 기계도 인간이 다스리는 것이 아닌가?

이런 나의 생각을 조경란 작가도 아는지 힘을 실어 준다. 자신은 확실히 요즘 같은 디지털 시대에 어울리는 작가는 아닌 듯하다며, 얼마 전 프랑스 액상프로방스에서 돌아오는 비행기를 탔는데, 글을 쓸 수 있기까지 자신을 이끌어 준 대선배의 옆에 앉게 되었다고 한다. 자신은 종이로 된 책을 읽었고, 그분은 태블릿 PC로 책을 보더라는 것이다. 그분이 자신에게 "천생 요즘 작가는 못 되는군." 하시더란다.

작가는 자신의 작품은 지금까지도 그래 왔듯이 앞으로도 e-book에서 보는 일은 절대 없을 거라고 잘라 말한다. 항상 그래 온 것처럼 비공리적이며 희소성의 의미로 반드시 종이로만 출판되어 나올 것이라고 했다. 모르긴 해도 그녀가 작가로서 인간성을 결코 포기하지 않겠다는 말로 들려 그런 작가의 고집이 좋다. 작품을 끝내고 은둔에 들어간 작가가 다음에 어떤 작품을 들고 나올지 벌써부터 궁금해진다. 좋은 작품으로 독자와 다시 만날 날을 기대해 본다.

조경란, 백화점, 짧고 의미 있고 가치 있는 것에 대한 강박

# 25

# 문학수 _ 음악을 듣는 근육을 키워라!

도착해 보니 오디오와 스피커가 눈에 띈다. 그곳은 전에도 두어 번 가 본 적이 있는데, 그전에도 그 오디오와 스피커가 있었는지 기억이 가물가물하다. 어쨌든 뭔가 준비된 강연회 같아 기대가 되었다. 턴테이블과 LP판이 눈에 띈다. 이것은 또 얼마 만에 보는 물건인가? 몇 년 전 턴테이블과 LP판이 복고 열풍을 타고 다시 제작되고 있다는 소식을 들었는데 막상 실물을 보니 반가웠다. 오디오 시험 방송(?)을 위해 틀어 준 음악은 말러의 교향곡 1번이다.

이날 강연회는 문학수 기자가 그의 두 번째 책 《더 클래식》1, 2 권을 내고 갖는 두 번째 시간으로, '쇼팽과 리스트: 피아노가 부르는 밤의 노래'란 부제가 붙어 있다. (나는 개인적인 사정으로 첫째 시간은 참석하지 못했다.)

저자는 처음부터, 요즘엔 클래식 대중화 바람을 타고 여기저기서 클래식 강의를 많이 하는데 너무 쫓아다니지는 말라고 한다. 클래식은 많이 듣는 것이 중요하지, 학습하려고 하면 안 되기 때문이다. (날카로운 지적이긴 한데, 힘들게 강연회장을 찾은 나 같은 사람은 어쩌라는 건지 조금은 뜨악한 느낌이었다.) 저자는 무엇이든 즐기기 전에 학습부터 하려고 하는 우리나라 사람들의 근성을 경계하는 것이다. 하지만 클래식을 좋아하는 사람이라면 모를까, 초보거나 여간해서 즐겨지지 않는 사람은 이런 강연회장이라도 기웃거려 보고 싶은 것도 사실이다.

저자는 요즘은 중년층 이상에서 클래식에 대한 관심이 높아졌는데, 아마도 들을 만한 대중음악이 없어서가 아닐까라고 진단한다. 모름지기 노래란 따라 부를 수 있어야 하는데, 40~50대만 해도 요즘 유행하는 노래를 따라 부를 수가 없다는 것이다. 정서도 다르고 속도도 다르고.

클래식은 다소 어렵다는 편견이 존재한다. 저자는 똑같은 음악을 여러 번 반복해서 듣고, 연주회장을 다니면서 음악을 듣는 근육을 키우라고 조언한다. 음악은 스스로 귀를 여는 노력이 필요한 것 같다. 클래식도 그 시대에는 대중음악이 아닌가.

문득 저자에 대해서 그다지 아는 정보가 없다는 사실을 깨달았다. 뒤늦게 알아보니 그는 모 신문사 문화부장을 지낸 기자 출신이었다. 그래서 그럴까? 강연 내내 음악에 대한 조예가 상당하다는 느낌을 받았다. 도대체 클래식에 대한 열정이 얼마나 크면 저런 강연을 할 수 있는 걸까 감탄할 정도였다. 강연에서 가장 인상 깊었던 것은 쇼팽에 관한 부분이었다.

쇼팽은 '피아노의 시인'이란 수식어가 있는 만큼 독주곡을 많이 썼을 거라고 생각할 것이다. 하지만 그는 초기에는 협주곡도 썼다. 쇼팽의 피아노 협주곡 1번을 들려주었는데, 아무래도 초창기였던 만큼 완숙기에 썼던 작품과 차이가 난다고 설명했다.

베토벤과 박완서를 예로 들기도 했다. 베토벤이 위대한 것은 그의 작품이 더할 것도 뺄 것도 없이 완벽하기 때문이다. 저자는 기자 시절 이런저런 명사들에게 원고 청탁을 하는 때가 있는데, 우리가 생각하기에 명사들인 만큼 완벽하고 좋은 글을 보내 줄 것 같지만 사실은 그렇지 않았다고 한다. 대부분은 어떻게 이런 글을 쓸 수 있을까 놀랄 정도로 형편없다. 그래서 결국엔 신문에 실을 수 없는 경우가 많은데, 그들의 글이 수준 이하여서라기보단 신문의 지면이 한정된 만큼 무엇을 더할 것이냐가 아니라 무엇을 뺄 것이냐가 중요하기 때문이란다. 반면 박완서 작가의 글은 완벽해서, 문장 하나를 빼면 글 전체가 무너질 정도라고 한다. 그러고 보면 박완서는 한국 문학계의 베토벤이었나 보다 싶다. (문인의 숨겨진 이야기를 듣는 것은 무척 흥미롭다.)

그런 설명을 들으며 풋풋하고 의욕이 앞선다는, 쇼팽의 협주곡 1번을 들었다. 그런데 막상 난 귀가 무뎌서 그런지, 뭐가 풋풋하고 완벽하지 않다는 것인지 알 수가 없다. 더구나 그 곡의 연주자는 유명한 루빈스타인이다. 이렇게 말하면 저자가 거짓말을 한 것처럼 오해받을 수도 있을 것 같다. 문제는 나에게 있을 것이다. 나는 클래식 초짜나 다름없으니, 이 곡을 들으면 이래서 좋고, 저 곡을 들으면 저래서 좋다. 그러니까 무엇이 무엇과 어떻게 다른지를 구별하고 판단할 만큼 변별력을 갖추지 못했다. 때문에 그런 오류 아닌 오류를 범하고 있는 것이다. 하지만 그렇다고 나 자신을 책망할 생각은 없다. 그 시간, 그 음악을 듣고 있다는 것만으로도 충분히 의미 있는 시간이라고 생각한다.

그런 자리에서 음악을 들으면 작곡자나 연주자의 생애를 듣는 건 기본이다. 우리는 저자가 이끄는 대로 음악가의 생애를 듣고, 어느새 음악 용어에 관한 이야기를 듣다가, 영화 이야기를 듣고, 또 어느새 문학 이야기까지 듣게 된다. 그만큼 저자가 들려주는 이야기는 워낙 풍부하고 방대하다. 그래서 다 받아 적을 수가 없다. (저자는 자신의 하는 말을 노트할 생각 하지 말라고 한다. 자신의 말이 궁금하다면 책을 사서 읽으면 된다고.)

사실 강연의 제목에 소개된 것처럼 리스트도 다뤘어야 하는데, 쇼팽만으로도 할 얘기가 많아 리스트는 그리 많이 다루지 못했다. 리스트는 원래 '헝가리 광시곡'으로 유명하지만, 최근 하루키의 《색채가 없는 다자키 쓰쿠루와 그가 순례를 떠난 해》란 소설로 한 번 더 유명해졌다. 리스트의 '순례를 떠난 해'에서 제목을 따오지 않았는가 싶다. 하루키가 아니었으면 그 곡을 결코 알지 못했을 것이다. 그것 말고도 하루키는 자신의 소설 《1Q84》에서 '야나체크의 심포니에타'를 소개함으로써 야나체크를 세계에 알린 것으로도 유명하다.

저자는 작가가 자신의 작품에서 음악을 사용하려면 그렇게 대중에게 잘 알려지지 않은 작품을 써야 한다고 한다. 잘 아는 곡을 써 봐야 작품에 그다지 도움이 안 된다고 한다. 과연 일리가 있는 말이다. 영화는 익숙한 음악을 써도 좋단다.

독자의 입장에서, 저자의 말대로 어느 날 택시를 탔는데 마침 라디오에 야나체크의 음악이 나왔다고 시작되는 《1Q84》의 첫 부분은 아무리 생각해도 좀 오버 같다. 다른 좋은 음악을 놔두고, 왜 하필 그 음악이란 말인가? 그런데 또 생각해 보면 독자의 눈을 사로잡을 만하긴 하다. 그런 의미에서 하루키는 확실히 영특한 작가다.

보통 저자들의 강연은 1시간 반을 넘지 않는데 이날은 두 시간을 넘겼다. 그런데도 준비한 이야기의 5분의 1을 했을까 말까란다. 그리 말하는 저자가 대단하다 싶기도 하고, 부족한 시간도 아쉬웠다. 우리는 리스트의 음악을 들으며 자연스럽게 안녕을 고했다.

나는 나오면서 새삼 '클래식 초짜'란 말을 떼어야겠다는 생각을 했다. 도대체 언제까지 초짜로 살 것인가?

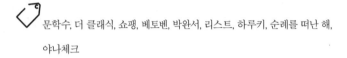 문학수, 더 클래식, 쇼팽, 베토벤, 박완서, 리스트, 하루키, 순례를 떠난 해, 야나체크

# 26

# 김탁환 _ 그는 왜 조선을 쓰는가?

그는 사진보다 더 백발에 가깝고 훨씬 더 부드러운 인상이었다. 어쩌면 그 부드러운 인상은 차라리 어눌함에 가깝다고 해야 할까? 그만큼 선하고 순수한 모습을 하고 있었다. 시간에 맞춰 그가 나온 다는 곳에 허겁지겁 들어서고 보니 입구에 있는 그를 알아볼 수 있었다. 애써 못 본 척하고 적당한 자리에 앉았지만 그를 만나길 얼마나 기대했던가?

김탁환 작가가 조선 시대 조운선 침몰 사건을 다룬 《목격자들》을 내고, 민음사 주관으로 독자와 만나는 자리였다. 이날이 책을 낸 후 첫 스케줄은 아니었을까 싶다. 앞으로 지방 독자들을 위해 이런 강연회를 몇 차례 더 가질 것이고, 특별히 도서관 강연을 많이 할 거라고 했다. 인터뷰 형식으로 진행된 그 시간은 작품을 끝내고 난 그의 근황을 듣는 데서 시작됐다.

언젠가 그는 자신을 단순히 소설가라고 하지 않고, 집필 노동자라고 했던 것으로 기억한다. 그래서 그는 작품을 마치면 곧바로 그

다음 날 새로운 집필을 시작한다. 하지만 이번엔 그러질 못했다고 했다. 쓰는 내내 몸이 무거웠단다. 책이 처음 나왔을 때 조운선 침몰 사건에서 세월호를 생각해 냈다. 아니나 다를까, 세월호 때문에 그렇게 몸이 안 좋았다.

세월호 사건이 일어났을 때는 한 달 반 정도 작업을 작파했었다고 한다. 그 사건이 꽤 충격적이었다. 그래서일까? 특별히 2권 378쪽을 직접 읽어 주었는데, 조운선에 타고 있다 운명을 달리한 사람들의 이름을 써 놓은 장이다. 그중 '제탁'이란 이름이 나오는데 김탁환 작가의 족보 이름이란다. 그는 그런 식으로 세월호 희생자들에 대한 미안함을 대신하고 싶어 했다.


그는 오래전부터 조선을 소재로 한 소설들을 써 오고 있는데, 이 책이 30 혹은 31번째 소설이라고 한다. 그는 필생의 작업으로 60권까지 쓰는 것을 목표로 하고 있는데 벌써 반환점을 돈 셈이다. 발자크의 《인간희극》처럼. (발자크는 이 작품을 통해 당대의 사회상을 하나의 거대한 조감도로 그려 냈고, 그게 무려 90편이 넘는다고 한다.) 그러고 보면 작가들마다 필생의 작업이란 게 있는 것 같다. 고은도 《만인보》를 아직도 쓰고 있다고 하지 않는가?

그렇다면 그는 왜 조선을 쓰는 것일까? 대답은 의외로 간단했다. 고려 시대는 너무나 먼 과거여서 육체가 없다. 그래서 상상으로 써야 하는데, 조선 시대는 파헤치고 연구해 보면 뚜렷한 뭔가가 있다는 것이다. 《목격자들》은 그의 백탑파 시리즈 중 하나인 셈인데, 알다시피 '백탑파'란 학문적으로는 연암파로, 당대 지식인들이 원각사지 십층 석탑을 랜드마크 삼아 모이고 발전시킨 학파다. 구체적인 내용이 있어 소설로 풍부하게 형상화할 수 있었다.

한동안 백탑파 시리즈를 쓰지 않았던 때도 있었다고 한다. 그는 한때 추리소설에 대한 회의, 즉 지나친 낭만주의와 사필귀정이라는, 독자들이 예측 가능한 소설을 쓰는 것에 회의를 느꼈다고 한다. 왜 그런지 짐작이 갈 것도 같다. 소재나 주제는 달라도 매번 이야기를 풀어 가는 방식이 같다는 것을 독자들이 인식하기 시작했다면, 작가는 고민하고 회의하지 않을 수 없을 것이다. 그만큼 독자는 매번 새로운 것을 원하는데, 추리소설이라는 게 기법의 한계를 가지고 있지 않은가? 결국 다시 추리소설로 돌아왔다. (그가 백탑파 시리즈를 한동안 쓰지 않고 있을 때 대신 어떤 작품을 썼는지는 잘 알고 있지 않은가? 이순신과 정도전 등의 소설.)

이번 책은 홍대용이 주인공으로 나오는데, 작가의 말에 의하면 지금으로 치면 신대철급 거문고 연주가다. 그는 단순히 연주가에서 머물지 않고 악기를 만들기도 했고, 망원경을 만들기도 했다. 또한 실력 있는 수학자이기도 했고, 유학에서 시작해서 묵가로 이어졌던 급진적 사상가이기도 했다.

그는 장편의 주제를 찾을 때 보통 세 가지 질문을 한다고 한다. 첫 번째, 어떤 타락이나 부패를 통해 생명이 사라지는 사례는 무엇인가? 두 번째, 인간의 존엄이 훼손되는 사례는 무엇인가? 세 번째, 구경꾼과 목격자 같은 제3자가 피해자의 고통에서 비극으로 어떻게 나아갈 수 있을까?

초대 손님으로 천문학자인 이명헌 씨가 나왔는데, 두 사람의 유대 관계가 나름 돈독해 보인다. 이명헌 씨는 작가가 과학적 지식이 남다른 작가라고 했고, 김탁환 작가는 이명헌 씨는 과학도임에도 문학적인 사람이라며 서로를 치켜세웠다. 이명헌 씨는 작가를 가리켜 혜성과 같은 작가라고도 했다. 어느 날 갑자기 나타난 스타를 가리켜 혜성과 같다고 표현하기도 하는데, 사실 혜성은 갑자기 빛을 발하는 별이 아니라 76년 만에 우리 눈에 띌 뿐이라고 한다. 해왕성까지 갔다 오는 동안 자기 살을 깎아 먹고 돌아오는 것이 혜성이다.

그러고 보니 이해가 갈 것도 같다. 김탁환 작가가 걸어온 길과 앞으로의 포부를 들어 보면 그는 확실히 훗날 우리나라 문학사의 (어떤 의미로든) 한 페이지를 장식할 만한 작가임에 틀림없다. 이제 반환점을 돌았으니 나머지 반을 또 가야 한다. 그가 자신의 작업을 마칠 때쯤이면 노년이 되어 있을 것이다. 그때 작가는 또 어떤 모습을 하고 있을까?

작업을 마칠 때까지, 아니 그 이후에도 우리가 오래도록 지켜볼 수 있는 작가로 남아 줬으면 좋겠다.

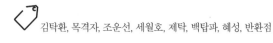 김탁환, 목격자, 조운선, 세월호, 제탁, 백탑파, 혜성, 반환점

# 생각

열정적 사랑, 식욕과 성욕, 김애란, 조로, 육체의 문제, 벤자민 버튼의 시계는 거꾸로 간다, 헤밍웨이, 노인과 바다, 고흐, 노년, 초경의 당황스러움, 자신의 몸에서 달의 주기를 체험하는 위대한 분들, 김훈, 남한산성, 마초에 반(反)하다, 박주영, 실업자, 백수를 우습게 보지 마라, 이석원, 미스터리한 에세이, 하고 싶은 일을 하며 살지 못하는 자의 고백, 크리스털 유리잔, 성석제, 불개, 개의 모성, 이태석, 한국의 슈바이처, 톤즈, 한센병, 희망의 밥, 생애 마지막 밥상, 모성애, 김여환, 호스피스, 엘리자베스 퀴블러 로스, 죽음을 받아들이는 5단계, 웰다잉, 정호승, 항아리, 네가 있어야 내가 있다, 주진우, 보수, 진보, 친일파, 빨갱이, 역사 공부, 찰스 다윈, 신앙인과 비신앙인의 결혼, 결혼은 신중한 선택, 손양원, 손동희, 유현종, 사랑과 용서, 뭔가 행동하도록 만드는 책, 김경주, 시극, T. S. 엘리엇, 장정일, 문학 장르로서의 희곡 읽기, 종군위안부, 태평양 전쟁, 국가의 개인에 대한 폭력, 사형 제도 폐지, 인권, 우리들의 행복한 시간, 사형 집행자, 박진진, 김태훈, 러브 토크, 사랑은 케이스 바이 케이스, 니체, 짜라투스트라는 이렇게 말했다, 1800년대 기독교, 적그리스도, 신은 죽었다, 고독, 한창훈, 궁리, 분노, 탄탄한 근육질, 박목월, 박동규, 아버지, 시인은 무한 상상력의 소유자, 사자성어, 종신지우, 낙양지귀, 금구계이

# 27

# 요리와 사랑

라우라 에스키벨의 《달콤 쌉싸름한 초콜릿》은 남미 특유의 마술적 리얼리즘과 토속적인 분위기, 에로틱한 관능이 잘 뒤섞여 있는 작품이다. 무엇보다 음식을 매개로 하고 있다는 점에서 오감을 자극한다. 그러고 보니 음식을 매개로 한 문학 작품으로 《바베트의 만찬》도 생각난다. 두 작품의 공통점은 식욕과 성욕을 같은 층위에 놓고 있다는 점이다. 음식에 최음제 같은 작용을 하는 뭔가가 숨어 있는 것일까?

이 책에서 주목해서 본 것은, 사랑은 사필귀정인가 하는 것이다. 작가는 애초에 주인공들이 사랑을 이루는 것으로 끝맺어야겠다고 생각했을 것이다. 사람들은 사랑 이야기에 매료되며, 행복한 결말은 독자를 만족시킨다. 하지만 비극적 결말이 더 많은 여운을 남긴다. 그래서 작가는 오래도록 독자들이 작품을 기억해 주길 바라며 마지막까지 비극으로 몰아갔는지도 모르겠다.

첫사랑은 이루어지지 않는다는 말처럼, 10대인 티타와 페드로가 만나고 서로 사랑을 느끼지만, 멕시코 명문가의 막내딸은 시집을 못 가고 어머니를 돌봐야 한다는 풍습 때문에 둘의 관계는 위기를 맞는다. 티타는 막내다. 혹자는 이런 소설의 설정에 실소할지도 모르겠지만, 사실 따지고 보면 우리도 알게 모르게 집안의 전통이라는 이름하에 금기가 얼마나 많은가. 티타와의 사랑을 포기하지 못한 페드로는 차선으로 그녀의 언니와 결혼한다. 의리와 신의를 배반하지 않는 페드로의 용기 있는 결단일 수도 있지만 어찌 보면 황당하다. 명백히 사랑은 둘 중의 하나다. 주변의 여러 많은 장애 때문에 이루지 못하거나, 그것을 뛰어넘거나. 그러니 차선은 없다.

페드로의 이야기는 찾아보면 없지는 않다. 성경의 야곱이 그렇다. 라헬을 사랑했던 야곱은 언니 레아를 먼저 취한다. 이런 풍습은 더는 존재하지 않지만 금지된 사랑은 여전히 존재한다. 금지된 사랑 때문에 시기하고 질투하며 꽤나 호된 몸살을 앓기도 한다. 성경에도 두 자매가 서로 남편 야곱을 차지하겠다고 싸우고 질투하는 장면이 나온다. 이 책에서도 티타는 언니 로사우라의 끊임없는 의심과 질시를 받는다.


맛있는 티타의 요리를 먹은 사람들이 비결을 묻자, 티타는 "사랑을 집어넣으면 됩니다."라고 답한다. 사람의 식욕이 성욕을 자극하는 건 맞는 얘기 같긴 하다. 성경에 라헬과 레아가 서로 남편을 차지하기 위해 합환채란 식물을 가지고 협상하는 장면이 나오는데, 그 식물은 최음제로 알려져 있다. 어쨌든 사람은 식욕이 채워지면 성욕을 채우려 한다는 것을 생각해 볼 때, 음식의 화학적 반응을 저자는 문학적으로 꽤나 재치 있고 능청스럽게 표현해 내고 있다.

언제나 그렇듯, 사랑 이야기는 일대일의 관계보다 삼각관계일 때가 재미있고 더 극적인 법이다. 티타와 로사우라, 페드로가 전반부를 이끌었다면, 후반부에서는 티타와 페드로, 의사 존의 관계가 부각된다. 티타는 페드로 이후에 새롭게 사귄 존과의 결혼이 거의 이루어지려 한다. 이 둘을 지켜보는 페드로는 질투하고 방황한다.

티타의 관점에서 볼 때 존의 사랑은 다분히 이성적이고 신사적이다. 그런 데 비해 페드로와의 사랑은 감성적이며 본능적이다. 그리고 결국 그 본능이 이성을 이겨 티타는 존이 아닌 페드로를 선택하는 것으로 끝을 맺는다. 사랑의 에로틱한 면은 이성적이기보단 본능적이고 낭만적인 것에 더 가깝다. 혹자는 페드로의 우유부단함에 혀를 차기도 하겠지만, 내게는 존이 더 미온적으로 보인다. 상대를 배려하며 끝까지 신사적인 태도를 유지하지만 그런 태도가 더 많은 모순을 가지고 있지 않을까? 아니면 결혼은 사랑보단 관습적인 게 더 많다는 걸 존은 이미 알고 있는지도 모른다. 그래서 존은 티타가 아니어도 나중에 적당한 상대를 만날 수 있다는 여유가 있는지도 모른다.

당신 아니면 안 된다는 확신이 있었다면 티타는 예정대로 존과 결혼했을 것이다. 하지만 다분히 낭만적인 티타는 존이 신사적이고 인격자인 건 좋지만 열정이 없다는 것을 알게 된다. 결국 자연스럽게 "당신은 내가 아니어도 좋은 사람을 만날 수 있을 거예요."라는 말을 한다.

여기에서의 해피엔딩은 본능에 충실할 때 이루어졌다. 하지만 그 사랑을 이루기까지의 과정은 달콤하기만 할까? 쌉싸름하기도 하다. 사랑은 그런 것이다. 사랑은 정말 혼란스럽다는 걸, 그 혼란스러움을 겪어야 진정한 사랑에 이를 수 있다는 걸 이 작품은 유쾌하고도 씁싸름하게 보여 주고 있다.

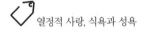 열정적 사랑, 식욕과 성욕

# 28

# 육체와 문체

김애란 작가는 80년생이다. 이제 30대다. 30대란 나이를 무엇으로 정의할 수 있을까? 앞에서 세면 적지 않은 나이인데 뒤에서 세면 아직도 젊은 나이다. 사춘기 어린이도 아니고 중년의 어른도 아닌 것이 어찌 보면 괴물 같기도 하다고 했다. 30대가 또 좀 그렇지 않나 싶기도 하다.

내 나이 스물다섯도 많다 했던 때가 있었다. 그때가 되면 어떻게 하나 막막한 느낌이었는데, 30이 되었을 때 뭔가의 강 하나를 건너온 느낌이었다. 하지만 난 그저 강 하나를 건넜을 뿐 지금 돌아보면 그때도 젊었고, 어른이 되기엔 아직도 어린 나이란 생각을 한다.

나에겐 병이 하나 있다. 젊은 사람을 신뢰하지 못하는 병. 특히 다른 분야는 몰라도 문학에서 어떤 젊은 작가가 문단에서 주목받고 그 작품이 베스트셀러가 되었다고 해도 난 여간해서 꿈쩍하지 않는다. 젊은 패기 하나는 인정해 줄지 몰라도(가능성이 얼마나 많은가?) 그들의 실험적인 문장, 뭔지도 모를 현학적인 미사여구에 안 그래도 느림보 독서가인 나는 그런 책을 붙들고 있을 시간적 여력이 없다.

그리고 어떤 책이든 독서를 꾸준히 해 온 유형이라면 읽을 책과 안 맞는 책을 구분하게 된다. 물론 개중엔 구분이 어려운 책도 있다. 김애란만큼은 그냥 넘어가기 힘들 거라는 생각이 들었다. 작가의 명성을 몇 년 전부터 익히 들어 왔고, 첫 장편 반응이 워낙 뜨거웠던 터라 읽지 않으면 뭔가 아쉬움이 남을 것만 같았다.

작가가 극작을 전공해서일까? 대사에 감칠맛이 있다. 모든 소설가는 처음엔 다 시인이었다는 말이 있듯, 작가 역시도 시깨나 읽은 듯 시적인 문장도 돋보인다. 게다가 주인공 아름이 서하와 이메일로 주고받은 편지는 오래전에 읽었던, 소설로 풀어낸 철학 책인 《소피의 세계》를 연상케도 했다. 그런 것으로 봐도 작가가 얼마나 가능성이 많은지 충분히 짐작이 간다.

인간의 육체에 관해 진지한 물음을 하게 만드는 책들을 만나곤 한다. 스콧 피츠제럴드의 《벤자민 버튼의 시계는 거꾸로 간다》와 박범신의 《은교》가 그렇다. 읽어 본 사람은 알겠지만, 스콧 피츠제럴드의 작품은 인간의 육체를 거꾸로 되돌리는 과정을 통해 정신과 육체는 과연 무엇인가를 진지하게 묻고 있다. 또한 박범신의 《은교》는 육체의 소멸 과정을 통해 인간의 오욕칠정을 과감하면서도 강렬한 문체로 보여 준다.

이 작품 역시 조로증을 앓고 있는 한 소년을 통해 너무 일찍 늙어 버린 인간의 육체가 정신의 발달을 뛰어넘는 한계 상황을 담담하게 표현한 작품이라고 할 수 있다. 주인공 한아름이 노화 과정에서 걸리는 병을 겪으면서 '육체는 철저하게 독자적이다.'라고 했던 말이 기억에 남는다. 건강할 땐 몰랐던 육체의 고통이 도대체 내 몸 어

디에 숨어서 나를 이토록 처절하게 아프게 만든단 말인가? 우린 건
강할 땐 바보스러우리만치 그것을 잊고 몸을 함부로 대하고 있지는
않은가?


조경란 작가가 요즘 젊은 작가들의 글쓰기 태도에 대해 부럽다
고 했던 기억이 난다. 자신은 너무 힘들고 고통스럽게 글을 쓸 때가
많은데, 요즘 젊은 작가들은 즐기면서 쓰는 것 같다는 것이다. 또 박
범신 작가는 그의 한 산문집에서, 요즘 젊은 작가는 뭐든지 다 잘한
다고 했다. 그들의 주특기인 글쓰기는 물론이고 연애, 공부, 취미 활
동도 잘해 한마디로 만능이라는 것이다. 하지만 매력은 없다고 했
다. 그들은 진정한 결핍이란 게 뭔지 모르는 것 같다고 했다.

나도 그 말에 동의한다. 김애란 작가의 《두근두근 내 인생》이란
작품을 보면 그렇다. 어디에 결핍이 나타나는가? 어디에 생에 대한
갈망과 처절함이 배어 있는가? 놀라웠던 건, 문체의 미학은 어느 만
큼 구축한 것 같지만 작품 전반은 너무 착하다는 점이다. 17세. 한
창 혈기 왕성할 나이에 죽음을 맞이하게 된 한아름이 과연 소년다
운 데가 있는가? 몸이 조로라고 해서 영혼도 늙은이일 수는 없다.
마치 태어나는 순간부터 지금까지 그렇게 살다가 죽을 사람처럼 모
든 것에 초탈하다. 그것도 마지막 순간까지.

사람은 죽을 때가 되면 안 하던 짓도 하고, 인생의 모험도 한다.
그래서 오늘 살고 다시 안 살 것처럼 자신을 태워 버리기도 한다는
데, 아름에겐 자신을 태워 버리는 건 고사하고 이렇다 할 발화점조
차 찾아볼 수가 없다. 즉 생의 모험이 없다. 모르긴 해도 작가는 주
인공에 대한 천착이 부족한 듯하다. 그래서 뭘 하고 싶으냐는 물음
에 계속 모호한 대답으로 일관하지 않는가?

그나마 서하와 무슨 일을 벌이게 될 줄 알았다. 그러나 서하가 사이버 가상 인물로 밝혀져 뭔가 사기당한 느낌이었다. 후에 장씨 할아버지와 모험이 있을 줄 알았는데, 고작 외출을 해 소주팩에 빨대를 꽂아 빨아 먹는 것이 전부다. 그게 왜 그리도 진지한 걸까? 아름이 생애 마지막 외출인데 피날레치곤 너무 별것 아닌 행동이란 생각이 들었다. 장씨 할아버지는 아름이 젊은이라면 할 수 있는 뭔가 의미 있는 일을 하도록 도와줬어야 하는 건 아니었을까? 그래야 아름이 섭섭하지 않게 세상을 떠날 수 있지 않을까?

이 작품에서 꼭 있어야만 했던 것이 있는데, 그건 인간의 '오욕칠정'에 대한 통찰이다. 이것을 얼마나 잘 구사하느냐에 따라 작가의 역량이 인정을 받기도 하고 못 받기도 한다. 《은교》와 《벤자민 버튼의 시계는 거꾸로 간다》 같은 소설은 능숙하게 구사하고 있다. 그들은 연륜이 쌓인 대작가니까 그런 것이 아니냐고 할지 모르겠다. 김애란 작가는 충분히 재능 있는 작가다. 젊다면 젊은 패기가 보여야 하는데 그녀의 세계는 결핍이나 간절함을 알기엔 너무 충만한 세계 속에서 유유자적해 보인다.

이렇게 말하면 문학이 이렇게까지 엄숙할 필요가 있느냐고 반문할지 모르겠다. 그냥 가볍게 읽고 넘기는 소설도 소설 아니냐고. 반론할 생각은 없다. 하지만 문학은 인간의 오욕칠정으로 다양한 변주를 하며 두터운 층위를 구축해 왔다. 고 장영희 교수는 자신의 산문집 《문학의 숲을 거닐다》에서, 자신을 문학의 길로 이끈 한 은사의 말을 인용하며 이렇게 정의했다. '문학은 삶의 교통순경이다. 교통순경은 차들이 남의 차에 방해되지 않도록 자기 차선을 따라 반칙 없이 잘 가고 있는가를 지키듯이, 문학은 궁극적으로 우리가 진정 사람답게, 제대로 살아가도록 우리를 지킨다.'라고.

소설을 읽어 본 사람들은 하나같이 문체가 좋다고 한다. 문체는 그 작가 고유의 색깔을 결정짓는, 나름 중요한 것임엔 틀림없다. 그러나 문체는 기능적인 측면이지, 문학 자체는 아닐 수 있다. 문체에 눈이 멀면 문학의 본질을 놓칠 수도 있다.

작가들에겐 30대의 문학이 다르고, 40대 문학이 다르고, 50대와 60대 문학이 다르다고 한다. 난 김애란 작가가 세상 평가에 휘둘리지 말고 오롯이 자신의 길을 가면 좋겠다. 나에겐 좀 더 지켜봤으면 하는 작가다.

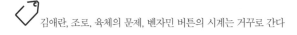 김애란, 조로, 육체의 문제, 벤자민 버튼의 시계는 거꾸로 간다

# 29

# 인간은 패배하도록 만들어지지 않았다

부끄럽게도 이제야 헤밍웨이의 《노인과 바다》를 읽었다. 하지만 읽기를 마쳤을 때 오히려 지금 읽기를 잘했다는 생각이 들었다. 최근 헤밍웨이의 저작권 기간이 만료됐는데, 이제까지 우리가 본 헤밍웨이의 작품은 해적판이거나 의역한 것이라고 한다. 제대로 된 번역본이 나왔으며, 그의 다른 작품들도 속속 다시 출판되거나, 미번역 작품들이 나올 것이라고 한다. 그러니 제대로 된 번역본을 읽은 것이 잘된 일이 아닌가?

꼭 그런 이유가 아니더라도, 청소년 시기에 이 작품을 읽었더라면 '이게 뭐가 좋다는 거지?' 하며 내내 고개를 갸웃거렸을 것이다. 나이 들어 읽으니 '아, 그런 거구나.' 조용한 탄성을 내지르게 한다.

《노인과 바다》는 줄거리로만 보면 너무나 간단한 이야기다. 노인이 고기를 잡으려고 바다에 나갔지만 아무것도 못 잡고 있다가 85일째에 큰 물고기(만새기)를 잡았고, 돌아오는 길에 상어들의 연이은 공격을 받아 뼈와 대가리만 남기고 결국 아무 소득도 없이 피곤한 몸이 돼서 돌아온다는 내용이다. 소설이라면 기승전결이 있어야 할 것 같은데, 이 작품에선 그런 것은 없다. 다만 그림 하나를 연상케 했는데, 반 고흐의 〈구두 한 켤레〉였다.

그림 속의 구두는 꼭 노인이 신었다 벗었을 것같이 남루하고 초췌하다. 노인의 삶을 대변해 줄 것만 같다. 《노인과 바다》는 한 폭의 그림과도 같고, 영화로 치자면 한 시퀀스에 해당하는 작품 같다. 한 폭의 그림이 많은 것을 생각하게 만들고, 잘 만든 영화의 장면 하나가 명작을 만든다.

노인의 청년기와 장년기는 어땠을까? 현재의 모습은 과거를 반영한다. 왠지 젊은 시절의 노인은 크게 다르지 않았을 것 같다. 바다와 함께 살고, 바닷바람이 주름을 깊게 만들었을 것이다. 어느 시기에 바다는 만선의 기쁨과 돈을 주었을 것이며, 술과 방탕에 빠지게 했을지 모른다. 산티아고는 평생 독신으로 살았을 것 같기도 하다. 근데 또 모를 일이다. 인생 어느 시기에 아내(내지는 동거인)와 함께 살았을지도 모르고, 아이는 없거나 먼저 떠나보냈을지도 모른다. 그후에 혼자가 되었을지도 모를 일이다.

가끔 할머니나 지금은 늙어 버린 엄마를 보며 생각해 본다. 많은 세월 인생의 헛헛함을 어떻게 견디며 살아왔을까? 할머니에게도 부모님은 계셨을진대 그분들을 보내 드리고 인생은 살 만하던가를 여쭙고 싶은 때가 있었다. 그러나 끝내 여쭙지 못했다. 오래전에 두 분의 할머니를 보내 드리고 아버지마저 보내 드리고, 나이 들고 나니 새삼 여쭙지 않아도 당신들의 마음이 어떨지 알 것 같다. 아무렇지도 않은 양 사는 것. 살아 내는 것. 인생은 그런 것이었다.

이 책을 이때 읽기를 잘했다는 건, 내 나이대가 산티아고 노인과 근접해 있기 때문이다. 아직. 노년이라고는 할 수 없지만, 그렇다고 더 이상 젊다고 할 수도 없는 나이다. 젊을 때는 나이 든다는 걸 이해할 수 없었다. 단순히 누구보다 나이를 더 먹었다는 것만으로는 나이 들었다는 걸 설명할 수가 없었다. 그것은 청소년기와 청년기가 다르듯, 나이 들어 봐야 알 수 있는 것이다.

예전엔 감히 상상할 수 없는 것을, 그동안의 경험과 연륜을 통해 생각하고, 상상하고, 직관하고 싶다. 그래서 나는 이 책을 읽으면서 산티아고 노인과 동병상련의 마음이 되어 공감하고, 이해하고, 연민했다.

가끔은 젊은 날이 몹시도 그리울 때가 있다. 그때가 행복하고 좋았던 것은 아니다. 어느 땐 죽을 만치 힘든 때도 있고, 실수투성이여서 다시 생각하고 싶지 않은 순간도 많았다. 하지만 젊다는 것만으로도 사랑스러울 때가 있다. 저 햇빛에 스펙트럼이 존재하듯이 인생의 나날을 이만큼 보내고 뒤돌아 본 젊은 날의 햇살엔 비록 이루지 못한 것들이 수두룩해도, 인생에 젊은 시절이 있었다는 것만으로도 왠지 그 시절을 용서하고 끌어안아 주고 싶은 때가 있다. 산티아고 노인도 그렇지 않았을까? 비록 이루지 못한 지난날의 꿈들이 있지만 그래도 자신의 것이기에 모든 것을 긍정으로 때론 체념으로 달관하며 살고 있을 것만 같다.

잊지 말아야 할 것이 있다. 노년도 생(生)이 있다는 것을. 노인은 여전히 자신과 필요하면 그의 식솔들까지 책임지고 살아야 하는 생활인이다. 늙어서 이룬 것 하나 없다고 책망할 것도 아니다. 이룬 것이 많으면 무엇하겠는가? 사람을 평가할 때 생활 수준이 어떠하며,

무엇을 이루었는지, 재산이 얼마인지로 판단하는 경우가 많다. 사람을 보는 잣대가 그것뿐이라면, 노년의 삶에 관한 평가는 일부분에 그칠 뿐이다. 노년은 정류장에서 죽음의 버스나 기다리는, 얼마 남지 않은 삶이 아니다. 노년도 엄연한 삶인 것이다.

"하지만 사람은 패배하도록 만들어지지 않았어. 사람은 박살이 나서 죽을 수는 있을지언정 패배를 당하진 않아."

흔히 인생을, 굴러떨어지는 바위를 산꼭대기로 밀어 올려야 하는 시지프스의 삶에 비유하는 것처럼, 노인이 되어도 삶은 그런 것이다. 망망대해에서 홀로 의지할 것이라곤 바다와 새, 그리고 자신밖엔 없다. 만새기를 기다리는 84일 동안 그가 한 일은 혼자 구시렁거리고(우리 할머니도 혼자 구시렁거리는 때가 많으셨다), 바닷새와 대답 없는 대화를 주고받는 것뿐이었다. 만새기를 낚아 올릴 때 스스로를 다잡아야 했기 때문에 자신에게 더 많은 말을 걸고, 상어와 사투를 벌일 정신을 준비해야 했다. 모든 것을 잃고 돌아왔을지라도 과정만으로도 격려받기에 충분하다. 누가 그를 쓸모없는 노인이라고 비난하랴.

베드로가 예수님을 만나기 전 밤이 늦도록 바다에 그물을 던졌으나 한 마리도 잡지 못한 그 사건과 비교되기도 한다. 산티아고 노인은 중간에 고기를 얻는 잠깐의 기쁨을 얻었지만 결국 아무것도 얻지 못하는 공수래공수거란 인생의 법칙에 딱 맞는 결과를 얻었고, 베드로는 예수님을 만난 후 그물이 찢어질 정도로 많은 고기를 잡아 올릴 수 있었다. 산티아고 노인의 결말이 더 현실적이다. 비록 머피의 법칙과 호사다마의 삶을 살게 되는 날이 더 많을지라도 생은 과정이니만큼 과정에 충실하라고 소설은 우화적으로 이야기하고 있다.

책을 읽으면서 헤밍웨이의 삶을 생각해 봤다. 그는 왜 총기 자살로 생을 마감했을까? 풍모도 좋아 언제나 남루한 우리네 보통 사람들의 삶을 위로해 줄 것만 같은데, 이렇게 우화 같은 소설을 쓰고 정작 자신은 삶이 괴로워 피해 버리고 말았으니 연민에 젖게 만든다.

더구나 이 작품이 나오기까지 그는 150번 가까이 고쳐 썼다고 한다. 그래서일까? 군더더기 없는 문체가 상당히 인상적이다. 이 작품의 문체를 두고 하드보일드라고 하는데 그것은 오랜 기자 생활로 다져진 내공에서 나왔을 것이다. 그 문체의 특징이 문장은 가능한 한 짧게, 형용사는 되도록 안 쓰고, 사람의 심리를 그리지 않고 행동을 묘사한다. 그래서인지 고기를 잡는 과정, 상어에게 고기를 빼앗기는 과정이 정말 사실적이다. 왜 여타의 이름 있는 작가들이 헤밍웨이를 문학적 스승이라고 말하길 주저하지 않는지 알 것도 같다.

지금까지 글을 제일 많이 고친 것이 13번이다. 그러면서 점점 나아지는 것보단 자괴감에 빠져들곤 했었다. 13번은 150번에 비하면 아무것도 아니다.

헤밍웨이는 여러모로 나를 위로한다. 그를 사랑하게 된 것 같다.

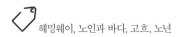 헤밍웨이, 노인과 바다, 고흐, 노년

# 30

# 달의 주기, 생리

《마이 리틀 레드북》이란 책은 이야기 발상부터가 깜찍하다. 엮은이 레이첼 카우더 네일버프는 13살 때 초경을 경험하게 되는데, 외할아버지 댁에서 수상 스키를 타다 그렇게 됐다. 생리대가 없어 휴지로 대충 처리했는데, 외할아버지가 요실금 기저귀를 사다 준다. 동네에 젊은 여자는 없고 할머니들만 득실대는 곳이라 생리대는 팔지 않았다. 얼마나 창피하고 당황스러웠을까? 엄마와 이모들은 그런 그녀를 위로하기는커녕, 그들의 경험을 추억 삼아 우스개 이야깃거리로 만들었다. 이런 경험을 바탕으로 초경에 대한 이야기를 수집했고, 의외로 많은 이야깃거리를 낳아 책으로 탄생시킨 것이다. 정중앙에 팬티 그림이 앙증맞다.

이 책을 읽고 있으려니 뭔가 나의 이야기도 떠오른다. 하도 오래된 일이라 기억은 잘 안 나는데 아주 어렸을 적, 그러니까 10살이 되기 전이었던 것 같다. 집에 놀러 온 이모들이 언니와 오빠를 놀려주자며 숨자는 것이었다. 당시 우리 집엔 빛이 잘 들어오지 않는 방

하나가 있었는데, 그 방엔 조그만 다락이 있었다. 하필 그곳에 숨게 되었다.

언니와 오빠가 우리를 찾아낼 때까지는 아주 짧은 시간 동안이었는데, 어쩌다가 이모들과 엄마가 생리에 관해 이야기하는 것을 듣게 되었다. 순간 나만 소외되는 것도 같고, 나를 너무 어리게만 보는 것이 싫어 불쑥 "나도 하게 될 거야."라고 말해 버렸다. 그러자 막내 이모가 의혹의 눈빛으로 "뭘?" 하는데 갑자기 말문이 막혀 버렸다. 방금 신나게 떠들어 놓고 뭐라니? 이모는 "뭘 하는데?" 하며 재차 물었다.

나는 속으로 생각했다. '그 얘기 하는 거 아니었나? 그런데 왜 시치미를 떼지? 난 다 알고 있는데.' 문제는 내가 그걸 뭐라고 하는지 모른다는 것이다. 척하면 착하고 알아들어야 하는데 우리 이모는 그런 센스가 부족했다. 아, 그때 내가 '월경'이나 '멘스'란 단어를 알았어도 꿀 먹은 벙어리는 면했던 건데. 그러니까 엄마의 자매들은 말 중에 그 말을 사용하지 않았거나, 사용했더라도 난 아직 그런 단어를 구사하기엔 언어 능력이 달렸던 것이다. 하지만 당신들이 나를 너무 어리게 보는 게 여간 섭섭한 게 아니었다.

'이래 봬도 저 알 건 다 안다니까요. 흥!'


월경을 '멘스'라고 부르기도 한다는 걸 안 건 초등학교 5학년 때였다. 그건 당시 가사도우미 언니에게서 처음 들었다. 다른 것은 다 맡겨도 생리 천 기저귀는 엄마가 직접 빨았는데, 궁금해하는 나에게 언니가 설명하는 과정에서 알게 되었다. 월경을 멘스라고 한다니? 표현이 멋있고 매력적이라고 생각했다. 하긴 그 나이 때 영어나 외래어가 멋있지 않은 게 있는가? 더구나 당시는 외래어 사용 금지,

국어 순화 운동이 그 어느 때보다 치열했던 때였다. 왜, 하지 말라면 더 한다고 하지 않는가?

하지만 엄마는 월경 때면 은어인 '뻘갱이'란 말을 잘 쓰곤 했다. 그러면 알아들을 만한 사람들은 다 알아듣는다. 그냥 빨갱이도 아니다. 뻘갱이다. 엄마는 항상 그랬다. 반공 시절, 북한 괴뢰군을 지칭할 때도 빨갱이였고, 월경을 지칭할 때도 뻘갱이다. 뻘갱이는 사투리였음 직도 한데 빨갱이보다 더 강렬하다는 느낌이 든다. 그 후 나도 가끔 그 말을 따라 하곤 했다.


어렸을 때의 생리대는 지금 것과는 많이 달랐다. 초등학교 6학년이던 언니가 생리를 시작했는데, 월경 때면 입는 월경 팬티에 위아래 가로로 두 줄의 끈이 달려 있었다. 그리고 부직포 같은 것이 한 겹 더 씌워져 위아래로 길게 늘어져 있었다. 말하자면 패드가 마치 사탕 껍질 모양으로 한 겹 더 싸여 있는 모양이었다. 그것을 그 끈이 고정하는 역할을 하는 것이다. 나는 '도대체 무엇에 쓰는 물건인고?' 했었다. 나는 깨끗한 휴지가 여러 겹 싸여서 예쁘게 부직포로 포장되어 있는 줄 알았다. 호기심에 껍질을 벗겨 보고 이로 잘근잘근 씹어 보기도 했다. 나름 예뻐 보이기도 하고 신비롭기까지 했다.

그러다 접착식 생리대가 나왔고, 나는 그것부터 사용하기 시작했다. 가히 생리대의 혁명이란 생각이 든다. 엄마의 천 기저귀 생리대는 너무 원시적이고, 언니의 부직포 생리대도 불편했는데, 내가 생리를 시작할 즈음엔 접착식 생리대! 얼마 뒤엔 '방취식 생리대'가 눈길을 끌었는데, 짙은 향수 냄새를 풍겨 오히려 남자들의 표적이 된다고 해서 사라졌다. 지금은 좀 더 친환경적인 소재의 방취식 생리대가 다시 나오고 있고, 선택의 폭도 넓어졌다.

하지만 그 옛날 엄마가 썼던 천 기저귀가 최고라고 생각한다. 생리대의 진화에도 불구하고 완벽하게 차단해 주지 못한다는 점에서 기저귀만큼 좋은 건 없다고 생각한다. 한 번도 엄마가 생리 때 잠을 자다가 옆으로나 뒤로 샜다는 말을 들어 본 적이 없으니까. 지금의 '오버나이트'가 나오기 전까지 아예 첫날 밤은 요를 깔지 못하고 맨바닥에서 이불만 덮고 잔 적도 있다. 다음 날이면 몸이 배겨서 잠을 잤는지 뭐에 두들겨 맞았는지 모를 정도로 몸이 안 좋았다.

판매되는 생리대는 화학 처리로 피부에 자극을 주고 환경을 오염시킨다고 해서 천 생리대를 사용하자는 운동도 있었다. 생리대의 눈부신 발전은 90년대 들면서 본격화됐는데, 그것의 시발이 됐던 게 '위*퍼'란 생리대였다. 처음 사용해 보고, 역시 세상의 모든 여성들은 할 수만 있으면 좋은 생리대를 사용할 필요가 있겠구나 싶었다. 다른 제품보다 두 배 가까이 비쌌는데, 비싸더라도 생리대만큼은 좋은 것을 쓰고 싶다는 욕망을 갖게 한 생리대였다.

나의 초경은 초등학교 6학년 여름에 시작되었다. 이미 마음의 준비는 하고 있었다. 초경이 있기 얼마 전부터 몸에서 뭔가가 흘러나오는 느낌을 받았다. 그럴 때는 초경이 얼마 안 남은 거니 당황하지 말라고 담임선생님이 말씀하셨다. 이 책에 나온 대부분의 여자들이 황당해하며 초경을 맞는 걸 볼 수가 있는데, 나 역시도 선생님의 가르침과 몸의 신호에도 불구하고, 좀 멍청하게 초경을 맞이했다 싶다.

또래 아이들은 겨울이나 중학교에 가서 시작하는 것을 나는 여름에 시작했으니 좀 억울하다는 생각도 들었다. 그래서 오긴지 아니면 인정하고 싶지 않은 것인지, 팬티만 갈아입었을 뿐 아무런 대책도 세우지 않았다. 오히려 엄마와 언니가 걱정하였다. 그래도 난 '아냐, 그럴 리 없어. 내가 벌써?' 하며 피가 금세 팬티를 적시고 다리를 타고 흘러내릴 지경인데도 좀처럼 인정하지 않았다.

결국 꼬리를 내렸지만 당시의 당황스러움은 뭐라 말할 수가 없었다. 이대로 유년 시절은 가 버리는 건가? 이대로 여자가 되어 버리는 건가? 새삼 유년 시절이 짧다는 생각이 들었다. 외국에서는 생리가 시작되면 포도주를 따고 축하를 해 준다는데, 언니의 닦달에 못 이겨 생리대나 차고 있는 신세가 좀 한심하게 느껴졌다.

책을 읽으면서 느꼈던 건, 초경을 축하해 준다는 것에 대해 굳이 인위적일 필요는 없을 것 같다는 것이다. 물론 그렇게 파티를 통해 밝은 느낌으로 월경을 맞이할 수도 있겠지만, 초경 이후에도 그것을 긍정적으로 바라볼 수 있는 인식이 더 중요하다. 초경을 할 즈음 공교롭게도 〈캐리〉라는 영화가 우리나라에 들어왔다. 스티븐 킹의 원작 소설을 영화화한 작품이다. 어린 나이라 영화를 볼 수 없었지만 책이 번역 출간되었다. 학교에 책을 들고 다니곤 했는데, 이 소설도 예외는 아니었다. 그땐 스티븐 킹이 얼마나 유명한 소설가인지 잘 몰랐다. 그저 책을 읽고 싶었을 뿐이었다.

그런데 여자아이들이 얼굴을 찡그리며 치우라고 눈치를 주는 것이었다. 공포 소설이라 그런가 했더니 그것은 아니고, 주인공 캐리가 초경을 경험하는 장면이 나오는데 남자아이들에게 알려질까 봐 그랬다. 이렇게 우리는 알게 모르게 월경을 자랑스럽지 못한 것으로 인식해 왔다. 책을 치운다고 해서 생리를 하거나 할 운명에 봉착한 여자아이들이 생리를 안 하는 것은 아니다. 왜 생리하는 여자는 떳떳하지가 못한 것일까?

지금은 그런 의식이 많이 흐려진 것 같긴 하지만, 예전엔 남자가 계산대를 지키는 편의점이나 약방에서 생리대를 살 엄두도 내지 못했다. 반드시 여자가 주인인지 아닌지를 확인하고 생리대를 사곤 했다. 그런데 언제부턴가 그런 걸 가리지 않게 됐다. 편의점에서 생리대를 사는데, 새파란 젊은 남자(아이)가 계산대에 내민 생리대를 묘한 미소와 야릇한 손놀림으로 봉지에 담는 것이다. '이런 촌놈을 봤나!'란 말이 목구멍까지 치밀었는데 차마 내뱉지는 못했다. 지금이 어떤 시댄데 여자가 생리하는 걸 가지고 실실대며 웃는단 말인가?

　하지만 여자도 문제란 생각이 들기도 한다. 20대의 젊은 날, 교회의 같은 또래들과 이야기를 하다가 누가 화장지를 찾기에 내준다는 게 하필 생리대였다. 얼른 다시 가방에 집어넣었지만 0.001초를 참아 내지 못하고 고개를 전부 아래로 숙이고 어쩔 줄 몰라 하는 것이다. 화장지와 생리대. 무엇이 다르단 말인가? 다 위생을 위한 필수품 아니던가? 마치 생리도 안 하고 고고하게 사는 양 하는 게 더 우습지 않은가?

　기억하는지 모르겠는데, 지금으로부터 한 10년 전이었나? 여성의 생리대 값을 나라에서 지원해 주자는 법안을 놓고 말이 많았다. 앞서도 말했지만 나는 정말 여자는 좋은 생리대를 쓸 권리가 있다고 생각한다. 생리대가 고급화되자 그 비싼 생리대가 어느새 평준화가 되었다. 나라에서 지원해서 싼 가격에 쓸 수 있도록 해 줘야 하는데 통과하지 못한 것이다. 이유가 어느 남자 국회의원이 여자의 생리대 값을 지원해 줄 것 같으면 남자의 면도기도 지원을 해 줘야 한다고 맞선 것이다. 누군지 모르겠지만 속 좁기가 이를 데가 없다. 일견 틀린 말은 아니겠지만, 순간 '당신이 여자의 생리를 알아?' 콱 쥐어박아 주고 싶은 생각이 들었다.

연출가 오태석 씨가 여성의 생리를 두고 이런 말을 했다. "차오르고 나면 기우는 달처럼 자신의 몸에서 달의 주기를 체험하는 위대한 분들." 여성의 생리를 이렇게까지 존중해 주는 남자가 있다면 어찌 그를 흠모하지 않을 수 있을까? 어찌 사랑하지 않을 수 있을까?

초경의 그 당황스러움이 어제 같은데 어느새 폐경이 눈앞이다. 아직까지는 오태석 씨가 말한 달의 주기를 꼬박꼬박 체험하는 위대한 사람 중 한 사람이긴 하지만 앞으로 이 달의 주기를 얼마나 더 체험할 수 있을까 손꼽아 볼 나이가 된 것이다. 이쯤 되니 생리도 고맙다는 생각이 든다.

엄마가 폐경이 됐을 때 나는 꽤 부러워했다. 초경을 했을 때 공공연하게 또래 여자아이들에게 "하니?", "시작됐어?"라고 묻고 다니곤 했다. 그런 것처럼 이제 난 또 가끔 묻는다. "아직도 하나(요)?"라고. 초경을 다소 초조하게 기다렸던 내가 지금은 그것이 서서히 그림자를 보이며 사라져 가는 것을 바라보고 있다. 그 기분은 어떤 것일까? 정말 홀가분하고, 더 이상 아랫도리에 촉수를 예민하게 하지 않아도 된다고 마냥 좋아할 수 있을까? 그런데 왠지 초경을 시작했을 때만큼이나 서글플 것 같다는 생각이 든다. 이제 더 이상 젊지 않음을 인정해야 할 것이니. 그래서 가끔 엄마나 폐경을 맞이한 사람들의 얼굴을 유심히 볼 때가 있다. 얼마나 당당한가? 얼마나 자유로운가? 나도 그렇게 당당하게 폐경을 맞이해야지. 다짐하고 또 다짐한다.

책은 비슷한 내용이 계속 반복되는 것 같아 약간은 지루하다. 의외로 웃음 짓게 만드는 부분도 많다. 그건 '아, 이 이야기는 내 얘

_ 생각

179

기야.', '어머, 나만 그러는 줄 알았더니 아니네.' 또는 '그래, 그럴 수도 있어.'라고 고개를 끄덕이게도 된다. 이 책에 별점을 매기라면 나는 다섯 개를 줘야 마땅하다고 생각한다. 그건 완벽한 작품성을 가지고 있어서가 아니다.

사람의 체험이란 거, 자신이 보고, 느끼고, 생각하는 건 다 귀하기 때문이다. 무엇보다 자신의 경험을 공유하고, 동질감을 느끼며 말의 축제를 벌일 수 있다는 건 좋은 일이다. 나도 이 책이 아니었으면 이런 이야기를 어디 가서 해 보겠는가?

자, 이제 당신의 이야기를 할 차례다. 당신의 이야기를 들려주시라.

🏷️ 마이 리틀 레드북, 초경의 당황스러움, 자신의 몸에서 달의 주기를 체험하는
위대한 분들

# 31

# 마초와 가부장

김훈의 문학을 일컬어 "마초"라고 하는 경우가 있다. 그가 낸 책들을 다 읽진 못했지만, 그의 글들은 거의 대부분 남성을 대상화하고 있는 것이 사실이다. 물론 그렇지 않은 것도 있긴 하다. 그의 단편 〈언니의 폐경〉 같은 경우는 이례적으로 남성이 등장하지 않는다. 순전히 두 자매 이야기다. 하지만 김훈이 마초들의 이야기를 썼다고 해서 무엇이 문제겠는가? 어차피 이 세상의 이야기 중 거의 대부분이 남자가 나오고, 남자에 의해서 쓰이고 있는데. 이러다가 그의 문학을 일컬어 '마초 문학'이라고 하는 것은 아닌지 모르겠다.

내는 책마다 화제가 안 된 적이 없고, 《남한산성》은 베스트셀러가 되었다. 왜 그럴까? 요즘 인기 있다는 팩션 또는 역사 소설의 형태를 띠고 있기 때문일까? 우리가 잘 몰랐던 병자호란이나 인조에 관한 얘기를 다루고 있기 때문일까? 그는 이 책은 소설이며 오로지 소설로만 읽혀야 한다고 했다. 대부분의 사람들이 좋아한다고 해서 모든 사람들이 좋아하는 것이 아니다. 그에 대한 독자의 반응은 호

불호가 확실해 보인다.

그를 좋아한다면 왜 좋아하는 것일까? 나는 그의 작품을 좋아한다. 정확히 말하면 그의 '문체'를 좋아한다. 《칼의 노래》부터 읽기 시작했는데, 그의 문체는 한마디로 '저기압' 문체다. 읽고 나면 가위에라도 눌린 듯 무겁지만 뭔가의 깊은 울림이 있다. 《남한산성》도 예외는 아니다. 특히 마치 당시를 여행하듯 명징하고, 인물과 배경 묘사가 적확하다. 모름지기 작가라면 이런 각을 세울 수 있어야 하지 않을까? 많은 사람이 그를 좋아한다면 아마도 이런 것 때문은 아닐까 한다.

반대로 싫어한다면 이유는 뭘까? 어떤 이는 그의 작품에 여성을 비하하는 내지는 반페미니즘 경향이 있다고 주장한다. 꼭 그렇게 말해도 좋은 것인지는 잘 모르겠다. 하지만 그는 여성을 다룰 마음이 없어 보이는 듯하다. 그의 작품은 오로지 남성에만 초점이 맞춰져 있는 듯하다.

작가는 과연 마초라는 말에 동의할까? 아마도 그 말은 평론가들이 자기네들끼리 뭉뚱그려 말했던 것이 세상에 흘러나오면서 전파된 말은 아닐까 싶기도 하다. 여성의 비하 역시 그가 의도한 것인지 알 수 없다. 이순신 장군을 형상화한 작품 《칼의 노래》에서 보면 이순신을 영웅호걸로 그리지 않았으며, 오히려 고뇌하는 남자로 그렸다. 《남한산성》 역시 마찬가지다. 우리가 익숙히 보아 온 권력 싸움을 그리지 않고 고뇌하는 남자들을 그렸다. 인조도 그렇고, 김상헌도, 최명길 역시도.

작품에서 그리는 남성들은 왜 그리도 하나같이 고뇌하고 있는 것일까? 어쩌면 남성은 그다지 전형적인 마초 이미지를 가지고 있지 않을 수도 있다. 마초는 하나의 상징이며, 남성들이 그렇게 되기를 바라고 있는 것은 아닐까 싶기도 하다.

사실 남성들은 늘 선택을 강요받으며, 자신의 영역을 지키기 위해(그것이 가정이든 나라든) 끊임없이 고군분투하고, 밥벌이의 지겨움에 몸서리치며 살아가기도 한다. 작가 김훈은 이것을 가감 없이 보여 줄 뿐이다. 치욕을 기억하라고 하면서까지 말이다.

제법 비장해 보이긴 하지만 여전히 정복하는 마초의 역사가 생성되고 확장되어 왔다. 작가는 의도적으로 그 과정을 뛰어넘이 아닌 고뇌로 바꾸어 해석해 왔는지도 모른다.


아무려면 어떠랴? 책 어디에서 작가가 표현한 것처럼, 그는 어느 쪽도 아니며 그저 글을 쓸 뿐이라고 하면 할 말은 없다.

 김훈, 남한산성, 마초에 반(反)하다

# 32

# 백수란 무엇인가

　오래전, TV 인기 개그 프로그램에서 백수의 생활을 적나라하게 꼬집은 '백수생활백서' 코너가 인기를 끈 적이 있었다. 실업자의 설움이 어떠하기에 '백수생활백서'의 인기가 하늘을 찔렀던 것일까?

　박주영 작가의 《백수생활백서》를 읽으면서 갑자기 '백수'의 정의를 내리고 싶어졌다. 그냥 단순히 실업자면 다 백수일까? 해마다 증가하고 있는 실업률 몇 프로라는 수치에 자신이 포함되는 것에 억울해할 사람이 있지 않을까? 그들은 여러 이유에서 일을 안 할 뿐이다. 경제활동을 하고 있다고 해서 그렇지 않은 사람을 얕잡아 보고 우습게 여긴다면 그건 또 얼마나 오만한 것인가? 우리나라 사회는 아직도 획일화된 것이 많고, 분류 기법이 세밀하지가 않아서 그들을 단순히 실업자의 대열에 집어넣기를 서슴지 않는다. 사지육신이 멀쩡한데 왜 일을 안 하느냐고 단죄하기도 한다.

　그렇다면 백수를 정의하기 전에 무엇이 백수가 아니냐를 논해 보면 어떨까? 당연히 경제활동을 하고 있으면 백수가 아니다. 일하다 잘려 억울해하는 사람이 있을 수 있다. 그들 역시도 백수로 보는 건 너무 성급하다고 생각한다. 그가 억울해한다는 것은 일할 의욕이 있다는 것으로, 언젠가 복직을 하든가 아니면 새 일을 찾게 될 것이다. 또 한 부류가 있다. 부모를 잘 만난 덕에 평생 무슨 일을 할까, 뭐 하며 먹고살아야 하나 걱정 안 해도 되는 부류들. 그들이 백수라고? 웃기지 마라. 그건 '베짱이'거나 '양아치'일 뿐, 백수라고 할 수 없다.

그럼 어떤 사람을 '백수'라고 하는가? 가난하지만 굳이 돈 되는 일을 찾지는 않는 사람이라는 표현이 백수에 가깝다. 백수는 보통 사람과는 다른 가치가 있을 뿐이다. 백수의 조건은 무엇일까? 우선 백수는 자발적이다. 돈을 벌라고 등 떠밀어도 절대로 그 말에 굴복해서는 안 된다. 그리고 어떠한 재주를 가졌든지 간에 재주로 자신의 안위를 도모하려고 해서도 안 된다. 그렇기 때문에 누군가에게 빌붙어 살아도 그것을 부끄러워해서는 안 되고, 최소한의 용돈 벌이는 하되 긴 안목에서의 노후 대책이나 재테크를 위한 경제활동은 하지 않는다.

'백수'는 오늘이라고 하는 이 하루를 살 뿐, 자신이 미래에 어떻게 살 거라고 하는 그림 같은 것은 애초에 없다. 그런데 중요한 것 하나가 있다. 자신이 미치도록 좋아하는 것 딱 한 가지를 하고 있으면 '완벽한 백수'가 된다. 다시 한 번 강조하지만, 자기 좋아하는 일이 미래에 돈벌이가 될지 안 될지 걱정하지 말아야 한다.


그러나 우리 사회는 어떤가? 이런 '백수'를 보호해 주고, 그들도 살 수 있게끔 하는 사회보장 프로그램이 있는가? 당연 없다. 나중에 돌봐 줄 사람이 없게 되면 기껏해야 최저생계비를 받을 수 있을지도 모른다. 그러나 그들이 사회에서 인정만 된다면 억울하게 실업자로 분류되지 않아도 좋고, 실업률 몇 퍼센트란 수치를 다소 떨어뜨려 줄 수 있으며, 국가의 위신도 올라갈 것이다. 하지만 국가에선 이런 백수에겐 관심이 없다.

왜 우리나라는 백수라고 하면 문둥병자 같은 취급을 하는지 모르겠다. 사람들은 부모 잘 만난 베짱이와 결혼할망정 백수와 결혼하는 것은 꿈도 안 꾼다. 이건 그가 아무리 잘생겨도 소용이 없다. 왜 인물값도 못 하느냐고 다그친다. 그러므로 인물이 좋다는 건 백수가 되는 데는 치명적인 결격 사유가 된다.

백수는 말한다. 왜 사람들은 나를 있는 모습 그대로 봐 주질 않는 거냐고. 내가 꼭 뭔가를 하고 있기 때문에 경제적 가치로 환산될 수 있고 그래야만 존재를 인정해 주는 것이라면 그것이 과연 맞는 생각일까?

책에서 주인공이 피 한 방울 섞이지 않은 외할머니에게 묻는다. 왜 할머니는 소설을 쓰지 않느냐고. 그러자 외할머니는 말한다. "소설을 쓰는 것보다 인생을 사는 것이 더 재밌거든. 사는 재미에 빠져서 소설을 써야 한다는 생각은 자꾸 미뤄졌지." 이것이 백수의 진정한 삶은 아닐까? 오직 자기 자신에게 충만한 상태를 즐기는 것.

솔직히 난 인생을 사는 것이 뭐가 재미있는 것인지 모르겠다. 인생을 즐길 줄 모른다. 현재 아무 일도 하지 않는다. 아무 일도 하지 않는다는 의미는 아무 경제활동을 하지 않는다는 말이지, 백수를 의미하지는 않는다.

소설의 주인공도 책을 좋아하고, 저자 역시 책을 좋아한다. 그러나 주인공과 저자가 좀 다르긴 하다. 언젠가 저자에 관한 기사를 읽어 본 적이 있다. 사회생활 하는 것이 싫어서 일부러 대학원을 갔다고 솔직히 털어놓았다. 하지만 처음부터 백수가 될 생각은 아니었나보다. 그러니까 이렇게 '오늘의 작가상'이란 타이틀을 거머쥐고, 작가라는 직업의 세계에 발을 들여놓은 것이 아닌가. 물론 어느 소설에서 작가는 직업이라기보다는 정체성에 불과하다고 표현했다. 상당 부분 동의한다. 그래도 드물기는 하지만 글만 써서 밥 벌어 먹는 사람들이 있으니 작가도 직업이라고 생각한다.

작가는 《상업문화 예찬》이란 책의 예를 들어 가면서, 역사상 유명한 예술가들이 순수하게 예술 활동만 가지고는 삶을 제대로 영위할 수 없음을 역설하며 그들도 백수라고 말하고 싶어 한다. 이 책은 나의 흥미를 끌었다. 왜냐고? 나 역시 소설에 나오는 주인공처럼 온전한 백수이길 바라지만, 자꾸 일에 대한 유혹을 받기 때문이다. 모르긴 해도 그 책이 일말의 답을 주지 않을까 해서다. 한때 잠깐 돈을 벌기 위해 일을 해 본 적이 있는데, 일 때문에 좋아하는 책을 읽을 수가 없다는 것이 무척 안타까웠다. 둘 다를 잘할 수 없다면 한 가지를 포기해야 한다. 결국 난 일을 버리고 책 읽는 것을 선택했다.

앞서도 말했지만, 나는 엄밀한 의미에서의 백수는 아니다. 책 읽기를 좋아하지만 그것을 통해서 뭔가의 일을 꿈꾸고 있지, 책만 읽지는 않는다. 좋든 싫든 실업자로 분류돼야 마땅할 것이다. 일을 기다리는 실업자. 언젠가 날개를 펴면 이 딱지도 떨어질 것이다. 그게 언제가 될는지 모르지만.

한 후배는 내가 돈을 벌지 않는 것을 안타까워하다 못해 닦달까지 한다. 좀 무례하다고 생각하지만 제동을 걸어 본 적은 없다. 그럴 때마다 오히려 서글퍼진다. 왜 사람을 돈벌이로만 구분 지으려고 하느냐고 따지고 싶어진다. 그러면 그러겠지. 선배는 현실 감각이 없고, 아직도 구름 위를 걷고 있다고. 산다는 것이 얼마나 치열하고 천박한 것인데. 어디 한번 자기같이 싱글맘으로 살아 보라고 대뜸 치고 들어올 것이 뻔하다. 참는 수밖에.

이 책이 백수의 위상을 올려놓은 것 같아 나름 애정이 간다. 또한 이 책을 읽을 사람들이 오해 안 했으면 한다. (물론 그럴 리 없겠지만) 백수는 책만 읽어야 한다는 생각.

자신이 좋아하는 일 때문에 다소의 불편을 감수하고 사는 것이 진정한 백수가 아니겠는가? 백수들이여, 어깨를 펴라. 백수도 당당할 권리가 있다.

박주영, 실업자, 백수, 백수생활백서

# 33

# 하고 싶은 일을 하지 못하며 사는 자의 슬픔

하도 여기저기서 이석원, 이석원 하길래 마침 그의 새 책 《언제 들어도 좋은 말》을 읽어 봤다. 언제나 그렇듯 에세이는 읽기에 부담이 없고 작가의 사유가 담겨 있어 좋다.

에세이도 모습을 달리할 수 있다는 걸 알게 된 것은, 일본 작가 이츠키 히로유키의 《삶의 힌트》라는 책을 읽으면서다. 우리나라엔 그다지 많이 알려진 것 같지는 않은데, 일본에서는 나름 존경받는 작가 중 한 사람이라고 한다. 우리나라로 치면 뭐 조정래나 김주영 급은 아닐까. 기존의 에세이가 주로 정제된 문장을 표현한 것이라면, 이츠키 히로유키의 글은 좀 더 서술적인 느낌이어서 약간의 소설 분위기가 연상되기도 했다. 이석원의 글은 이츠키 히로유키의 독특함을 훨씬 뛰어넘고 있었다. 그야말로 에세이의 신세계를 경험했다고나 할까? 놀랍기도 하고 신선하기도 했다.

놀라운 이유는 무슨 에세이가 첫 부분부터 궁금증을 자아낼 수 있느냐는 것이다. 뭔가 미스터리한 게 자꾸 그다음 장을 펼쳐 들게 만든다. 구성도 어느 한 편의 글도 완결된 것이 없이 무슨 20~30분짜리 연속극을 보는 느낌이기도 하다.

더 놀라운 건 작가의 솔직함이다. 이혼 이야기, 소개팅에서 만난 여자 이야기에 관해 너무 솔직하고 자세하게 쓰고 있다. 하다못해 등장인물은 물론이고, 상호까지도 그대로 쓰고 있다(등장인물도 본명을 그대로 쓰고 있다고 생각한다). 보통 작가들은 그럴 경우 가명을 쓰거나 이니셜을 쓰지 않는가? 하긴 뭐 그런다고 해서 법에 저촉되는 것은 아니겠지만 이렇게까지 솔직해도 되는 것인가 의아스러울 정도였다. 물론 글쓰기의 기본 중 하나가 솔직함, 진솔함에 있다고 볼 때 이석원 작가는 지극히 충실해 보인다.

하지만 그 솔직함 때문에 누군가는 본의 아니게 선의의 피해를 볼 수도 있지 않을까? 작가는 솔직함을 무기로 글을 썼다지만, 상대의 행위가 글로 형상화된다면 불편하지 않을까? 그래서 작가는 아무나 될 수 있는 것이 아닌지도 모른다. 바로 이 솔직함 때문에.


미스터리 일일 연속극 같은 에세이가 형식은 새로워 좋긴 한데 (하필) 연애에 관한 이야기다. 나이가 들면 연애는 그림 같은 거다. 드라마에서 빠지지 않는 소재이기도 하지 않는가? 다소 김이 빠지는 느낌이 든다. 페이지를 넘기는 맛은 있는데 하필 소개팅에서 만난 여자와의 이야기라니. 물론 그것을 통해 자기 얘기를 하는 것이겠지만 쉽고 흔한 방법을 선택한 것은 아닌가 싶기도 했다.

더구나 작가는 자신을 가리켜 나이 탐험가라고 했다. 작가는 현재 40대 초반의 나이다. 사랑이나 연애도 2, 30대나 할 수 있는 얘기지, 4, 50대만 되어도 그보단 인간관계나 노후 또는 추억 등에 관해서 얘기할 때다. 40대 초반에도 연애를 얘기하는 것을 보면 아직도 젊다는 생각이 든다. 아니면 내가 너무 노후한 걸까?

하도 에세이가 별스럽게 느껴져서 궁금해 인터뷰 동영상을 본 적이 있다. 그의 첫 책 《보통의 존재》를 내고 한 인터뷰였는데, 책에서 본인은 못생겼다고 적고 있지만, 동영상을 보니 결코 잘생겼다고는 할 수 없으나 그렇다고 해서 빠지는 얼굴도 아니었다. 적어도 그런 인상의 남자를 좋아할 여자(들)도 있을 것이다. 더구나 음악을 하는 뮤지션이 아닌가?

인터뷰 말미에 자신을 가수 겸 작가로 보지 말아 줬으면 하는 부탁과 함께 자신이 기억하는 모두를 글로 쓰고 싶다고 했다. 자신은 아직 할 일이 너무 많다고. 그제야 왜 사람의 이름은 물론이고, 상표며 상호까지 실명으로 쓰는지, 왜 솔직함을 무기로 글을 쓰는지 이해가 갈 것 같았다. 나도 오래전부터 해 보고 싶은 작업이기도 하다.

에세이는 사유의 자유가 특징인데, 이렇게 기승전결이 있는 에세이는 처음 본다. 하긴 요즘엔 통섭도 많이 하는데 소설 속에 에세이가 있고, 에세이 속에 소설이 왜 없겠는가? 책 표지에도 분명 밝히고 있다. '이석원 이야기 산문집'이라고.

연애 이야기지만, 성공보다는 실패에 관한 이야기다. 서점에 가면 성공과 용기를 주는 자기계발류의 책이 많지만 자신은 오히려 실패나 상처를 통해 공감하고 싶다고 했다. '그래, 저건 내 얘기야.' 또는 '나만 그러는 것이 아니야.'라고 하는 공감 말이다. 그래서인지 책은 연애의 짜릿함이나 즐거움, 기쁨보단 상대를 사랑하기 위해 이해하고 받아들인다는 건 어떤 의미인가에 대해, 고독하고 때론 신산하게 글을 썼다.

어렵사리 막 사랑하게 되는 순간 모든 것이 물거품 되고 실연하는 과정을 절절하게 써 내려가는 것을 보면 사랑과 실연에 대한 다큐드라마를 보는 것 같다. 한마디로 누구의 시처럼 '사랑 잃고 나는 쓰네.'라고나 할까? 하지만 그렇게 죽을 것 같은 실연도 먹고살아야 하는 현실 앞에서는 두 번째의 문제라고 쓰고 있다.

'돈에 쫓기는 것만큼 영혼이 파괴되는 일은 없나니, 사랑도 연애도 그 다음이나니. (…) 이래서 사람은 일이 있어야 하는구나. 참 안 로맨틱하고 인정하기도 싫은 너무도 현실적인 깨달음.'이라고 고백한다.

그 일이라는 것도 자신이 원해서 하는 경우는 없더라고. 특히 《보통의 존재》를 내놓고 글쓰기가 자신을 구원했다며 좋아했지만 다시 밥벌이의 수단으로 전락했다며, 어쩌면 좋아하는 일을 하는 것은 신기루에 불과할지도 모른다며, '하고 싶은 일을 하며 살지 못하는 자의 고백'에서 하소연을 길게 늘어놓는다. 그 말이 왜 그리도 공감이 되는지.


나에게도 작가라는 꿈을 이룰 기회가 주어진 적이 있었다. 대단한 것은 아니었지만 '그래, 이렇게 시작하는 거야.' 나름 열심히 했고, 일에 대한 자부심도 있었다. 하지만 막상 해 봤더니 쉽지 않았다. 정말로 쓰고 싶은 글을 쓴 것이 아니었다. 매번 숙제처럼 써야만 하는 글을 썼더니 처음 느꼈던 만족과 기쁨은 어디로 가고 어느 순간 쓰는 기계가 되어 있었다. 즐겁지 않았다. 그 일에서 벗어나게 되면 본격적으로 내 글을 쓰리라 다짐하기도 했다. 막상 그런 때가 왔을 때는 왠지 김이 빠지면서 지난날을 그리워하고 있다.

전에는 온라인으로 글을 쓰면 사람들과의 소통이 어느 정도 가능했지만, 책으로 글을 쓰는 것은 철저히 혼자 해야 하며 언제 빛을 보게 될지도 모른다. 작가는 고독한 존재라고 생각하지만 이건 차원이 다른 문제였다. 책의 완성은 작가에게 있는 것이 아니고 독자에게 달려 있다는 말을 얼마 전에 알았다. 문득 이석원도 바로 위의 말을 하기 위해 그 같은 많은 일이 필요했는지도 모르겠다.

작가는 자신이 연애를 할 때 얼마나 부주의한 존재이며 치명적 결함을 가지고 있는지, 그것이 일상에서 어떻게 나타나는지 쓰고 있다. 그러면서 글쓰기를 포함해서 인생을 어떻게 가꾸어 갈 것인가에 대해 차근차근 말한다. 선배나 친구가 해 주는 조언이나 충고보다 좋다.

작가의 연애 실패담은 누구든 공감하지 않을까? 연애를 할 때처럼 자신이 적나라하게 발가벗겨질 때도 없다고 생각한다. 장사하듯 손해 보는 연애는 하지 않겠다거나, 요즘에 순수가 어디 있느냐고 일갈할 수도 있을지 모르지만 뭐든 공짜는 없다. 연애를 하든 안 하든 그건 어디까지나 선택이다.


반전도 있다. 이야기로서 보여 줄 건 다 보여 준다는 말도 되겠다. 언제 들어도 좋은 말은 애인이 자신을 찾으며 묻는 '뭐 해요?'라는 스마트폰 문자 메시지다. 나도 예전에 비슷한 문자를 가끔 보내 준 후배가 있었다. 지난한 인간관계의 전장을 함께 굴렀던 들꽃 같은 후배였다. 나와는 맞지 않는 데가 있어 살갑게 대해 주지는 못했다. 언제나 나에게 언니, 언니 하며 먼저 손 내밀어 주고 챙겨 준 후배였다. 그 친구가 뭐 하느냐고 물어 오면 만나자는 신호였다. 그러면 우린 만나서 밥도 먹고, 차도 마시며 영화나 연극도 같이 보러 다니곤 했다.

그 친구와의 추억이 어떤 사람보다 많았던 것 같은데 어느 순간 멀어졌다. 난 '그렇지 뭐. 처음부터 서로 맞지 않았던 사람끼리 끝까지 좋을 리 있겠어?' 하며 씁쓸하게 냉소했다. 세월이 흐르고 보니 나에게 쉬운 인간관계는 없었던 생각이 든다. 뭔가 코드도 맞고 스타일도 비슷해 잘 맞을 것 같은 관계도 어느 순간 뒤돌아서면 저만치 멀어져 있었다. 사랑하는 관계를 크리스털 유리잔에 비유하곤 한다. 그만큼 세심하게 잘 다루어야 한다는 말이다. 꼭 사랑하는 관계만을 두고 하는 말이겠는가? 모든 인간관계는 다 어렵고, 언제든지 깨지기 쉬운 크리스털 유리잔 같은 것이다. 지금 깨닫게 된 것을 그때도 알았더라면….

그 후배가 며칠 전 만나고 헤어졌던 것처럼 "뭐 해요?" 하고 물어봐 줬으면 좋겠다. 어디선가 잘 지내고 있겠지. 가까이 있어 '뭐 해요?'라고 묻는 건 지금 만나자는 뜻이 되겠지만, 멀리 떨어져서 묻는다면 그건 안부가 될 것이다.

작가의 이 말도 기억이 난다.

"내게 인생은 경주가 아니라 혼자서 조용히 자신만의 화단을 가꾸는 일. 천천히 가는 것이 부끄럽지 않습니다. 나보다 빨리 달리는 사람들이 앞서 간다고도 생각지 않구요. 오늘도 감사히 보내시길. 시간이란 누구에게나 주어지는 흔한 선물은 아닙니다."

작가들의 글은 대개 뭔가의 불만과 부조리함 또는 불안과 회의로 시작하는 경우가 많다. (그러지 않는다면 뭐 때문에 작가가 되겠는가?) 이석원 작가도 그렇게 글을 쓰다가 마지막은 어쨌든 해피엔딩이다. 책의 마무리가 좋다.

　작가의 은밀하고도 솔직함에 독자인 나는 뭔가 중요한 사람이 된 것 같다는 느낌을 받았다. 무엇보다 작가는 허투루 글을 쓰지 않는 사람 같아 신뢰감이 느껴진다. 이 책은 언젠가 외롭거나 마음의 위로가 필요할 때 다시 한 번 펼쳐 들게 될 것 같다.

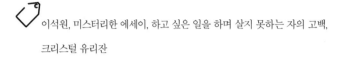 이석원, 미스터리한 에세이, 하고 싶은 일을 하며 살지 못하는 자의 고백,

크리스털 유리잔

## 34

# 불개와 반려견

유감스럽게도 난 성석제의 소설들에 재미를 못 붙이고 있다. 사람들은 그가 소설을 가장 재밌게 쓰는 몇 안 되는 작가 중의 한 사람으로 말하는데 난 왜 여태 재미를 못 붙이고 있는지 모르겠다. 하긴 내가 좀 시니컬한 면이 없지 않다. 웬만치 웃기지 않으면 꿈쩍도 하지 않지만, 한번 웃으면 거의 숨을 못 쉴 정도로 웃는다. 일상이 이럴진대 사람을 웃게 만드는 책이란 얼마나 될까? 책은 점잖은 어조가 대부분 아닌가?

그의 에세이는 어떨까 싶어 《농담하는 카메라》라는 책을 읽기 시작했다. 이 책은 지금까지 읽었던 그의 소설과는 다른 느낌을 갖게 한다. 옛 추억을 불러일으키기에 충분했고, 인문학적인 소양도 느낄 수가 있어서 감탄과 더불어 약간의 질투가 느껴지기도 했다.

개에 대해서 쓴 글이 눈에 띈다. 이름이 '불(佛)개'라고 했다. 어린 시절 집에서 육식을 목적으로 키웠던 개였을 뿐, 해나 달을 먹는 상상 속의 영험한 개는 아니라고 한다. 그 개는 주인이 먹으라고 하면 뭐든지 먹었다고 한다. 이를테면 어린아이의 몸에서 막 배출된 배설물부터 음식 찌꺼기나 쥐까지 뭐든지 먹는 개다. 그 개는 흔히 말하는 똥개는 아니라고 한다. 순종은 아니지만 토종개라고. 잠시 헷갈렸다. 순종은 아닌데 똥개도 아니고 토종개라니? 토종개도 알고 보면 순종 아닌가? 그런데 그 개가 어린아이의 몸에서 막 나온 배설물도 먹었다면 똥개란 말인데 똥개는 또 아니라고? 이렇게 생각이 꼬리에 꼬리를 물며 좀 현기증이 났다. 아무래도 작가는 자신의 집에서 키운 개의 권위를 세워 주고 싶어 이런 말의 유희를 썼던 건 아니었을까 싶다.

군림하되 통치하지 않는다는 말이 있는 것처럼, 이 불개는 군림하되 싸우지 않는다고 한다. 지나가다가 처음 보는 개를 만나면 잠깐 노려보거나 코를 벌름거리거나 잠깐 몸을 울리는 정도의 소리로 상대를 제압할 뿐이라고 한다. 나름 도도한 카리스마가 느껴진다. 개를 키우는 주인의 품위와 위상마저 높여 줄 만하다. 하지만 뭔가가 좀 아쉽다. 그런 개가 어린아이의 배설물만 먹지 않았다면 완벽한 위상을 갖췄을 텐데 어쩌자고 그 개는…. 하긴 뭘 먹든 개들의 세계에서는 그다지 중요하지는 않을 것이다.

그 개가 어느 날 사라졌단다. 작가는 현명한 개는 늙어서 죽기 전에 조용히 스스로 사라진다는 말을 나중에야 들었다. 식구들이 눈치채지 못하도록 뒷동산이나 마루 밑 깊은 곳에 들어가서 혼자 죽음을 맞는다는 것이다. 그 불개는 그다지 현명하지도 늙지도 않았는데 사라졌다. 어린 동생과 안과에 간 동안에 사라진 것이다. 기차가 타고 싶어 안과에 같이 가겠다고 떼를 써서 성공했지만 불개가 자꾸만 쫓아오더라는 거다. 갖은 방법을 다 써서 불개를 떼어 냈지만, 안과에 가서도 쫓아오던 불개의 모습이 잊히지가 않았다. 집으로 돌아왔을 때 불개는 돌아오지 않았다. 영영.

들은 말에 의하면 불개는 기차에 깔려 죽었으며, 당숙은 그 개가 죽어서 하늘로 가 진짜 불개가 되었을 거라고 작가를 위로해 주었다. 가슴 아픈 이야기다. 작가는 그때부터 개에게 정을 주지 않으려고 애를 쓴단다. 헤어지고 나서의 아픔이 얼마나 큰지 통절했기 때문에.

우리 집을 거쳐 간 개들 생각이 났다. 아버지가 워낙에 개를 좋아하셔서 3년을 제외하고 집에 개가 없던 때가 없었다. 불개가 작가에겐 첫 번째 개였는지는 모르겠지만, 나의 첫 번째 개는 '캣츠'다. 개한테 왜 그런 이름을 붙여 줬는지 지금도 아이러니하다. 그 무렵 TV에서는 〈명견 래시〉라는 외화 프로를 한 적이 있는데, 아마 그 덕에 좀 점잖고 괜찮은 이름을 고르다 그런 이름을 붙여 주지 않았을까 싶다.

이 녀석이 어느 날 집을 나갔다. 아버지가 한두 번씩 풀어 준 것이 화근이었다. 처음엔 집을 곧잘 찾아 들어왔다. 난 녀석이 믿음직스럽지가 않았다. 아니나 다를까, 어느 날 사라졌다. 당시는 개를 잃어버렸다고 걱정하거나 그리워하는 것은 점잖지 못한 일이라고 생각해선지, 집 나간 캣츠에 대해 누구도 신경 쓰는 사람이 없었다. 말에 의하면 수놈은 바람기가 있어서 언젠가 나가서 안 들어온다고도 했다.

녀석이 나간 건 우리 집에 새로운 강아지가 들어온 지 얼마 되지 않아서다. 자신을 대신할 새로운 개가 나타났으니 이제 없어져도 된다고 생각했는지도 모른다. 그 녀석이 떠나는 뒷모습을 한동안 잊

을 수가 없었다. 이해할 수 없는 건 새로 들어온 강아지가 암컷이었
다는 점이다. 어떻게든 같이 살아 볼 생각은 안 하고 집을 나가다니.
생각할수록 멍청한 개란 생각이 든다. 누구에게나 첫 번째 것은 쉽
게 잊히지 않는다고 하는데, 사랑을 많이 준 것 같지는 않은데도 참
많이 기억이 난다.

새로 들어온 강아지의 이름은 '뽀삐'였다. 그 시절 흔한 개의 이
름이다. 잡견이긴 했지만 똑똑하기가 웬만한 순종 못지않았다. 뽀삐
는 처음 올 때부터 배변 훈련이 잘되어 있었다. 그런 녀석이 이사해
서 얼마 안 있다 집을 나갔다. 그 후에도 또 여러 마리의 개가 우리
집에 왔다가 사라져 갔다.

1980년대 중반 무렵부터 우리나라에 애견시장이 확대되기 시
작했다. 그전에도 애견이 없지는 않았겠지만 그건 있는 사람의 전유
물이었다. 잡견만 키우다 보면 은연중에 애견을 키워 보고 싶은 마
음이 생긴다. 우리 집도 애견이란 걸 키우기 시작했다. 몇 번의 우여
곡절 끝에 몰티즈 '제니'가 태어났다. 그 개는 우리와 거의 15년을
살았다. 개의 모성이 얼마나 큰지 녀석을 보면서 새삼 깨달았다.

첫 번째 새끼를 낳았을 때, 우리 집 안방에 있는 조그만 벽장을
통째로 내줘야 했다. 제니는 어쩌나 사납게 굴던지, 아무도 근처엔
가지 못했다. 그 후에는 더 이상 새끼를 낳지 않게 하려 했지만, 남
의 집 마당에 묶어 놓은 개와 눈이 맞아 임신을 했다.

하루는 녀석의 항문에서 이유를 알 수 없는 이물질이 나오기 시
작했다. 그리고 얼마 있지 않아 산통이 와 병원에 데려갔더니 사산
을 하고 말았다. 임신한 몸으로 턱이 높은 욕실을 오르내리며 용변
을 보게 했던 것이 화근이었다. 몸이 만신창이가 되어 집으로 돌아

왔는데, 끊임없이 무엇인가를 그악스러울 정도로 찾고 있었다. 새끼를 찾는 거였다. 낳은 것만을 기억할 뿐, 그 새끼가 죽었다는 걸 알지 못했던 것이다. 얼마나 마음이 아프던지. 모성은 사람에게만 있는 것이 아니었다.

애견은 사람과 함께 생활하기 때문에 애정이 많이 간다. 그만큼 생의 마지막도 지켜봐 줘야 한다는 건 슬픈 일이다. 노견이 된 제니는 기력이 갈수록 쇠약해져 잔병치레가 많아졌고 잘 놀지도 않았다. 마지막이 다가오고 있었다. 이전의 경험도 있었으니 제니와의 이별도 별로 슬프지 않을 줄 알았다.

빌빌거리던 녀석이 하루는 갑자기 생생해져서 이 방 저 방을 거의 뛰어다니다시피 했다. 그때 직감했다. 진짜 마지막이겠구나. 나를 쳐다보는 눈빛이 전에 없이 맑고 초롱초롱했지만 안녕을 고하고 있는 것이 틀림없었다.

'저 이제 조금 있으면 가요. 인사하러 왔어요. 그동안 돌봐 줘서 고마웠어요. 잊지 않을게요.' 녀석의 눈은 그렇게 말하고 있는 것 같았다. 그러곤 하룬가 이틀 만에 천국으로 가 버렸다. 새벽이었다. 어떤 기척도 없이 잠자듯 죽었고, 아침에 우리가 발견했을 땐 몸은 이미 딱딱하게 굳어 있었다. 우린 시신을 마당 그늘진 구석에 묻어 주었다.

하지만 사람이 참 잔인하다. 그 무렵은 우리 집이 이사를 앞두고 있었고, 이사를 하고 나면 집은 곧 헐리게 되어 있었다. 적어도 제니의 골육이 흙으로 돌아갈 때까지 있어 줘야 하는 것이 아닌가? 지금 생각해도 제니에겐 미안한 것이 한두 가지가 아니다.

작가의 말처럼 지금쯤 불개가 되었을까?

3년쯤 개 없이 살아 본 건 지금의 집으로 이사하고 나서다. 작가 말마따나 개에게 정 준 게 힘들어 개 없이 살아 보려고 했다. 3년이면 어느 정도 익숙할 만도 할 텐데, 그 허전하고 공허함이란 참 뭐라 말하기가 어렵고 좀처럼 익숙해지지도 않았다. 어느 날 친척이 개를 주겠다는 말을 했다. 우린 못 이기는 척 그 개를 받아서 지금까지 키우고 있다(그 개는 요크셔테리어 수컷인데, 키우기가 그리 쉽지는 않다. 성격이 날카롭고, 수컷이라 목청이 커서 이웃으로부터 눈총도 많이 받는다). 헤어지고 나서의 아픔이 얼마나 큰지를 잘 알기에 더 열심히 사랑하며 키우고 있다.

개가 불개가 된다는 건 불교에서 나온 말이 아닌가 싶기도 하다. 개가 불개가 된다면 그 개를 키운 사람은 성불하는 것이 되지 않을까? 인간이 원래 이기적인 줄은 알지만 한 번 정도는 개의 편에서도 생각해 보면 좋겠다.

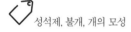 성석제, 불개, 개의 모성

# 35

# 한국의 슈바이처, 이태석

몇 년 전, 이태석 신부의 다큐멘터리 필름 〈울지 마, 톤즈〉가 극
장에서 상영된다는 소식을 접했을 때, 소개된 내용을 찾아보았다.
그걸 보고 나서 많이 울며 반성했다. 한국의 슈바이처라는 이태석
신부를 여태 모르고 있었다니. 부끄러운 일이다.

어두움이 빛을 가릴 수 없듯이 이런 분은 훗날에라도 드러나지
않을 수 없다. 이태석 신부의 평전 《나는 당신을 만나기 전부터 사
랑했습니다》가 나왔을 때 자석에 이끌리듯 구입했다.

'이타적인 유전자를 가진 사람은 따로 있는 걸까? 이런 분이 또
있을 수 있을까?' 이 세상은 너무 세속화되어 있다. 공부해서 남 주
는 것이 아니라며 입신양명의 길을 좇고 있다. 너무 자연스러워서 비
난하는 사람도 없다.

인간 이태석이라면 그도 충분히 그러지 않았을까? 아무나 못하
는 의학을 공부했다. 10남매를 먹이고 가르치느라 허리가 휘도록
고생하신 어머니를 생각하면 졸업해서 어머니를 편히 모시고 싶었

을 것이다. 그러면 효자 소리를 들을 수 있었을 것이다. 그가 존경스럽지만 동시에 그가 걸어간 길이 의아스러운 일이기도 하다. 그것은 우리가 그토록 좋아하는 콜라를, 이태석 신부의 임지였던 톤즈의 아이들은 병째 들고 마시지 못하며, 힘들게 호호거리며 마신다는 것만큼이나 이상한 일이란 생각이 든다.

사실 이태석 신부는 어떤 면에선 신부가 되기엔 적합한 성격은 아니라고 한다. 리더십도 강하며 호탕한 성격이다. 신부가 되려면 엄격한 규율을 지켜야 하는데 과연 가능하겠느냐는 것이다. 하지만 사람의 성격보다 앞서는 건 역시 순명이고 사랑이라는 것을 이태석 신부는 몸소 보여 준다.


의대를 졸업 후 비교적 늦은 나이에 신학교에 들어가 이태리 유학길까지 오른다. 아프리카 케냐의 나이로비로 여행할 기회를 얻었지만, 유럽을 그대로 옮겨 놓은 듯 이미 도시화되고 잘사는 그곳에 오히려 매력을 느끼지 못했다고 한다. 뜻이 있는 사람은 풍경이 주는 정취에 매료되는 것이 아니라 사람의 소리에 민감하다. 이태석 신부가 찾은 것은 '아프리카의 아픔과 상처'였다.

남수단은 오랜 내전으로 폐허가 되다시피 했다. 그중에도 최빈민 도시는 톤즈였다. 특별히 그곳 사람들이 많이 걸려 있는 병은 한센병이라고 한다. 그는 말한다.


"한센병 환자들의 삶이 처참하기 이를 데 없고 가장 버림받은 삶이 분명하지만, 역설적이게도 그들을 위로하며 함께하시는 예수님의 존재와 완전한 사랑과 감사를 느낄 수 있었다."

단순히 불쌍하다는 것만 가지고 버림받은 땅 톤즈로 갈 수 있는 것은 아니라는 것이다. 그곳에 함께하시는 예수님을 발견하였기에 가능한 일인 것이다. 그는 톤즈에 처음 갔을 때 말라리아로 거의 죽다 살아난 경험이 있었다. 그래서 사람들은 톤즈로 가지는 않을 거라고 생각했다. 하지만 그는 흔들림이 없었다. 사람들이 한국에도 어려운 곳이 많은데 왜 꼭 아프리카로 가야만 하느냐고 했을 때 "그곳에는 아무도 가려는 사람이 없기에 저라도 가야 합니다."라고 말했다.

처음 읽을 때는 대단한 용기를 가졌다고만 생각했다. 톤즈에서의 모습을 읽으면서 그를 이해할 수 있었다. 그곳의 처참함은 형언할 수 없지만, 사람들의 병이 낫는 것을 볼 때 그의 가슴은 뛰었다고 한다. 그들의 병은 문명화된 나라에선 대수롭지 않은 병이다. 약을 구할 수 없어 죽을 수밖에 없는 상황에서 약간의 도움만으로도 건강을 회복하는 것을 볼 때 어떻게 가슴이 뛰지 않을 수 있을까?

어린아이들의 육체적, 정신적 상처는 상상을 초월한다고 한다. 그런 아이들에게 공부할 수 있는 환경을 만들어 주고, 음악을 가르치며 치료받는 것을 볼 때 사람들의 마음에 천국이 회복되는 것을 지켜보았을 것이다.

책을 읽으며 오래전 주일학교 교사를 했던 시절이 생각났다. 나는 그때 아이들을 온전히 사랑하지 못했다. 물론 나의 한계이지만, 아이들이 나의 사랑을 필요로 할 만큼 가난한 아이들이 아니라고 안일하게 생각했다. 그가 위대해 보이는 것은 그만이 할 수 있는 것을 해냈기 때문은 아닐 것이다. 그만큼은 아니어도 우리도 남을 돕고 살아야 하는데 그렇지 못하기 때문이다. 사람이 가슴으로 하는 모든 일은 사람을 변화시킨다. 이태석 신부는 아이들과 눈을 맞추면, 아이들의 마음이 녹아내리는 것을 볼 수가 있다고 했다. 얼마나 사랑을 받지 못했으면 그랬을까?

그는 대장암으로 죽었는데, 의사는 잘만 먹었어도 그 병은 생기지 않았을 거라고 말한다. 톤즈의 열악한 환경을 알 수 있다. 이태석 신부가 우리나라 말로 톤즈의 아이들에게 가르쳐 준 노래가 있다. 우리가 잘 알고 있는 노래이기도 하다.

사랑해 당신을 정말로 사랑해
당신이 내 곁을 떠나간 뒤에
얼마나 눈물을 흘렸는지 모른다오
(…)
사랑해 당신을 정말로 사랑해

노래를 누가 부르느냐에 따라 그 느낌이 정말 다르다. 이 노래를 가르쳐 주고 톤즈를 떠나온 이태석 신부. 다시 돌아가야 할 그곳을 돌아가지 못했을 때 그 노래는 톤즈의 아이들에겐 망자를 그리워하는 노래가 되었다. 그는 톤즈에 다시 돌아가게 될 거라고 믿었지만 그의 영혼만이 톤즈 사람들 가슴속에 별이 되어 남아 있게 되었다.

이태석 신부가 개인적으로 좋아하는 노래는 〈열애〉라고 한다. 노래에 '태워도, 태워도 재가 되지 않는…'이라는 가사가 나온다. 정말 그 노래는 왠지 그가 부르면 신을 찬미하는 노래가 될 것 같고, 자신을 표현하는 노래인 것도 같다. 그는 오래도록 우리 가슴속에 남아 있을 것이다.

이 책은 평전이라고 하기엔 뭔가 부족해 보인다. 이태석 신부의 일대기를 소개하는 정도의 책이라고 보면 될 것 같다. 고인을 좀 더 깊이 있게 다룬 진지한 평전이 나오면 좋겠다.

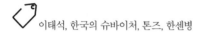 이태석, 한국의 슈바이처, 톤즈, 한센병

# 36

# 지상에서의 마지막 밥상

오빠가 암 선고를 받은 후 그의 식사는 내 담당이 되었다. 우리 집은 오래전부터 엄마가 음식을 해 놓으면 스스로 알아서 차려 먹는 것이 규칙이라, 식구들은 한 집에 살아도 언제 누가 뭘 먹든 크게 신경 쓰지 않았다. 그러니 내가 원래부터 오빠의 식사를 담당했던 것은 아니다. 평소에 오빠를 별로 좋아하지 않았다. 아니, 싫어했다.

나이가 많아도 장가를 가기는커녕 독립도 안 하고, 그렇다고 가족을 살갑게 대하느냐면 그렇지도 않았다. 그러니 무슨 정이 있겠는가? 그게 어쩌면 오래전 사업 실패의 후유증이었는지도 모른다. 가뜩이나 과묵한 성격에 장남이기도 했으니 가족들 볼 낯도 없어 점점 더 두꺼운 마음의 벽을 쌓아 갔을 것이다. 그런 오빠를 아무리 가족이라고 해도 인내하기란 쉽지 않다.

오빠의 몸이 첫 전조 증상을 보이기 시작하던 날(사실 그게 첫 번째는 아니었을 것이다. 오빠는 그보다 더 오래 전에 뭔가를 감지했을 것이다. 단지 별거 아니려니 넘기거나 과묵한 성격이었으니 표현을 안 하고 있었을 뿐이었겠지)을 나는 똑똑히 기억한다.

　그해 설이었다. 무슨 일인지 하루 종일 방에서 나오지 않는 것이다. 그걸 이상하게 여긴 엄마가 물어보니 속이 아프다고 했다. 생전 배탈이 나 본 적이 없는데 뭔가 탈이 나도 심하게 났나 보다 했다. 저녁 무렵에 하루 종일 못 먹었으니 이때쯤 뭘 먹겠지 싶었는데 꼼짝을 하지 않았다. 밥을 차려 주며 부아가 났다. 내가 이런 것까지 챙겨 줘야 하나 하며 애꿎은 반찬 그릇을 밥상에 요란하게 올려놓았다.

　그런 내 기분을 오빠가 몰랐을까? 알았을 것이다. 음식도 좋은 마음으로 담아 줘야 그 사람이 먹고 건강해진다는데 그때 그렇게 화를 내서일까? 그게 오빠가 건강한 사람으로서 먹은 마지막 밥상이었다. 정 없는 사람을 위해 무엇을 해 준다는 게 얼마나 어색한지 아는 사람은 알 것이다. 하지만 또 사람이 누군가를 위해 뭘 해 준다는 것은 정이 있어서가 아니다. 해 주다 보면 정이 생기기도 한다.


　오빠가 암 선고를 받고 첫 퇴원을 해서 먹은 건 밥이었다. 당연히 예전만큼은 못 먹겠지만 그래도 반 공기는 먹지 않을까 싶은데 반을 또 덜어 냈다. 건강했을 때 오빠는 무엇이든지 수북이 담아 먹곤 했었다. 매일 밥상을 차리고 오빠가 식탁에 나와 먹으면, 내 방에 들어와 소리 없이 울거나 한숨을 짓곤 했다. 건강했을 때의 4분의 1을 먹느라 숟가락을 몇 번 들었다 놨다를 반복했다.

　오빠가 일평생 좋아했던 음식은 라면을 포함한 면류였다. 라면은 누구에게도 뺏기기 싫었는지, 엄마가 사 놓는 족족 다 털어 먹고도 부족해 직접 사서는 자기 방에 쟁여 두고 먹었다. 참 못마땅했었다. 그런 내가 오빠 때문에 울고 있는 것이다. 옛날처럼 라면 욕심내도 좋으니 그때로 돌아갈 수만 있다면 차라리 좋겠다 싶었다.

오빠에 대한 나의 감정은 섭섭함을 지나 딱딱하게 굳어 있었다. 내가 오빠보다 먼저 죽을 거라고 생각했다. 동생에게 자신이 얼마나 무심했는지 가슴 깊이 후회하며 살게 해 줄 거라고 생각했다. 그런데 그렇게 생각한 것이 죄였을까? 오히려 그 벌을 내가 받는 것만 같았다.

오빠가 정말 세상을 떠나자 알았다. 내가 오빠에게 그렇게 못되게 굴었던 건 사랑 때문이었다는 걸. 평생 그 누구에게도 사랑 같은 건 구걸하지 않겠다고 했는데, 없고 보니 오빠를 향한 마음 하나 생각 하나가 사실은 사랑받지 못해 생긴 거란 걸 그제야 깨닫게 된 것이다. 건강할 땐 사랑이 그렇게 중요한 줄 모른다. 건강을 잃어 헤어지는 사람도 있겠지만 그래서 더 끈끈한 유대 관계를 갖게 되는 경우도 있으니, 아프다는 게 꼭 나쁜 것만도 아니라는 걸 오빠를 간호하면서 새삼 깨달았다.

《치유의 밥상》은 바로 그런 책이다. 죽음이 아니면 결코 깨달을 수 없는 진실들이 오롯이 담겨 있다. 그런데 참 특이하다. 세상을 떠난 사람들의 지상에서의 마지막 식사에 관한 이야기들을 하고 있으니 말이다. 꽤 감동스럽고 가슴 저미기까지 하다.

"우리가 일상처럼 하는 말 중에 '먹는 즐거움'이란 말이 있다. 우리에게 일어나는 행복한 일은 음식과 함께할 때 그 기쁨이 배가 되고, 슬픈 일은 맛있는 음식으로 충격을 줄일 수 있다. (…) 몸의 병으로 음식 섭취 자체가 불가능해진 사람들에게 '먹을 수 있다'라는 지극히 평범한 일이 마지막 희망이자 목표가 되기도 하고, 때론 무엇과도 바꿀 수 없는 삶의 이유가 된다."

죽음이 아니면 평상시에는 가족이라도 마주칠 일 없을 것만 같던 사람들이 호스피스 병동에서 음식을 앞에 놓고 극적인 화해를 하고 떠나보낸다. 평소 자신을 거들떠도 보지 않던 남편을 위해 손수 병간호에 나선 어느 여인의 사연이 눈에 밟힌다. 나와 일맥상통하는 부분이 있어 감정 이입이 된다. 죽음이 아니면 화해할 수 없고 용서할 수 없는 사람들의 이야기다. 그래서 죽음은 삶보다 위대한지도 모르겠다. 그렇게 인간을 화해와 용서로 이끄니까.

나도 그랬다. 오빠에 대한 케케묵은 감정은 어디론가 사라지고 연민만이 남았다. 이렇게 될 것을 난 왜 그렇게 오빠를 미워했던 것일까? 오빠가 죽기 전 한 달 동안 거의 매일 병원에 갔다. 오빠의 입맛은 들쑥날쑥했다. 밥을 먹지 못하게 된 지는 오래됐고, 그렇다고 곡기를 끊을 수 없으니 엄마는 매일 죽을 쒔다. 녹두죽, 잣죽, 전복죽, 야채죽 등을 번갈아 쒀서 조그만 용기에 조금씩 나눠 담아 오빠를 보러 갔다. 거의 대부분은 먹지 못해 다시 가져왔다.

어느 날, 오빠가 무슨 바람이 들었는지 가져온 죽을 맛있게 다 먹는다. 이대로 낫는 것은 아닐까 섣부른 기대도 했다. 예수님을 영접하더니 이것저것 성경에 관해 묻는다. 낯설기도 했지만 오랫동안 느껴 보지 못했던 오빠에 대한 정을 떠올리게 만들었다. 하나님께 살짝 원망이 들기도 했다. 오빠에게 이런 마음을 주시려면 좀 더 일찍 주실 일이지, 왜 마지막 순간에 이토록 마음을 복잡하게 만드는 거냐며. 사람이 죽을 때가 가까우면 마음이 변한다더니, 오빠는 그때 완전 무장 해제되어 있었던 것이다. 나에게 간이침대에 누워 쉬라고까지 권하기도 했다. 건강할 땐 여간해서 없었던 일이다. 그게 오빠를 기억하는 마지막 모습이었다.

오빠의 죽음에 가장 가슴이 무너진 사람은 엄마였을 것이다. 평생 우리를 먹이고, 입혔던 사람. 자식 먼저 앞세우자고 그렇게 힘들게 낳아 두 젖 물리지 않았을 텐데, 어쩌자고 그 아들은 머리 허연 어미를 두고 저리 먼저 간 걸까?

멋없고 정 없던 아들이긴 했지만 그냥 무탈하게 살아 주는 것만으로도 감사하다고 생각했단다. 그런 아들이 암에 걸렸다고 했을 때 당신은 새파랗게 질려 병원에서 오자마자 오열했었다. 죄라면 낳고 먹이고 입힌 죄뿐인데 왜 오래 살아 이런 몹쓸 꼴을 봐야 하는 거냐고 엄마는 한탄했다.

엄마는 아들이 투병에 들어가면서 이내 평정심을 되찾고, 구운 굴비를 아들을 위해 찢어 가시를 발라 밥숟가락에 올려 준다. 오빠가 계피떡이 먹고 싶다고 하면 종로까지 나가 사 와서 아들이 먹는 모습을 보며 배불러하셨다. 그런 모습을 보면서 여자는 약해도 어머니는 강하다는 말을 실감했다.

아들을 그렇게 보내고 엄마는 모란 시장으로 김칫거리를 사러 나가셨다. 슬프면 슬픈 대로 목 놓아 울 일이지, 김칫거리가 뭐 그리 급하다고 그렇게 길을 나섰던 것일까? 처음엔 말리기도 했지만 나중엔 못 이기는 척 그만두었다. 그것이 당신 스스로를 위로하는 방식이라면 그렇게 하도록 놔둬야 한다고 생각했다.

하지만 아들을 잃은 슬픔을 길에 쏟아 버리지 못하고 집에 돌아와 쏟아 냈다. 김칫거리는 산 사람을 위한 거지만 당신의 마음은 죽은 아들에게 가 있는 것이다. 살아 있는 식구들이 아니면 삶의 의미가 없는 게 엄마고, 모성애인지도 모르겠다.

어느 땐 먹는 게 뭐 그리 중요하다고 음식 준비에 난리법석인
가 짜증 날 때도 있었다. 하지만 엄마가 음식을 해 준 나날 중 오빠
와 나를 화해로 이끈 그 하루의 음식이 숨어 있는 줄 누가 알았겠는
가? 어쩌면 엄마는 그 하루를 위해 전부를 희생하며 살았는지도 모
른다.

책은 말한다.

"우리는 먹는다는 것이 우리 삶에 얼마나 큰 기쁨과 즐거움을
주는지 자주 잊는다. 먹을 수 있다는 것, 그 자체만으로도 얼마
나 행복하고 감사한 일인가. 늘 기억하려 한다. 먹기 싫다는 이유
로 생각 없이 남기는 음식이 지금 몸이 아픈 누군가에게는 죽기
전 꼭 먹고 싶은 마지막 희망일 수도 있음을."

이 책을 읽으면 오늘 먹는 밥 한 끼의 소중함이 일깨워질 것이다.

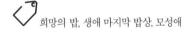
희망의 밥, 생애 마지막 밥상, 모성애

# 37

# 죽음 받아들이기

독자에게 책이란 두 가지 중의 하나라고 생각한다. 읽거나 읽지 않거나. 우여곡절 끝에 읽게 되는 책은 여간해서 없다는 것이다. 그런데 나에겐 김여환의 《죽기 전에 더 늦기 전에》가 그런 예외가 된 책이다. 배달 사고로 못 읽을 뻔한 책이었는데 기어이 내 손에 들어왔다. 인연인가 싶어 읽으려 했지만 결국 못 읽었다. 그때 몸이 갑자기 안 좋아지기 시작했다. 이전까지 겪어 보지 못한 증상이라 '병원에 가면 안 좋은 소리를 듣게 되지 않을까? 죽게 되는 것은 아닐까?' 별 궁리가 많았다. 오래전부터 오늘 살다 내일 죽어도 아깝지 않은 인생이라고 생각했다. 단지 엄마보다 먼저 세상을 떠날지도 모른다고 생각하면 마음이 아팠다. 그러니 이런 책이 눈에 들어왔겠는가.

이렇게 죽음을 가장 가까이서 느끼고 있다고 생각한 나는 의외로 죽지 않고 하루를, 일주일을, 한 달을 살고 있었다. 독일 격언에 "죽음의 신이 온다는 사실보다 확실한 것은 없고, 죽음의 신이 언제 오는가보다 불확실한 것은 없다."더니 죽음이 나를 비껴가고 있었다. 그때 내 몸이 겪고 있었던 것은 무엇이었을까?

살면서 다른 가족들은 끄떡없이 건강하게 잘 사는데, 나만 두어 번 가족을 놀라게 하며 병원 신세를 졌던 경력이 있다. 그래서 이번에야말로 그냥 안 넘어갈 거라고 생각했다. 그런데 한 지인이 "그건 그냥 갱년기 증상 같은 걸 거예요."라고 해서 얼마나 허무하던지.

몸이 차츰 나아져 갈 무렵 오빠가 암에 걸린 걸 알게 되었다. 그때 왠지 운명을 맞바꾼 것 같다는 생각이 들었더랬다. 오빠가 세상을 떠난 후, 난 무슨 약속을 지키듯 이 책을 읽기 시작했다. 제목과 달리 너무 늦게 읽은 것이다.

책의 앞부분에 환자에게 죽음을 알려야 할 것인가를 다룬 내용이 나온다. 저자는 환자가 자신의 죽음을 아는 것과 모르는 것엔 큰 차이를 보인다고 했다. 모르고 죽음을 맞이하면 마지막 순간에도 두려워한다고 한다. 그에 비해 자신이 죽을 것을 알면 처음엔 분노하고 두려워할지 몰라도 나중엔 좀 더 차분하고 안정된 죽음을 맞이한다는 것이다.

그 부분은 오빠가 암 선고를 받기 전에 읽었던 터라 동의하기가 어렵지 않았다. 막상 오빠에게 알려야 할 때는 입이 떨어지지 않았다. 우리도 충격인데 본인은 얼마나 충격일까? 그렇지 않아도 여러 검사를 거치는 동안 얼굴엔 근심과 불안이 서려 있었다. 그런 얼굴에 대고 어떻게 죽음을 얘기한단 말인가?

그때 오빠에게 암 선고를 했던 의사는, 가족이 환자에게 직접 말하기가 어려울 테니 자신이 얘기하겠노라고 했다. 나중에 알게 됐지만, 의사 역시 오빠에게 정확한 사실을 전달하지 못했던 것 같다 (아니면 충격에 오빠가 그 사실을 받아들이지 못했는지도 모른다). 환자가 암에 걸리면 의사는 가족들에겐 자세히 얘기를 해 준다. 이때 의

사들은 가족들이 어떠한 기대를 갖게 하지 않기 위해 객관적이고도 냉정하게 이야기한다. 하지만 듣고 있으면 좀 야속한 생각도 든다.

그래도 가족은 뭔가 희망의 끈을 잡고 싶어 의사에게 유도 질문을 한다. 그러면 의사도 사람이니 한 마디 정도는 (진심은 아니지만) 완곡한 표현을 한다. 이건 어디까지나 통계일 뿐이라며 100만분의 1에 해당하는 기적을 얘기해 주기도 한다. 가족은 상황이 절망적일수록 희망 또한 상대적으로 크게 갖는 법이다. 가족도 이럴진대 환자는 어떻겠는가?

소통이 제대로 이루어지지 않은 걸 안 건, 한 달 남짓 지났을 때 병문안 온 친척에게 자신은 암이 아니며 암의 전 단계라고 말하는 것을 보고서였다. 그때 우린 정말 가슴이 무너졌고, 의사에게 속았다는 느낌마저 들었다. 저자의 말대로 이젠 의과 대학에서 의사가 환자에게 환자의 죽음을 어떻게 말해야 하는지를 교육할 필요가 있다고 생각한다.


엘리자베스 퀴블러 로스는 죽음을 받아들일 때는 5단계가 있다고 말했다. 부정의 단계에서 분노의 단계로, 타협에서 우울로, 그리고 수용의 단계에 이른다고 했다. 환자의 가족들은 어떠할까? 사람은 망각의 동물이라고 했다. 임신부가 죽을 것 같은 고통 속에 아이를 낳고도 또다시 임신해서 아기를 낳는 것과 같이, 죽음을 목도한 사람도 그렇지 않은가 싶다. 오래전 아버지를 암으로 잃은 나는 그 당시는 세상이 꺼질 듯한 슬픔 속에 살았지만 세월이 흐르면서 많이 덤덤해졌다. 그러다 오빠가 세상을 떠났을 때 새삼 아버지를 잊고 살았다는 생각을 했다.

그렇게 한 번 사별의 슬픔을 겪어 봤으니 덜 슬프고 덜 아플 줄 알았다. 하지만 그게 아니었다. 여전히 마음이 아프고 슬프다. 사별은 경험하면 경험할수록 참 못 견딜 일이다 싶다.

부정의 단계를 경험하는 건 죽어 가는 사람만의 것은 아니다. 가족도 역시 마찬가지다. 의사는 죽음을 예견했지만 우리는 부정했다. 죽어 가는 사람에게 죽으라고 말할 수 없다. 죽을 때 죽더라도 목숨이 붙어 있는 한 미리부터 포기하지 말라고 말하게 된다.

환자에게 위로를 주고 용기를 줘야 한다. 오빠는 언젠가 병원 침대에 누워 눈물을 흘리며 나에게 물었다. 내가 살겠느냐고. 자신이 의지와 상관없이 허물어져 가고 있으니 자신에 대한 연민이 밀려왔을 것이다. 그런 오빠에게 내가 뭐라 말해 줄 수 있을까? 사람이 살고 죽는 것은 그 병을 대하는 환자 자신에게 달려 있다고 말해 주었을 뿐이다. 포기하지 말고 용기를 내라고. 그때는 오빠가 신앙을 받아들이기 전이었다. 나중에 오빠가 신앙을 받아들였을 때는 오빠가 살면 하나님의 축복이고 죽어도 천국이니 마음 편하게 가지라고 말했다. 그 순간 오빠의 눈은 밝게 빛났던 것 같다.

나는 오빠의 그 눈빛이 말하는 걸 안다. 신앙의 힘으로 나을 수 있다는 희망 때문이 아니다. 죽어도 천국에 있을 거란 말 때문이었을 것이다. 모르긴 해도 그땐 통증으로 육체의 힘을 다 쓰고 차라리 죽는 것이 나을 수도 있겠다는 생각을 했기 때문일지도 모른다.

타협 또한 죽어 가는 사람만 하는 것이 아니다. 특히 자신이 믿는 신께 차라리 날 데려가시라고, 또는 주께서 명하시는 일 무엇이든 하겠으니 그를 낫게 해 달라고 타협도 하고 간청도 하게 된다. 그리고 걱정과 근심 속에 고난이 언제 끝날까를 교차 반복하면서 환자와 함께 간다.

퀴블러 로스가 말하는 죽음의 단계를 너무 도식화해서 받아들일 필요는 없을 것이다. 하지만 그의 이론이 어느 만큼은 설득력이 있기에 우린 이렇게 해서라도 죽음을 객관화해 보는 것이다.

몇 해 전, 행복 전도사로 유명했던 사람이 병으로 인한 고통이 너무도 커서 자신의 남편과 함께 자살한 사건이 있었다. 꼭 그 사람이 아니어도 고통이 너무 끔찍해 미리 죽음으로 피해 버리는 사람이 한 해에도 엄청난 숫자를 헤아린다고 한다. 혹시 오빠도 그러지 않을까 싶어 오빠의 방에서 발견한 제도용 칼을 손이 안 닿는 곳으로 치워 버린 적이 있다. 하지만 오빠는 죽을 때 죽더라도 살기 위해 최선을 다했고, 종국엔 의연하게 죽음을 받아들였다. 난 그것이 고맙다 못해 자랑스럽다는 생각까지 했다(나중에 천국에서 만나면 엉덩이라도 두드려 주고 싶다).

그리고 우리 가족 역시 죽음을 꼭 불행한 것으로만 받아들이지 않기로 했다. 낫지도 않으면서 고통만 연장시키는 삶은 얼마나 괴로운 것인가? 그쯤 해서 그의 생명을 거둬 가신 하나님께 오히려 감사했다.

"해탈은 힘든 삶을 의연하게 살아가는 데에서 비롯된다. 죽음이라는 블랙홀이 흔적도 없이 우리를 삼킬 때까지는 우리는 인간의 존엄성을 잃지 말고 그저 살아야 한다."는 저자의 말에 동의한다. 우리에게 남의 삶을 평가할 자격이 있는지 모르겠지만, 그 사람에 대한 얘기는 그 사람이 살아 있을 때 하기는 불완전하다. 오히려 죽음 이후에 바라보며 얘기해야 맞는 것 같다.

죽음과 관련해서 우리 사회가 한 가지 생각해 봐야 할 것이 있다. 부족한 시설이 한둘이 아니겠지만 죽음을 편하게 맞이할 호스피스 시설 역시 턱없이 부족하다. 오빠의 병이 진행됨에 따라 요양 병원을 찾던 중 '갈바리 병원'이란 곳에 들어갈 수 있었다. 나는 그곳이 그냥 요양병원인 줄만 알았는데 알고 봤더니 가톨릭 재단에서 만든 호스피스 병원이었다. 아직까지도 우리나라 사람들의 죽음에 대한 의식이 그다지 높지 못해 호스피스 역시 생소한 분야다. 오죽했으면 오빠에게 호스피스 병원이란 걸 숨겼을까. 병원이 세워지기까지 주민들의 반대에 부딪히기도 했다는데, 아직도 사람들이 호스피스를 어떻게 받아들여야 하는지 잘 모르는 것 같다.

책에 보면, 어떤 할머니가 곧 돌아가실 것 같아 일반 병원의 임종실로 옮겼다고 한다. 하지만 인명은 재천이었던지 곧 돌아가실 것 같아도 쉬 돌아가시지 않더란다. 그러자 가족들이 화를 내고 짜증을 냈다고 한다. 인공호흡기 등으로 연명하는 것은 환자와 보호자들 모두에게 고통이다. 중환자실에서 식물인간으로 있기보다는 호스피스를 통해 편안하게 죽음을 준비하고 가족들과 임종하는 것이 더 낫지 않을까? 그만큼 우린 호스피스에 대해 잘 모르고 있다는 것을 방증하는 것이기도 할 것이다. 화장터 하나 세우는 일에도 많은 반대에 부딪혀야 한다. 그렇게 반대하는 사람도 결국 마지막에 가야 할 곳이 그곳이 될 텐데도 말이다.

저자는 이렇게 죽음은 개인의 것이 아니고 사회적인 것임을 환기한다. 죽음도 함께 가는 사람이 있다면 가는 길이 두렵거나 쓸쓸하지는 않을 것이다. 저자는 카프카의 《변신》에서의 거대한 벌레로 변한 주인공을 예로 들면서 이렇게 말한다.

"우리는 타인의 현재를 위해, 우리의 미래를 위해 서로를 도와야 한다. 사회봉사의 거대한 치유력만이 카프카가 경고한 인간 소외의 고리를 끊을 수 있고, 마지막에 몬스터로 변할지도 모르는 우리를 구원해 준다. 그때 삶은 살 만한 가치가 있는 곳이 될 것이다. 부디 행복한 몬스터들이 많아졌으면 하는 바람이다."

언젠가 나카무라 진이치와 콘도 마콘도가 공저한 《암에 걸린 채로 행복하게 사는 법》이란 책을 읽은 적이 있다. 그 책에 보면 유럽은 암을 바라보는 시각이 다르다. 유럽인들은 오히려 자신이 암으로 죽는 것에 만족하며 다행으로 여긴단다. 어떻게 그런 생각이 가능할까? 아무래도 그쪽 지역의 사람들의 인생관이 동양 사람들의 그것과 많이 다른 것 같다.

생각해 보니, 아무런 준비 없이 마지막을 맞는다는 건 얼마나 허무한가? 그건 세상을 떠나는 사람이나 남아 있는 사람이나 적지 않은 충격일 것이다. 슬픈 일이긴 하지만 마지막을 알고 있으면 조금은 덜하지 않겠는가?

말기 암 환자들은 얼마나 고통일까를 생각해 본다. 저자는 고통을 참지 말라고 한다. 옛날에나 고통을 참느라 고생이었지, 지금은 약이 좋아 생각만큼 고통스럽지 않다고 한다. 아직까지도 진통제인 모르핀으로 인해 명을 재촉하거나 중독될까 봐 겁내는 사람들이 많다고 한다. 저자는 조금이라도 더 존엄하게 살다 죽고 싶다면 진통제를 쓰라고 조언한다. 오빠는 전이된 췌장암이었다. 다른 암도 고통스럽겠지만 췌장암은 특히 더 고통스럽다고 한다. 그런데 기도 덕인지 약을 잘 써서인지 오빠는 비교적 고통이 덜했다.

그런 것처럼 살기를 위해 최선을 다하는 것도 나쁘진 않겠지만, 자신의 삶이 얼마 남지 않았다면 고통을 최소화하면서 남은 시간들을 좀 더 의미 있게 보내는 것이 더 중요하다고 생각한다.

　가끔 시간을 되돌릴 수만 있다면 더도 말고 덜도 말고 꼭 오빠와 함께 보냈던 생애 마지막 6개월 전으로 돌아갔으면 좋겠다고 생각해 본다. 처음엔 오빠를 어떻게 보내야 할지 몰라 나름 간호하는 데 최선을 다했지만 역시 서툴렀다. 그래서 오빠를 너무 쓸쓸하게 보낸 건 아닌가 생각한다. 오빠가 세상을 떠난 것이야 하나님의 뜻이니 어쩔 수 없다 해도 그를 보내는 과정은 만족할 수가 없다.

　누구의 말처럼 사람이 사는 것이 꼭 한 번이듯, 죽는 것도 꼭 한 번이다. 이것을 돌이킬 사람은 아무도 없다. 앞으로 사랑하는 사람이 죽음의 선고를 받는다면 난 그와 어떻게 남은 기간을 보낼 것인가를 생각할 것이다. 그런 이유로 유럽 사람들은 암으로 죽기를 바라며, 그것에 만족해하는지도 모른다.

　오빠가 세상을 떠난 후, 이 책을 읽을 수 있어서 다행이라고 생각했다. 물론 이 책을 읽는다고 해서 죽음이 나를 비껴가거나, 당해야 할 사별의 슬픔이 줄어드는 것은 아닐 것이다. 하지만 죽음에 대해 좀 더 성숙한 자세를 갖는 데 도움이 될 거라고 본다. 말미에 저자가 추천하는 웰다잉 10계명도 음미해 볼 만하다.

 김여환, 호스피스, 엘리자베스 퀴블러 로스, 죽음을 받아들이는 5단계, 웰다잉

# 38

# 네가 있어야 내가 있다

원래 정호승의 《항아리》를 읽고 싶은 생각은 없었다. 오빠가 세상을 떠나고 남긴 책 두어 권 중에서 내 눈에 띈 것이다. 낮이면 주로 오빠 방에서 독서를 하곤 했다. 방을 비워 두는 것도 뭐하고, 그 방은 빛이 잘 들어 밀린 독서를 하기에 좋았다. 손에 들고 있기도 뭐하고 때려치우기도 뭐한 책을 읽고 있다 잠시 기분 전환도 할 겸 이 책을 펼쳐 들었는데 그만 다 읽고 만 것이다. 내용에 빠진 탓도 있지만, 두께가 얇아 읽는 데 부담이 없던 이유도 있었으리라.

저자가 문학계에서 알아줄 만한 시인이고, 책도 진작 알고 있었다. 하지만 늘 게으른 나의 독서에 밀려 감히 읽을 생각도 못했다. 정말 잠깐 읽다 말 거라고 생각했다. 하지만 읽으면서 '어떻게 하면 이렇게 글을 쓸 수 있을까?' 내내 감탄했다. 책 표지엔 조그만 글씨로 '어른이 읽는 동화'라고 쓰여 있다. 역시 동화는 아름답다는 말이 절로 나온다. 아니, '동화는 힘이 세다.'고 말하고 싶다. 그러고 보니 어린 시절 이후 동화는 거의 읽지 않았던 것 같다. 그나마 어렸을 땐 독서에 관심이 없었던 터라 대표적인 동화 외엔 읽지 않았다. 사실 동화만큼 간결하면서도 확실한 메시지를 주는 장르가 또 있을까?

저자는 자연에 대해 깊은 통찰력을 가지고 있는 것 같다. 무엇보다도 자연과 우주 삼라만상에 대해 잘 꿰뚫어 잘 엮었다. 또한 대상을 의인화하는 상상력이 탁월하다. 동화의 미덕은 인간이 지녀야 할 가치에 대해 교훈적이면서도 재밌게 쓰는 것이다. 웬만한 도덕이나 윤리 교과서보다 낫다. 아무래도 저자가 시인인 만큼 시를 짓는 마음으로 언어를 다듬고 또 다듬었을 것이다. 특히 첫 번에 나오는 〈항아리〉와 〈선인장 이야기〉는 읽고 나서 꽤 오랫동안 여운이 남는다.

그런데 〈네가 있어야 내가 있다〉라는 동화는 감동스럽다기보다 뭔가 얼굴이 화끈거리게 만들고 가슴을 쓰리게 한다. 이야기는 이렇다. 잣나무 한 그루가 동서남북으로 가지를 뻗고 살고 있는데, 햇볕이 잘 드는 남쪽의 가지는 길기도 하거니와 잣 열매를 잘 맺는 데 비해, 북쪽의 가지는 길이도 짧고 열매도 거의 없었다. 그래서 남쪽의 가지가 북쪽의 가지를 업신여기다 못해 미워하기까지 했다. 북쪽의 가지는 그러지 말아 달라고 몇 번이나 타일렀지만 말을 듣지 않았다. 아니, 오히려 남쪽의 가지는 북쪽의 가지가 없어졌으면 좋겠다고 생각했다.

그런데 이게 웬일인가? 그런 남쪽 가지의 바람이 이루어졌다. 어느 여름날 태풍이 불어 그만 북쪽 가지가 부러지고 만 것이다. 남쪽의 가지는 그 사실이 너무 기뻤다. 그런데 그 기쁨도 잠시. 북쪽의 가지가 없어지고 보니 몸이 기울어져 보기가 흉할 뿐만 아니라 예전처럼 열매도 많이 맺지 못하게 되었다. 그러자 마을 사람들이 몰려와 그 잣나무를 베어 땔감으로 쓰려고 하는 것이었다. 남쪽 가지는 그제야 북쪽 가지가 있어야 자신도 존재할 수 있음을 깨닫는다는 내용이다.

이 이야기는 소위 잘나간다는 사람에게 주는 교훈일지도 모른다. 지금은 워낙에 불경기니 모든 사람들이 다 음지에 있는 것만 같아도, 분명 양지에서 성공하고 잘나가는 사람이 있기 마련이다. 자기 혼자 잘나서 잘나가는 것 같지만 그건 분명 음지의 사람들이 있기 때문일 것이다. 그러니 그런 사람은 겸손할 필요가 있다. 흔히 쓰는 말로 상생하지 않으면 안 된다. 동화는 그것을 역설적으로 전하고 있다.

왜 이 글이 마음이 쓰리고 먹먹해졌던 것일까? 앞에서도 밝혔지만 오빠와의 관계는 그다지 좋지 않았다. 오빠는 사춘기를 겪으면서 현격하게 말수가 줄어들더니 가족들과도 별로 대화 없이 지냈다. 아니, 가족들에게 자기 표현하는 것을 서툴러 했다고 해 두자. 난 그런 오빠를 답답해하다 못해 싫어했다. 게다가 가족이란 이름으로 살아오는 동안 오해와 원망, 갈등이 없지 않았던 터라 싫어한 건 어찌 보면 당연했을지 모른다.

미워하는 가족이라도 없는 것보다 낫다더니 이제야 깨닫는다. 그래서 이 동화가 특별하게 와 닿았다. 남쪽 가지의 마음을 백 번, 천 번이라도 이해할 수 있을 것 같다. 이렇게 인간은 후회하는 존재다. (동물과는 달리) 인간만이 후회한다. 동화는 나를 깨우친다.

니나 상코비치는 언니를 암으로 잃고 그 상실감을 독서로 채워 《혼자 책 읽는 시간》이란 책을 냈다. 독서가 정말 가족 또는 사랑하는 사람을 잃은 상실감을 채워 주며 치료해 주는지에 대해선 아직은 확신할 수는 없지만, 일단 그 책의 부제처럼 '무엇으로도 위로받지 못할 때' 책을 읽는다는 것엔 동의하고 싶다. 실제로 난 이 책을 읽고 있는 동안 오빠를 잃은 상실감을 잠시나마 잊을 수 있었다.

자본주의 세상에서 점점 책을 멀리하게 될 거라고 우려의 소리를 높이곤 하지만, 인간이 책을 읽을 이유가 있는 한 그런 일은 없을 것이며, 이런 좋은 동화를 찾아 읽는 마음만 있다면 세상을 구원할 수 있을 거라고 믿는다. 책은 언제나 인간의 영원한 가치에 대해서 여러 모양으로 말하곤 했다. 동화는 확실히 그렇다. 동화가 인간의 영원한 가치에 대해서 말하고 있는 한 세상은 조금 더 아름다워질 수 있을 것이다.

한 가지 궁금한 것이 있다. 오빠는 과연 이 책을 다 읽었을까? 살아생전 오빠는 책을 별로 좋아하지 않았으니 이 책을 사 놓기만 하고 읽지 않았는지도 모른다. 아니면 단출한 성격으로 봐 읽지 않을 책은 살 리가 없으니 읽었을지도 모르고. 다 읽었느냐고 물어볼 수도 없게 되었다. 이승과 저승의 거리가 새삼 멀게만 느껴진다(책도 언제 샀는지 조금은 누렇게 빛이 바래 있었다).

새삼 이 책에 대한 인연이 특별하다는 생각이 든다. 오빠가 떠나면서 마지막으로 나에게 편지 대신 남겨 준 것 같아 읽으면서 뭉클했다.

 정호승, 항아리, 네가 있어야 내가 있다

# 39

# 17세로 살아가는 기자

기자가 쓴 책이 없지는 않을 것이다. 《주기자: 주진우의 정통시사활극》은 그 제목의 특이함 때문에 몇 번씩 음미하게 만든다. 처음엔 '정통시사활극'이라고 했을 때 감은 벌써 왔다. 엄청 '까대는' 이야기구나 하는.

점잖은 것을 선호하는 편이라 시끄럽고 들끓는 걸 좋아하지 않는다. 나의 정치적 성향을 굳이 말하자면 진보보단 보수에 가깝다. 정치나 시사에 대해 쥐뿔도 모르면서 그냥 무턱대고 '보수가 뭐? 대통령이 뭐 어쨌는데?' 하는 식이다. 그건 뭘 알아서라기보단 하도 욕을 먹으니 불쌍한 생각이 들어서다.

진보에서 '까대는' 것을 보면 보수가 잘하는 것은 없는 것 같아, 어느 한쪽을 지지하기보다 양쪽이 다 못한다는 양비론에 가까운 태도를 취하게 된다. 이런 태도를 취하는 나름의 이유는 있다. 욕먹기 싫은 것이다. 양쪽 어느 진영에서든지 말이다. 하지만 이것도 아니고 저것도 아니면 말할 가치가 없어져 버리기도 한다. 이건 또 얼마나 비열한 태도일까?

'정통시사활극'이란 제목도 나에겐 흥미롭다기보단 약간의 반감이 느껴진다. 좀 구라 같지 않나? 그런데 보면 볼수록 저자의 성과 직업이 정말 잘 어울린다는 생각이 든다. '주기자' 이건 저자의 직업인 동시에 '죽이자'의 소리읍이다. 그래, 이왕이면 기자로서 죽을 각오를 하고, 이왕이면 죽이는 이야기를 하고, 이왕이면 거짓을 죽여버릴 각오를 하고 뛰어다니면 좋을 것이다. 그게 어쩌다 보니 보수를 겨냥했다는 것뿐이지, 사실은 주진우 기자의 마음속엔 진실과 의를 향한 갈망이 더 컸으리라 생각한다.

내 정치적 성향이 보수적인 건 아버지가 김대중 대통령을 싫어하셨고, 강남 지역에서 살았으며, 조선일보를 오래도록 구독했기 때문이기도 할 것이다. 하지만 분명히 말하겠는데, 우리가 김대중 대통령에게 원한 산 적이 없고, 강남에 살았다고 부자는 아니며, 조선일보에서 보는 지면은 문화면과 방송 프로 정도였다. 그럼에도 불구하고 정치적 성향이 보수에 가깝다고 하는 건, 강남은 야당보다는 여당이 말하는 것에 귀를 기울일 수밖에 없는 구조라서 그런 것이다. 하지만 저자가 언급한 동네, 이를테면 14세 소녀가 집단 성폭행을 당했던 익산이나, 대추리 또는 용산, 제주 해군 기지나 봉하 마을과 인접한 곳에서 살았다면 좀 달라지지 않았을까 싶다.

그래서 정치를 평하는 책을 읽는 것이 자신이 없었다. 하지만 난 읽었다. 그것도 아주 재밌게. 이 상황에서 재밌더란 말이 안 어울리기도 하지만, 내가 몰랐던 것 또는 대충 알고 있는 것에 대해 명확히 알게 되었다는 의미에서 재밌더란 표현을 쓴다.

읽으면서 주진우 기자의 인물됨이 참 좋아 보인다. 그는 자신을 17세라고 규정하고 있는데 17세의 감수성, 즉 순수함, 열정, 들끓음,

반항 등을 지향한다는 뜻인 듯하다. 나쁘게 말하면 꼴통으로 불리기도 하겠지만, 17세처럼 겁 없는 짱돌처럼 살아왔다고 스스로를 말한다. 어렸을 때 소위 불량소년으로 할 짓은 한 번씩 다 해 봤고, 소년원이나 교도소 언저리를 배회하기도 했다. 심하면 쌍욕도 한다. 그는 겁이 없다. 또 가진 게 없으면 없는 대로 살고, 있으면 있는 대로 산다. 상당히 부럽다. 난 뭐가 두려움이 많아 세상을 범생이처럼 살아가는지 모르겠다. 앞으로도 그렇게 살아갈 것 같다. 그런 삶이 좋아서가 아니다. 그렇게 살지 않으면 귀찮은 일이 많고 걸리는 일이 많을 테니 선을 지키며 살아가는 것뿐이다. 하지만 사람은 자기가 자신을 느끼는 것과 남이 자신을 보는 것이 얼마나 일치하느냐에 따라 진가가 드러나는 법이다.

"이명박 정부의 공적 1호 기자가 바로 너다." 청와대 한 관계자가 주기자더러 그런 말을 했단다. 그런데 참여정부 때도 비슷한 말을 들었단다. 그는 참여정부에서도 사고를 가장 많이 친 기자였고, 당시 문재인 수석은 "주기자 때문에 고생 많았다."고 했고, 민정수석을 지낸 이호철 씨는 "주기자 때문에 죽는 줄 알았다."라고 말했단다.

소위 기자라면 이런 소리쯤 들어야 하지 않나? 순간 저자에 대한 호감도가 확 올라간다. 신출귀몰하던 조선의 홍길동이나 어사 박문수 같은 캐릭터를 보는 것 같은 느낌이랄까. 아직도 이런 사람이 있다니! 책을 읽으며 역사 공부를 다시 해야겠다는 생각이 든다. 특히 7장의 '친일파와 빨갱이'를 읽으면서, 학교를 졸업한 이후 한 번도 우리나라 역사에 대해 진지하게 생각해 보지 않은 것을 깨달았다. 6장에는 노무현 대통령에 관한 생각을 담았는데, 이 두 개의 장을 읽으면서 앞으로 쓰일 우리 근현대사는 어떨지 심히 궁금해졌다.

개인적으론 나라를 보수가 맡든 진보가 맡든 특별한 차이는 없을 거라는 생각이다. 꼭 그놈이 그놈이라는 냉소만은 아니다. 어느쪽이 맡아도 그만큼은 한다는 얘기다. 하지만 우리나라는 진보가 맡으면 나라를 말아먹는 줄 안다. 보수가 나라를 갉아먹는 것이 얼만데? 그나마 김대중, 노무현 대통령이 집권했다는 건 헌정 사상 처음 있는 일이었지만 그것조차 제대로 평가되지 못하고 있다. 이것이 우리 민주주의의 현주소다. 보수의 그늘이 깊다. 그런데 보수가 조금도 자리를 양보해 주지 않는 것은 배후에 친일파가 아직도 건재하기 때문이라고 한다. 나처럼 이렇게 뭘 모르고서야 어찌 대한민국의 국민이라 할 수 있겠는가.

한편 주기자가 종교를 '가장 강력하고 오래된 마피아(3장)'로 보는 것은 어찌 보면 당연한 거란 생각이 든다. 기독교인의 한 사람으로서 유감이다. 우리나라는 원래 기독교가 발을 붙이기엔 어려운 나라였다. 때문에 순교의 피의 대가로 교회가 세워졌다. 순교했던 분들이 오늘날의 한국 교회가 마피아 조직과 다를 바 없는 이야기를 듣는다면 아마도 천국에서도 통탄하고 계실지도 모르겠다. 독립선언문을 작성한 33인 중 적지 않은 수가 기독교인이고, 독립운동을 했던 사람들 역시 기독교인이 많았다. 어떻게 그분들의 명예에 먹칠하는 일을 오늘날의 교회는 아무렇지도 않게 자행할 수 있을까? 이것에 대해 정말 할 말이 없다. 하지만 그가 지목한 문제의 교회가 있다고 해서 싸잡아 모든 교회가 그렇다고 보지는 말아 줬으면 좋겠다. 남이 알아주든 아니든 건강한 복음을 전하고 좋은 일 많이 하는 교회도 찾아보면 많다.

얼마 전 지인을 만나 수다를 떨다가 무슨 말 끝에, 경찰이나 검찰을 유일하게 무서워하지 않는 나라가 있다면 우리나라라는 말에 의견의 일치를 보고 깔깔대고 웃은 적이 있다. 정부가 국민을 지켜 주지 않고, 경찰마저 오히려 조폭을 풀어 국민(철거민)을 삶의 터전에서 내쫓고 있으니 경찰을 우습게 보는 건 당연한 일 아닌가(8장 '우리는 모두 약자다'). 그뿐인가? 우리의 딸들이 성폭력으로 피를 철철 흘리고 있는데도 경찰은 물론이고 학교도, 그 지역을 대표하는 사람들도 나 몰라라 한다. 그러니 어떻게 국민이 그들을 신뢰할 수 있단 말인가.

이제 국민은 예전의 국민이 아니다. 예전 박정희, 전두환 그리고 이명박의 국민이 아니다. 지금까지 배를 두들겼던 기득권자들이 언제까지 칼자루를 휘두르며 배를 두들길 수 있을지 지켜볼 일이다.

책을 읽고 나니 좀 우울하다. 이 나라엔 정의는 하나도 없고 다 썩었단 말인가? 물론 그렇지는 않을 것이다. 이 나라 어디인가엔 정의가 꽃피는 곳이 있지 않을까? 그래도 우리가 희망이다. 정의가 없다고 우울해하지 말고 이 책을 읽는 내가 희망이라고 생각했으면 좋겠다.

딸자식을 성폭력에서 구해 주지 못한 아버지가 저자를 만난 후, 자신이 애비 노릇 했다는 생각이 들어 감사하는 마음으로 쌀 한 가마니와 돈 봉투를 가져왔다고 한다. 그때 저자는 자신이 기자 하기를 잘했다고 생각했을 것이다. 그 딸은 유수의 여자대학을 다닌다고 했다. 불행한 일을 당해도 사람과 사회가 그들을 어떻게 대하느냐에 따라 다른 삶을 살 수도 있다. 그 수렁에서 나올 수도 있고, 방치된 채 세상을 원망할 수도 있는 것이다.

주기자처럼 서로 힘이 되는 사람이 되었으면 좋겠다.

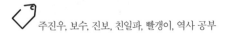 주진우, 보수, 진보, 친일파, 빨갱이, 역사 공부

# 40

# 결혼은 신중한 선택

진화론자와 기독교인의 결혼 생활을 다룬 《찰스와 엠마》는 참 많은 것들을 생각하게 만든다.

찰스 다윈이 사촌 엠마 웨지우드를 만나 결혼하고 인생을 함께 하기까지의 과정을 쓰고 있다. 찰스 다윈(그의 아내 엠마도 마찬가지 겠지만)이 결혼을 선택하기까지의 과정과, 세계관(이를테면 신앙인과 비신앙인 또는 유물론자와 유신론자)이 다른 사람과 어떻게 만나서 조화를 이루며 살 것인가에 대한 모범적 사례를 보여 주는 책이기도 하다.

시작은 이렇다. 어느 날 결혼적령기에 이른 찰스가 '결혼하기와 결혼하지 않기'의 목록이 기록된 노트를 채워 나가기 시작한다. 말하자면 결혼해서 좋은 점과 불편한 점, 결혼하지 않아서 좋은 점과 나쁜 점 등을 대차대조한 것이다. 찰스 다윈의 영특한 일면을 보게 한다. 세상에 이것을 꼼꼼히 따져 보는 사람이 얼마나 될까?

그의 대차대조는 이런 것이다. 결혼을 하면 '저녁 시간에 독서를 못 함, 비만과 나태, 불안과 책임, 자식이 많아 생활비를 벌어야 하며 책을 살 돈이 더 적어짐' 등의 안 좋은 점들이 있다. 반면에 결혼해서 좋은 점은 '상대에게 관심을 가져 주는 한결같은 동반자, 사랑과 재미를 함께 나눌 대상이 있음'이라고 쓰고, 이것은 '아무리 나빠도 어쨌거나 개보다는 낫겠지'라고 쓰기도 한다. 결혼하는 쪽에 후한 점수를 주고 있다.

그런데 이 모든 것은 또 '만약'을 전제로 하고 있다. '만약에 결혼을 한다면?' '만약에 결혼을 안 한다면?' 하지만 그 초점을 '언제'로 돌리면 좀 더 진지해진다. 그는 말한다. "결혼을 일찍 하지 않으면 순전한 행복을 너무 많이 놓치게 된다. 아내를 어루만지고 그 뜨거운 열정을 느끼는 행복 말이다." 이건 확실히 개보다 낫다는 생각에서 훨씬 발전된 형태이고 구체적이다. 이런 생각들이 그를 결혼으로 이끌었을 것이다.

사람들은 흔히 이런 말을 한다. 결혼은 아무것도 모를 때 하라고. 그런데 이 말처럼 무책임한 말이 어디 있을까? 오히려 결혼은 곰곰이 '생각해 보고' 하는 것이 좋다고 생각한다. 그것도 다윈처럼 가급적 젊은 나이에 그런 생각을 해 보는 것이 좋다. 그렇다고 젊은 나이에 결혼하라는 뜻은 아니다. 자신의 정체성을 알 나이는 10대 말에서 20대 초반이 아닐까 싶다. 그 시기에 결혼하면 닥쳐오는 혼란을 슬기롭게 헤쳐 나가게 될 것 같지가 않다. 그러므로 다시 한 번 말하건대, 결혼은 아무것도 모를 때 하라고 하지 말고, 아무것도 모를 때 생각해 보라고 권하는 것이 옳다.

결혼에 대해 이것저것 들은 것이 많으면 오히려 결혼을 못한다고 하는데 꼭 그렇지만도 않은 것 같다. 어차피 몇 살에 하든 결혼은 선택이다. 그만큼 신중히 생각해 보고 선택하는 것일 테니 그것도 지나친 기우다. 다윈은 결혼을 생각한 이상 하루라도 빨리 하는 것이 낫겠다는 결론을 내린다. 우리의 결혼은 어떤가? 한눈에 반해서 결혼하거나 정략적으로 결혼을 하는 경우가 많다. 그렇게 해서 평생 잘 사는 커플이 없지 않겠지만, 나는 대체로 그런 결혼은 신뢰하지 않는다.

아는 남자 후배는 20살이 되면서 결혼을 생각하고 계속 기도해 왔다고 한다. 그 말을 처음 들었을 때 뭘 그렇게까지 하나 했다. 그런데 지금 생각해 보면 그가 결혼한 때가 30 무렵이었으니 무려 10년 동안을 심사숙고했다는 말이다. 그래서 그럴까, 그는 지금 아이 셋 낳고 잘 살고 있다.


찰스와 엠마의 결혼이 주목받는 건 찰스가 결혼에 대해 그런 생각을 해서가 아니다. 보다 근본적인 건 세계관이나 인생관이 다른 사람이 어떻게 결혼을 할 수 있느냐는 것 같다. 사람들은 비슷한 사람끼리 결혼해야 한다고 한다. 하지만 막상 결혼을 해 보면 비슷하다는 건 어느 한두 가지만 해당되고 많은 부분이 서로 다름에 놀라게 된다.

부의 차이도 문제가 되지만, 종교의 차이는 오늘날에도 적지 않게 결혼의 발목을 잡는다. 찰스 다윈은 처음엔 신앙인이었다고는 하나(유니테리언) 그다지 믿음이 좋은 사람은 아니었고, 훗날 진화론을 확립한 후엔 교회와 멀어졌다. 그런 데 비해 아내 엠마는 독실한 크리스천이다. 성경에 믿지 않는 자와 멍에를 같이하지 말라는 말이 있다. 정통파 교회들은 이것을 아직도 고수하고 있는데, 최근에는 다소 유연한 사고를 취하기도 한다. 이를테면 그 사람이 교회를 다니느냐 안 다니느냐만 가지고 판단하지 말고, 그 사람의 인격이 어떠한지, 인생관이 어떠한지를 먼저 보라고 조언하기도 한다.

과거엔 기독교인의 입장에서는 신앙은 그 사람의 삶을 믿음에 걸었다는 것과 같기 때문에 너무나 중요했다. 하지만 오늘날의 신앙은 예전의 그것과 다르기 때문에 다른 각도에서 생각해 봐야 한다. 배우자가 비신앙인이어서 나의 신앙을 핍박하거나 덩달아 나의 신앙이 흐려진다면 상대방의 인격이나 성격의 문제로 봐야 한다.

사랑하면 배우자가 신앙을 가졌다고 핍박을 하지 않는다. 믿지 않는 자와 결혼하고도 신앙이 흔들리지 않을 수 있다면 결혼은 가능하다고 생각한다. 이 책도 그런 관점을 얘기하고 있다. 찰스는 믿음이 없었지만 아내의 신앙을 핍박한 적이 없다. 아내를 사랑했기 때문에 아내의 신앙도 존중했다. 엠마는 남편 찰스가 믿음이 없는 것을 안타까워했지만, 그녀 역시 남편에게 신앙을 종용하지는 않았다. 서로에 대한 신뢰와 사랑 때문에 가능했다.

남녀가 가정을 꾸린다는 건 어느 시대나 어려운 일이다. 전에는 결혼하는 쌍을 보면 무조건 좋아 보이거나 부러웠는데, 지금은 안쓰럽고 걱정되는 부분이 더 많다. 결혼을 인생의 무덤에 비유하기도 한다. 그럼에도 불구하고 결혼은 해야 한다고 생각한다. 사람은 누군가를 위해 끊임없이 사랑을 주고 희생할 때 완성된다. 통계에도 보면 끊임없이 가정을 돌봐야 하는 사람은 정신적으로도 건강하다고 한다. 그러나 자신에게만 집착하는 사람은 우울증에 걸리거나 자살할 확률이 월등히 높다고 한다. 또한 종교를 가진 사람이 종교를 가지지 않은 사람보다 건강하게 살 확률이 훨씬 높다고 한다.

찰스 다윈은 평생 건강이 안 좋았지만 그 시대치고 오래 살 수 있었던 것은 만족한 결혼 생활을 했기 때문이라는 것엔 의심의 여지가 없어 보인다. 이 책의 결론은 이런 것이다. 신앙과 결혼은 하등 문제 될 것이 없다. 단, 신앙도 좋고 결혼 생활도 좋으면 금상첨화 아닐까?

 찰스 다윈, 신앙인과 비신앙인의 결혼, 결혼은 신중한 선택

# 41

# 신앙과 용서

손양원 목사님에 관한 책을 두 권 읽어 보았다. 하나는 원로 역사 소설가인 유현종 작가가 쓴 《소설 손양원 사랑과 용서》이고, 다른 하나는 손양원 목사의 영애인 손동희 씨가 쓴 《나의 아버지 손양원 목사》다(유현종 작가가 쓴 손양원 목사의 전기 소설은 《나의 아버지 손양원 목사》를 토대로 썼다).

꼭 두 책을 비교할 필요는 없을 것 같지만, 굳이 말하라면 아무리 실화를 바탕으로 쓴 소설이라도 픽션이 논픽션을 따라오지 못한다. 《나의 아버지 손양원 목사》는 뭉클한 정도가 아니고, 읽을 때마다 눈물짓게 만드는 공감이 들어 있다. 반면에 유현종 작가의 소설은 이야기 흐름이 좋다. 드라마틱한 구성과 완급 조절이 잘돼 있다. 유현종 작가는 역사 소설을 썼던 만큼 작품의 스케일이나 상황 묘사가 뛰어나다. 그에 비해 손동희 씨의 책은 회고록인 만큼 1인칭 시점에서 자신의 아버지와 그 시대를 얘기하고 있다. 상당히 솔직하고 인간적이며 감성적이란 느낌을 받는다. 1인칭 시점에만 머무르지 않고 당시 아버지와 관련이 있었던 여러 사람의 증언을 토대로 하고 있어 객관적이고 사실에 입각하려고 노력했다. 즉, 유 작가는 한 인물과 그 인물의 배경이 되는 역사적 관점이 주를 이룬다면, 손동희 씨는 실존에 더 많은 초점을 둔 것으로 보인다. 이는 숲과 나무에 비유할 만하지 않을까 싶다.

손양원 목사는 누구인가? 그를 말하려면 먼저 그의 아버지 손종일 장로를 말하지 않으면 안 된다. 이웃 형의 전도로 예수를 믿기 시작한 아버지 손종일은 유교 사상이 지배하던 때에 스스로 머리를 깎고 기독교 신자가 된 사람이다. 대대로 이어 오는 유교 집안이라 호적에서 파겠다는 협박을 당하면서도 신앙을 포기하지 않았다. 아버지의 영향으로 어린 손양원도 착실하고 모범적인 신앙인으로 자랐다.

손양원 목사를 말할 때 빠뜨리지 말아야 할 중요한 사실은, 그가 신사참배를 거부했던 몇 안 되는 인물 중 한 사람이란 것이다. 사실 신사참배나 동방요배(동쪽에 있는 일본을 향해 절을 하도록 강요한 것)는 기독교 신앙의 관점에선 우상에 절하는 것이 된다. 일본은 그저 국민의례일 뿐이라고 했고, 이에 많은 사람들, 적잖은 기독교인들도 아무런 생각 없이 신사참배에 동참했다. 후에 일제가 패망하고 물러갔을 때 신사참배에 앞장섰던 기독교 지도자들은 오히려 자기네들이 신사참배를 함으로써 기독교 신앙을 지킬 수 있었다고 주장했다. 감추고 싶은 우리나라의 불행한 교회사다.

손양원 목사의 신사참배 거부는 단순히 신앙의 정절을 지키기 위함만이 아니라 동시에 민족운동으로까지 이어졌다. 하나님이 바알이란 우상에 무릎 꿇지 않은 소수의 백성들을 통해 그분의 나라를 세워 가셨던 것처럼, 신사참배를 거부했던 사람들은 독립 의지를 키워 나갔다. 손동희 씨가 쓴 《나의 아버지 손양원 목사》에 보면, 그가 신사참배 거부로 여수경찰서에 끌려갔을 때 요다라는 일본인 검사에게 신사참배를 거부하는 세 가지 이유를 말하는 장면이 나온다.

"첫째, 신사참배, 동방요배는 하나님이 금하신 계명이니 할 수 없습니다. 한 나라의 임금의 명령도 거역할 수 없을진대 우주를 다스리시는 하나님의 명령을 어찌 거역하겠습니까? 둘째, 우상에게 절하는 자는 구원을 얻지 못합니다. 우리가 예수 믿는 목적은 구원을 얻고자 함인데 하나님 명령을 어기고 어찌 구원을 바라겠습니까? 셋째, 국민의 도리로서 못하겠습니다. 세계 역사를 보면 우상 숭배하는 나라는 망하고 예수 잘 믿는 나라는 축복을 받는 것을 뻔히 알면서 국민의 1인으로서 나라가 망하는 일을 할 수 없기 때문입니다."

손양원 목사가 요다 검사에게 설명한 말은 기독교 교리적 관점에 바탕을 두었다. 그의 뚜렷한 구원관 또는 내세관을 들여다볼 수 있는 것이기도 한데 훗날 그가 순교한 요인이 된다. 그는 아들들의 죽음도 비극적인 것으로 보지 않았다. 아홉 가지로 아들들의 죽음에 대해 감사했는데, 일부를 소개해 보면 첫째, 자신과 죄인의 혈통에서 순교의 자식들이 나온 것을 감사했다. 둘째, 허다한 성도들 중에 어찌 이런 보배들을 주께서 하필 내게 맡겨 주셔서 감사하다고 했다. 이것은 자식은 자신의 것이 아니라 하나님의 것이며 자신에게 맡겨 주셨다는 청지기 의식 때문에 가능했을 것이다. 셋째, 3남 3녀 중 가장 아름다운 장자와 차자를 바치게 된 것을 감사했다. 많은 자

녀 중 어떤 자식을 먼저 보냈다고 슬픔이 덜하겠는가? 그러나 예로
부터 장자(다음 차자)에 대한 부모의 기대나 사랑을 생각해 보면 그
또한 크나큰 슬픔이었을 것이다. 하지만 죽으면 다시 만날 거란 긍정
적인 내세관이 있기에 그런 감사가 가능했던 것 같다. 이렇게 손양
원 목사가 감사할 것을 헤아린 것은 스스로를 위로하는 방식이었을
것이다.

　손양원 목사에게 슬픔은 없었을까. 두 아들의 장례식이 끝나고
유품인 교복을 끌어안고 오열했다고 한다. 딸인 동희 씨는 그때 처
음으로 아버지가 통곡하는 모습을 보며, 그동안 감정들을 믿음으로
삭이고 계셨다는 걸 비로소 깨달았다.


　손양원 목사의 일생 전체를 놓고 볼 때 가장 극적인 것은 두 아
들을 죽게 한 사람을 양아들 삼았다는 것이 아닐까 싶다. 보통 사람
들에게 용서는 쉬운 일이 아니다. 딸인 동희가 겪어야 하는 정신적
고통은 생각보다 컸다. 심지어 부인 역시 남편의 뜻을 따라 강철민
의 양어머니가 됐지만, 완전히 아들로 받아들이기엔 정신적으로 많
이 힘들었던 것으로 보인다. 손동희 씨의 책에는 이때를 회고한 글
이 나온다.


"원수를 사랑해야 한다며 두 아들을 죽인 원수를 아들 삼겠다
고 사정하던 아버지! 손 목사가 부탁한다고 해서 친구의 두 아
들을 죽인 강철민을 살려 달라고 이리 뛰고 저리 뛰던 나 목사
님! 국군은 국군대로 법을 주장하며 강철민을 죽이려고 했고,
두 오빠 죽인 원수를 내 손으로 죽이려고 이를 갈다가 아버지의
부르심을 받고 달려갔던 나! 사랑과 법과 권리가 서로 얽히고설

키어 그야말로 이 세상을 거꾸로 돌며 걸어갔던 사람들 같다. 허나 비정상적인 사람들 같은 이들의 이면에는 아무도 흉내 낼 수 없는 진리가 숨어 있다. 당시 철부지였던 나는 아버지의 심부름을 했지만 아버지가 던진 사랑의 폭탄은 용서를 모르는 완악한 인간사회에 죄악으로 뭉친 근원을 뿌리째 파괴시키는 사랑의 폭탄이리라. 양식 없어 기근이 아니라 사랑이 없어 기근인 이 사회에 복수만이 최대의 승리인 양 끝장을 보자는 이들에게 사랑의 폭탄이 되어 떨어지길 바란다."

그러고 보면 사랑은 결코 약한 것이 아니며, 달콤하고 말랑말랑한 것과도 전혀 배치되는 것이다. 손양원 목사의 죽음은 확실히 죄악을 지고 가는 예수의 죽음과 중첩된다.

책 읽기를 마치며, 왜 손양원 목사의 일대기가 예술 작품으로 나오지 않는가가 좀 의아했다. 오늘날 우리나라 공연계는 전기의 시대를 맞은 양, 명성황후를 비롯해 안중근, 원효 대사, 윤동주에 이르기까지 무대에서 부활했으면서 손양원 목사가 부활했다는 얘기를 듣지 못했다('오페라 손양원'이 몇 년 전부터 무대에 올랐다는 것은 뒤늦게야 알았다). 그래서 나는 이분의 이야기를 작품으로 형상화해야겠다고 생각했다.

요즘의 공연계가 말랑말랑하고 재밌고 감성에 호소하는 것을 볼 때, 손양원 목사의 일대기를 형상화한다는 게 다소의 부담감이 없었던 건 아니지만, 지금까지 그분에 대해 너무 모르고 있었다는 것, 알아도 피상적으로밖엔 알지 못했다는 것이 마음의 짐이 되었다. 일단 대본부터 쓰기로 했다. 실제로 공연이 될지는 미지수였다.

마침 흔쾌히 공연하겠다는 극단을 만나 대학로 무대에 올렸다. 손양원 목사 같은 위대한 순교자의 일대기를 공연으로 알릴 수 있다는 건 작가로서 일생일대의 기쁨이 아닐 수 없다.

　　보통은 책이 마음의 양식과 지식을 쌓기 위한 것이 대부분이겠지만, 이렇게 뭔가를 하도록 만드는 책도 있다.

손양원, 손동희, 유현종, 사랑과 용서, 뭔가 행동하도록 만드는 책

# 42

# 나는 이런 책을 좋아한다

앞에서 난 뭔가 행동하도록 만드는 책이 있다고 했는데, 그 얘기를 더 해 볼까 한다. 책을 읽고 연극 대본을 쓰겠다고 생각했던 건 그때가 처음이었던 것 같다.

물론 시나리오나 대본을 쓸 때 참고할 책은 많았다. 하지만 단순히 감동을 넘어서 무엇인가를 뜨거운 열망으로 하게 만드는 책이 과연 얼마나 될까? 그건 개인적이기도 할 것이다. 즉, 같은 책이라도 어떤 사람은 그냥 그런데 어떤 사람에겐 심장이 두근대며 통찰과 아이디어가 팡팡 터져 나온다(어떤 사람에겐 인류를 변화시키는 위대한 책이 되어 주기도 한다).

손양원 목사의 책을 읽은 후 한 번 더 그런 경험을 했다. 김경주의 《내가 가장 아름다울 때 내 곁엔 사랑하는 이가 없었다》. 손 목사의 경우처럼 책의 내용에서 그런 건 아니다. 이 책은 김경주 시인의 희곡집으로, 그의 작품을 처음 읽었다. 공연 대본 작업(뮤지컬 손양원)을 한 지 2년이 채 안 됐을 때이기도 한데, 공연 이후 내게 무슨 일이 있었느냐고 물을 사람이 있을지 모르겠다. 결론부터 얘기하자면 아무 일도 없었다.

　사실 그 공연은 소극장 공연치곤 꽤 성공적이었다. 더구나 극단이 생긴 이래 첫 대학로 진출작이라 이 정도로까지 성공할 거라곤 그 누구도 예상치 못했다고 한다. 평생 그런 공연장에서 공연하는 것이 소원인 나조차도. 한 편의 공연을 무대에 올리기까지 말 못할 온갖 우여곡절을 겪게 된다. 작가라고 예외는 아니다. 공연이라는 게 종합예술이고 공동체 작업이고 보면 서로 삐걱거리는 게 없을 수 없다. 특히 작가와 연출가는 작품 해석을 놓고 다툴 수 있다.

　그래도 나름 작가로서 많은 것들을 양보하고 내려났다고 생각했다. 그런데 너무 많이 양보하고 내려놓은 걸까? 나중엔 재공연까지도 내려놔야 할 지경에 이르렀다. 그 일에 대해선 지면상 시시콜콜 다 밝힐 수는 없지만, 한마디로 코끼리가 거미줄에 발이 걸려 넘어진 격이라고나 할까? 아무튼 난 난생처음으로 대학로 공연을 나갔다가 자본주의라는 게 이런 거라는 걸 새삼 깨달았다. 씁쓸했지만 그저 좋은 추억 하나 만들었다고 생각했다.


　그렇게 극단과 결별했다고 작가이기를 포기했던 것은 아니다. 처음엔 뭔가를 해 보려고 나름 시도도 해 봤지만 시간이 흐르니 흐지부지되어 버렸다. 예전엔 글을 쓰기 바라는 사람들이 있고 그런 공동체가 있었는데, 당시에는 아무도 기다려 주는 사람이 없다는 것이 새삼 쓸쓸하게도 느껴졌다. 그때 김경주의 책을 접했다.

　물론 처음엔 무심하게 읽었더랬다. 아니, 솔직히 말하면 평소 시를 좀 어려워하는 편이었는데, 시인이 쓴 글이라 역시 나에겐 녹록하지 않았다. 원래 희곡은 그 자체로는 좋다 나쁘다를 말할 수 없는 것 같다. 어떤 연출가와 어떤 배우가 어떤 무대에서 하느냐에 따라 달라질 수 있는 것이기 때문에 판단을 유보하게 된다(희곡을 많이 읽어 본 것도 아니기에).

시인의 이름은 오래전부터 알고 있긴 했지만 그가 희곡을 쓰는 줄은 몰랐다. 그런데 자세히 보니 그의 본업은 시보단 희곡과 연출에 더 가까웠다. 하긴 시와 희곡은 한 끗 차이 아닌가. 특이하게도 그는 시극 운동을 한단다. 희곡이면 희곡이지, 시극은 또 뭐란 말인가? 그러니까 《내가 가장 아름다울 때 내 곁엔 사랑하는 이가 없었다》는 엄밀히 말하면 희곡이 아니라 시극이었다. 시극은 poetic drama, 즉 대사가 시의 형태로 쓰인 희곡을 말하는데, 산문적 구조를 갖고 있지만 각각의 글에 라임과 운율이 살아 있는 문학적 장르라고 한다. 그리고 이건 김경주가 창안한 것은 아니고, T. S. 엘리엇이 창안한 것이라고 한다. 그러니까 시극의 역사는 시의 역사만큼이나 오래된 듯하다. 연극의 역사만큼이나 오래되고. 원래 연극이 예배나 제의에서 나온 거라고 하지 않는가. 제의 때 신을 찬양하기 위해 어떤 운율을 넣은 것이라면 시극의 역사는 어디까지 갈는지 알 수가 없겠다는 생각이 든다.

하지만 복잡한 것을 싫어하는 나는 '아무리 봐도 희곡 같은데 이걸 꼭 시극이라고 불러 줘야 하는 건가?' 툴툴거릴 만도 했다. 책을 덮고 그의 프로필을 보면서 문득 그가 나름 알아주는 작가 겸 연출가인데도 꼭 극장 공연을 고집하지 않는다는 것을 알게 되었다. 무대는 클럽이나 카페, 심지어 버려진 창고나 바닷가 같은 곳에서 만들어졌다. 한마디로 장소의 구애를 받지 않았다.

어찌 보면 그렇게 새로울 것도 아니다. 끼로 충만한 젊은이들이 거리 공연을 많이 하지 않는가? 나의 공연의 시작 또한 크게 다르지 않았다. 교회 주일학교 아이들이 예배 드리는 공간이었다. 말이 예배 공간이지, 강당 같은 곳이다. 그곳에 무슨 연극을 위한 시설이 있었을까. 그래도 신나게 했다. 마음 한편에 언제나 제대로 된 무대에서 공연을 해 볼까 바라지 않았던 건 아니다. 그 소망을 이루었으나 생각만큼 아주 좋았던 것은 아니다.

요즘 공연 성향도 그런 것 같다. 공연장 공연은 비용이 많이 드니 카페 같은 곳에서도 할 수 있는 공연으로 바뀌는 모양이다. 물론 그랬을 때 아쉬운 부분이 없는 것은 아니겠지만, 관객들과의 접근성이 좋아지면서 경제적인 부담이 줄어드는 것이니 나쁘지 않은 공연임에 틀림없다. 이 생각이 들자 새삼 내가 너무 오래도록 대본 쓰는 일을 하지 않고 있었다는 걸 깨달았다. 그렇게 생각하니 한시바삐 대본을 고쳐야겠다는 생각이 들었다. 카페나 강당 같은 곳에서도 공연할 수 있는 대본으로.

이렇게 나로 하여금 행동하도록 만드는 책이 좋다.

김경주, 시극, T. S. 엘리엇

# 43

# 문학 장르로 희곡 읽기

앞서 나는 김경주의 《내가 가장 아름다울 때 내 곁엔 사랑하는 이가 없었다》에 대해, 원래 희곡은 그 자체로는 좋다 나쁘다를 말하기 어렵다며 이 작품에 대한 직접적인 언급을 피했다. 희곡은 시나 소설처럼 문자로만 평가받을 수 없는 거라고 생각한다. 문자로만 읽는다면 그건 3분의 1만 감상하는 것에 지나지 않는 것이다. 하지만 희곡은 원래 생겨 먹은 게 그랬던 것이 아니라 언제부턴가 독자들이 알게 모르게 그런 식으로 보아 온 건 아닐까? 시나 소설이나 에세이처럼 문자만으로 완성되지 못하고 꼭 연출가와 배우에 의해 완성되는 뭔가의 장애를 가진 장르라고 하면서 말이다.

그런데 최근에 장정일의 《빌린 책/ 산 책/ 버린 책》 1권을 읽으면서 나의 이런 생각 역시 문제가 있다는 걸 알았다. 장정일 작가는 이 책에서 세 편의 글을 희곡 서평에 할애했는데, 그런 것으로 봐 그가 희곡에 나름 애정을 갖고 있다는 걸 알 수 있었다. 그는 특별히 아멜리 노통브의 희곡 《불쏘시개》의 서평에서 프랑스를 빗대어 우리나라처럼 희곡을 천대하거나 문학 장르 간의 '칸막이 현상'이 심한 나라도 없다고 했다. 그러면서 노통브의 《불쏘시개》를 보니 프랑스에는 사르트르, 카뮈, 주네처럼 작가라면 누구나 한 번쯤 희곡을 써 보는 게 전통인 듯 여겨진다고 했다.

더 나아가 자신을 비롯해 소설가 하일지, 정영문 그리고 김경주가 쓴 희곡 작품집 《숭어 마스크 레플리카》의 서평에서, 희곡은 무대에 올라가는 순간 공연 예술이 되지만, 무대에 올라가기 전에는 분명히 문자 예술이라고 말한다. 바로 그 때문에 우리가 익히 알고 있는 동서고금의 시인과 소설가들 가운데 많은 사람이 자신의 문학적 표현 수단을 새로이 개척하거나 성취 수단의 연장으로 희곡 쓰기를 마다하지 않았다며, 특별히 그 희곡집은 기존에 우리에게 잘 알려진 소설가와 시인이 썼다는 것을 강조한다.

그건 확실히 이례적이긴 하다. 우리나라 작가는 시를 쓰다 소설을 쓰는 경우는 있어도 희곡은 웬만해서 쓰지 않는다. 그리고 구획도 비교적 잘 정해져 있어, 희곡 작가는 희곡만 쓰고 소설 작가는 소설만 열심히 쓴다. 그리고 어쩌다 이렇게 다른 장르를 넘나들면 '성취의 연장'으로 보지 않고 '외도'란 표현을 쓰기도 한다. 그래서 우리나라 문학은 확대 재생산이 어려우며 희곡을 다르게 보기가 어려운 구조를 가지게 되는 것 같다.

그는 굳이 그리스 시대를 운운하지 않더라도 희곡은 시, 소설, 수필 등과 함께 근대 문학의 장르가 된 지 오랜데, 우리나라에서만 유독 희곡이 '문학의 서자' 취급을 받아 왔다고 지적한다. 아주 간단한 예로 학창 시절의 국어 수업을 회상해 보라. 거기서 희곡은 장르 피라미드에서 수필보다 못한 취급을 받는다. 물론 가장 높은 위치는 시와 소설일 테지만.

바로 이것을 일깨우기 위해 희곡집을 썼던 것 같다. 하지만 애석하게도 책은 나름 알렸을지 모르지만 희곡에 대한 인식 자체는 그리 크게 변화시키지 못했던 것 같다. 인터넷에서 이 희곡집에 대한 정보를 더 알아보니, 이 책은 '이매진 드라마톨로지'란 일종의 프로젝트 중 첫 번째에 해당하는 책으로 2009년도에 나왔지만, 그 이후로 다른 책이 계속 나오고 있다는 얘기를 듣지 못했다. 하긴 책 한 권으로 희곡에 대한 인식이 어디 금방 변화되겠는가?

장정일의 책을 읽기에 앞서 희곡집 《당신이 잃어버린 것》을 읽기도 했는데, 이 책 역시 앞의 희곡집과 비슷한 취지에서 시작한 책이다. 다른 것이 있다면, 앞의 희곡집은 소설가와 시인이 함께 쓴 것이라면, 이건 아홉 명의 희곡 작가가 '독'이라는 창작 집단을 만들고 '제철소 옆 문학관'이란 프로젝트로 나왔다는 것이다.

배우 조재현이 이 책을 추천하기도 했는데, 아무래도 유명한 배우가 추천하니 마음이 동하긴 했다. 그런데 그는 추천사에서 '배우나 관객이 아닌 순수한 독자로서 희곡을 읽은 게 얼마 만인가'라고 쓰고 있는데, 그걸 읽는 순간 우리가 희곡을 홀대해도 너무 홀대한 건 아닌가 하는 생각이 들었다. 연기 잘하기로 둘째가라면 서러운 배우조차도 이렇게 고백하고 있으니 말이다. 앞으로 동정심으로라도 희곡을 읽어 줘야겠다는 생각이 들었다.

수록된 작품이 무려 스물여섯 편이다. 9명의 작가들이 평균 3편씩 작품을 썼는데, 작품에 대한 평은 지면상 하지 않겠지만 하나같이 일정 수준의 실력들을 갖추고 있다는 건 말할 수 있을 것 같다. 그런데 읽으면서 '이 사람들이 이렇게 작품을 쓰고 받는 원고료는 얼마나 될까?'라는 궁금증을 떨치기 어려웠다. 하긴 희곡 작가들은 이렇게라도 작품을 낼 수 있는 길이 열렸다는 것만으로도 기뻐했을지 모를 일이다. 그런 기회조차도 없이 음지에서 글을 쓰는 사람은 또 얼마나 많을 것인가.

모르긴 해도 그들 중엔 소설에 대한 유혹도 없지는 않았을 것이다. 소설은 그나마 대우가 나으니. 하지만 소설 쓰는 것만으로도 밥벌어 먹기가 어려울 판에 희곡 써서 밥 먹는다는 게 가능한 일인가? 이 문제를 정책적으로 뒷받침하며 해결해 가야 하지 않을까 싶다.

희곡이 시나 소설을 읽는 것만큼이나 독자에게 읽히려면 몇 가지 해결되어야 할 과제가 있어 보인다. 우선 작가 스스로가 더 재밌고, 즐겁고, 의미 있는 작품을 기죽지 말고 써야 한다. 드러나지 않지만, 만화나 그래픽노블 마니아가 있는 것처럼 희곡 마니아도 분명 존재할 것이다. 게다가 요즘엔 장르와 장르 간의 교류가 예전보다 활발해 소설이 영화화되고, 만화가 드라마가 되기도 하며, 드라마가 뮤지컬로 재탄생되기도 한다. 희곡도 그러지 말라는 법이 어디 있겠는가? 희곡은 꼭 연극으로만 만들어져야 한다고 누가 그러던가?

우리나라가 세계 10위 안에 드는 출판 대국이라고 하지만 아직도 출판의 편중화는 극복하지 못하고 있다. 독자에게 책을 고르라고 하면 소설이나 에세이, 인문 관련서들이 십중팔구 선택된다. 리뷰를 읽어 봐도 이 범주의 리뷰들이 워낙 많으니 아무래도 따라서 읽게 되지, 희곡을 읽는다는 건 감히 상상할 수 없고 생뚱맞기까지 하다.

하지만 나 스스로 묻고 싶다. 희곡도 소설이나 에세이처럼 조명을 받게 된다면 그래도 안 읽을 거냐고. 희곡도 마케팅이나 입소문을 통해 나 좀 봐 달라고 난리굿을 한다면 최소한 일 년에 한두 권은 읽을 것 같다. 책으로 나온 희곡은 공연으로도 볼 수 있었으면 좋겠다. 책을 보니 제작비를 최소화하여 꼭 공연장이 아니어도 어디에서든 공연이 가능하게 구성되어 있는 것 같다. 아마도 이런 작품들이 앞으로도 많이 나오지 않을까? 북 콘서트로도 얼마든지 활용 가능할 것 같다. 지금까지는 일정 정도 공연으로 성공해야 출판을 생각했을 것이다. 그런데 독자가 먼저 희곡을 접하고 공연으로 볼 수도 있는 것이 아닌가? 영화계처럼 말이다.

소설이라는 문학 장르가 나오기 훨씬 오래 전부터 희곡이 있었다. 모르긴 해도 우리가 책을 묵독한 역사가 얼마 안 된다고 한다. 그전에는 책을 소리를 내서 읽었다. 그렇다면 좀 더 재밌게 읽기 위해 지문이 있는 희곡을 읽지 않았을까? 그러다 묘사와 수사가 발달하면서 소설이 등장했고 음독에서 묵독으로 변해 갔을 것이다. 게다가 책을 음독하면 시간이 더 걸린다는 단점도 있었을 것이다. 그래서 희곡이란 장르가 쇠퇴하지 않았을까 추측해 본다. 하지만 음독의 장점은 충분하다. 음독을 재밌게 할 수 있는 문학 장르는 희곡일 것이다. 이제 이 희곡에 옛 영화와 권위를 다시 돌려줘야 할 때라고 생각한다.

그런 점에서 제철소 옆 문학관과 함께 이매진 드라마톨로지도 곧 2권이 나와 주면 좋겠다.

※ 참고로, 내가 쓴 대본을 고치고 공연을 다시 시작했느냐면, 사실은 못하고 있다. 하지만 분명한 건 나의 희곡 쓰기는 분명 달라져야 한다고 생각한다. 연극이라는 커다란 작업의 한 부분으로 생각하고, 이를테면 러닝 타임 안에 작품을 끼워 넣는 다소 기능적이고 소극적인 글쓰기를

지양하고, 희곡 자체로 독자에게 읽힐 수 있는 글을 써야겠다는 생각을 했다.

장정일, 문학 장르로서의 희곡 읽기

# 44

# 여성과 역사

 

 

 

일본인이 쓴 태평양 전쟁 시기의 여성사,《경계에 선 여인들》이라는 책을 읽었을 때 마음이 복잡했다. 막상 읽을 땐 이런 역사가 있었나? 놀라웠다. 하지만 끝에 가선 뭔가 불온하다는 생각이 드는 것이다. 지식을 넓히기 위해 독서를 해야 하는 것엔 의심의 여지가 없지만, 어떤 책이든 자신이 지금 읽고 있는 책에 대해서 '이 책이 말하고자 하는 건 무엇인가? 이 책은 나에게 좋은 책인가?' 한 번쯤 묻고 가는 것이 좋다고 생각한다.

결론부터 얘기하자면, 나는 이 책이 일본 사람이 아닌 제3국의 작가가 썼더라면 어땠을까를 생각해 본다. 아무리 잘 쓴 책이라 하더라도, 일본이란 나라가 우리에게 지은 원죄가 있기 때문에 그것을 넘어가기가 쉽지 않다. 물론 작가도 원죄가 있기 때문에 무조건 자국을 옹호하는 입장에서만 쓰지 않았다. 어느 부분에선 너무 솔직해 혹시라도 저자가 극우파들로부터 위협을 당하지는 않았을까 우려가 된다.

책에 얼마나 심혈을 기울였는지, 각 장에 일일이 문헌들을 수집하고 꼼꼼히 읽은 흔적이 역력하다. 무엇보다 이 책의 장점은 사례 중심으로 서술되어 있어 역사서라도 마치 소설을 읽는 것처럼 흥미롭고 평이하게 쓴 것이다. 이 책은 '아시아 여성 교류사'란 부제를 달고 있다. 하지만 역사적 배경을 일본의 태평양 전쟁으로 한정해 범위가 너무 좁다. 어찌 여성 교류사가 태평양 전쟁 전후에만 국한될 수 있을까? 그 이전에도 있었을 것이고, 그 이후에도 있었을 것이다. 유독 태평양 전쟁을 배경으로 했다는 것은, 저자 역시 일본적 시각에서 어떤 이유로든 벗어나지 못하고 있다는 것을 반증하는 것일 게다.

그럼에도 불구하고 일본을 포함한 동아시아 여성들이 어떤 상황에 처해 있는가를 가감 없이 보여 주려 했다는 것은 높이 살 만하다. 일본이 제국주의 길을 걸었어도 전쟁은 피해국이나 가해국이나 여성과 아동, 노인에겐 가혹한 것이다.

7장의 내용을 보면, 해방되었을 때 일본인에 대한 보복 행위를 한 내용이 나온다. 지금까지 우리는 일본인에게 가한 보복에 대해 알아본 바가 없다. 이런 이야기를 했다고 누가 좌파에 친일 성향까지 보인다고 하려나? 물론 그렇게까지 볼 건 없고, 그저 이 책을 읽으니 이런저런 생각이 들어 지껄여 보는 것일 뿐이다.


처음에 난 저자의 솔직한 태도에 경외감마저 느꼈지만, 강대국이라고는 하나 우리도 그런 나라의 국민(여성)으로 사느라 힘들었다고 징징대는 것 같은 인상을 지울 수가 없었다. 특히 난 7장이 그런데, 논의의 시작은 좋았다. 조선 기독교 남성과 일본 기독교 여성이 서로의 반려가 되어 조선의 고아들을 돌본다는 건 확실히 이념을 넘어선 아름다운 사랑 이야기처럼 들린다. 하지만 그 이후에 나온 이야기를 읽어 보면 왠지 결국엔 고생 끝에 일본 여성이 승리한다는, 뭐 다소 신파적인 이야기로 끝을 맺는 분위기다. 다 읽고 나면 뭔가 석연치 않은 느낌을 지울 수가 없었다. 뭔가 주관으로 흐르는 느낌이랄까, 그래서 이 책을 일본인이 아닌 제3국의 사람이 썼다면 차라리 나았겠다는 생각이 든다는 것이다.

그럼에도 장점이 많은 책이다. '국가의 개인에 대한 폭력'을 말하면서 '일본의 성노예의 비극'에서 종군위안부 문제를 정면으로 다루고 있다. 왜 일본이 전쟁을 치르는데 위안부가 동원되었는지, 이를 위해 조선과 중국을 비롯한 제3국의 여성들까지 어떻게 동원되었는지, 이들이 나중에 어떤 삶을 살았는지가 비교적 자세하게 소개되어 있다. 사안이 사안인 만큼 고마움을 느꼈다.

저자는, 종군위안소가 없으면 전쟁 현지에서 부녀자를 강간하는 사례가 빈번한데 이것은 엄연히 군법에 위반되는 것으로서, 적지 않은 군인이 군법을 위반하고 처벌을 받는다면 군사력이 현격히 줄어들 것이라고 했다. 이 문제를 해결하기 위해 바로 종군위안소가 필요했다는 논리로 종군위안부 발생을 설명하고 있다. 또한 종군위안부는 '근대 국가의 법률'을 위반한 행위임은 말할 것도 없고, '지상의 모든 생명에 대한 자연법'까지도 교란하고 모독하는 행위였다며 종군위안의 문제를 강하게 비판한다.

그 시대 일본의 모든 군인들이 다 성적 욕망을 해결하기 위해 종군위안소를 좋아했을까? 군국주의 안에서 소수가 존중받을 리 만무했겠지만, 분명한 건 모든 사람들이 전쟁을 찬성하지 않았던 것처럼 종군위안부 제도 역시 찬성하지 않은 사람이 있다는 것이다. 종군위안부들 대부분은 영문도 모르고 착취를 당해 불행한 길을 갔지만, 몇몇은 그 지옥에서 필사의 탈출을 하는 데 성공했다. 종군위안을 반대한 군인이 도운 경우도 있었다. 그들은 위안부와 함께 군대를 탈출해 삶을 꾸리다가 종전을 맞이하기도 했다고 한다(물론 이건 0.1%도 안 되는 아주 운 좋은 사례일 것이다).

이 책은 일본의 관점에서 쓰고 있지만, 우리나라 역시 국민을 지켜 주지 못했다는 점에서 반성하게 한다. 국민을 보호하지 못하고 불행으로 내몰았다는 사실은, 일본이 한국에 저지른 과오에 비해 결코 작다고 할 수 없을 것이다. 일본이 이 문제에 대해 모르쇠로 일관하는 것보다, 현재에도 그들을 적극 대변해 주고 보호해 주지 못하는 우리나라 정부가 더 문제다. 그래서 일본이 너희들도 책임지기 싫어하는 것을 우리가 왜 책임져야 하느냐며 맞받아치는 건 아닐까?

여인, 아동, 노인 등이 보호받지 못한 나라는 결코 좋은 나라라고 할 수 없으며, 그 나라에 사는 남성 역시 행복할 수 없다. 주권을 올바로 행사하지 못한 나라는 강대국이 될 수 없다. 그런 점에서 일본과 우리나라는 적어도 아직까지는 좋은 나라는 아닐 것이다.

※ 내가 이런 글을 쓰자 아는 블로거 한 분이 이런 댓글을 달기도 했다.
　일본군한테 성노예가 된 분들의 역사는 일본 사람이 캐내고 보관했다 알려 준 자료가 많다. 일본 군인으로 전쟁 총알받이가 되어야 했던 이들이 나중에 참회록을 쓰면서 이런 사실을 많이 증언하기도 했다. 꽁꽁 숨긴 간부나 군인도 많았지만, 양심선언을 한 이들이 꽤 많았다. 그런 사람의 기록과 자료가 바탕이 되어 지난 역사를 말할 수 있게 되었다. 한국정신대문제대책협의회가 설립되고 유지되는 데 일본 학자와 시

민들이 크게 도와주었다. 그런 것을 볼 때 일본 정부와 일본 시민은 다른 차원이란 생각이 든다.

일본에서 위안소를 둔 것은, 전쟁터에서 '성욕에 굶주린 젊은 병사'들이 적군 여성을 수없이 강간하면서 성병에 걸린 나머지 '전투력이 떨어지는 문제가 너무 컸기' 때문이다. 처음에 일본 제국주의 군대 정책은 '점령지 여성을 강간하는 것으로 문제가 다 풀릴 것으로' 여겼지만, 그렇게 해서는 안 된다는 것을 깨달아(?) 위안소를 만들었다.

미국은 전 세계에 '성매춘 업소' 동네를 만들었다. 서울에 여러 곳, 인천에 옐로우하우스, 목포에 부산에 여기저기 많다. 이런 곳이 모두 다 '위안소와 똑같다. 미국뿐 아니라 영국과 프랑스와 독일과 에스파냐와 포르투갈도 다 이런 위안소를 만들었다고 알려 주었다.

얼마 전, 그동안 모르쇠로 일관했던 일본이 돌연 종군위안부 보상을 하겠다고 해서 좀 놀랐다. 워낙에 오래 끌어온 일이라 세뇌를 당했던지 오히려 의아스러울 정도였다. 하지만 역시 진정한 사죄가 아닌 물질적 보상일 뿐으로 더 공분을 샀다. 그럼에도 우리 정부와 반기문 유엔 사무총장은 환영의 뜻을 내비쳤다고 하니, 바로 이런 것이 개인에 대한 국가의 폭력이기도 하다. 그들은 왜 지도자로서 위안부 피해 할머니를 적극적으로 대변해 주지 않는 걸까?

 종군위안부, 태평양 전쟁, 국가의 개인에 대한 폭력

# 45

# 사형 제도를 어떻게 볼 것인가?

인권과 정의 그리고 법 이야기를 담은 《정당한 위반》은 칼럼집 치고 좀 어렵다는 느낌이 들었다. 웬만한 대학교수 강의안 같다. 하긴 내가 칼럼집을 거의 읽지 않으니 이 칼럼집의 수준이 어느 정도 인지 가늠할 수가 없다. 요즘엔 웬만한 잡글 가지고도 칼럼이라고 이름 붙이길 서슴지 않으니 도대체 뭘 가지고 칼럼이라고 하는지 알 수가 없다. 하지만 이 정도의 글이라면 칼럼이겠다 싶다. 무엇보다 심층적이고, 일정 정도의 격을 갖추고 있으며, 생각할 거리를 준다. 그런데 일반인에게 쉽게 다가가는 데 실패하고 있다. 〈한겨레21〉의 '만리재에서'란 타이틀을 가지고 써 왔던 저자의 글은 어느 정도의 지식층, 교양인들이라 자부하는 사람들에게만 통용됐던 것은 아닐까 싶기도 하다.

내용 중 왠지 이것은 쉽게 동의하기 힘들다 싶은 것이 있었다. 사형 제도에 대해 쓴 '머나먼 인권 선진국'이란 제목과 '헌재여, 자백하시라'라는 소제목의 꼭지 내용과 관련한 것이다. 사형 제도의 폐지를 촉구하는 글이었다. 언젠가 두 편의 영화를 보면서 사형 제도만큼은 신중해야 한다는 생각이 들었다. 그것은 〈우리들의 행복한 시간〉과 〈집행자〉란 영화다. 물론 이 두 편의 영화를 보기 전에 내가 사형을 폐지하는 입장이었는지조차 확실하지 않을 정도로 이 문제에 관심이 없었다. 엄밀한 의미에서 누구도 사람의 생명을 심판해서 인위적으로 죽게 할 권리는 없다. 그렇게 보자면 사형은 폐지되어야 마땅하다. 이 두 영화는 바로 그런 관점에서 관객들에게 동의를 구하고 있다.

만약 두 편의 영화가 피해자와 그의 가족들의 문제도 다루었다면(그건 스토리상 불가능했으리라) 존치 쪽에 더 많은 설득력을 지녔을지도 모른다. 〈우리들의 행복한 시간〉은 피해자의 가족이 가해자를 용서한다는 쪽으로 좀 억지스러운 면이 없지 않다. 특히 가해자를 사슴 같은 모습으로 설정해(누가 강동원같이 잘생긴 범인을 쉽게 사형대에 올려야 한다고 생각하겠는가?) 관객의 동정심을 유도한다. 하지만 가해자가 다 그런 모습만 하고 있는 것은 아니지 않는가. 영화 〈집행자〉의 경우 사형 집행자가 얼마나 고통 속에 사형을 집행하는지를 사실적으로 묘사한다. 하지만 피해자의 가족이 살해범과 같은 세상을 함께 살아가야 할 고통은 놓치고 있는 것은 아닐까.

지난 1996년, 사형이 위법이냐 합법이냐를 두고 법률 심판이 있었다고 한다. 이 책도 당시 사형 폐지를 주장했던 이상갑 변호사의 말을 인용한다.

"한 나라의 문화가 고도로 발전하고 인지가 발달하여 평화롭고 안정된 사회가 실현되는 등 시대 상황이 바뀌어 생명을 빼앗는 사형이 가진 위하(위협)에 의한 범죄 예방의 필요성이 거의 없

게 된다거나 국민의 법 감정이 그렇다고 인식하는 시기에 이르
게 되면 사형은 곧 폐지되어야 하며, 그럼에도 불구하고 형벌로
서 사형이 그대로 남아 있다면 당연히 헌법에도 위반되는 것으
로 보아야 한다는 의견이다."

저자는 문명국가를 언급하는 주장의 근거에서 더 발달된 나라
가 되었으니 이제는 사형제 폐지를 더 생각해 볼 만한데 우리나라
의 사형 제도는 바뀔 줄 모른다고 지적한다. 그러면서 외국의 꽤 많
은 나라의 예를 들어 그 나라들은 이미 사형이 폐지되었음을 말하
고 있다. 저자가 지적한 나라 중에는 국가 발전이 우리만 하거나 못
한 수준의 나라들도 있다. 말하자면 우리보다 못한 나라도 문명화
하는 과정에서 사형을 폐지하고 있는데, 왜 우리나라는 그보다 잘
살면서 이 문제를 아직도 매듭짓지 못하고 있느냐는 것이다.

정확한 기간은 잘 모르겠지만, 우리나라는 꽤 오랫동안 단 한 건
의 사형도 시행한 적이 없다. 세계 인권 협약에 따라 '실질적' 사형
폐지국이다. 엄밀한 의미에서 사람이 사람을 죽일 권리는 그 누구에
게도 없다. 그러므로 죄를 물어 사형을 집행한다는 건 옳지 않을지
도 모른다. 하지만 그것을 먼저 위반한 쪽은 가해자, 즉 흉악범들이
다. 또 그들 때문에 무고한 생명이 피해를 입고, 말할 수 없는 고통
속에 유가족들이 살아가고 있다. 그들의 고통은 무엇으로 보상할 수
있을까?

사형제 폐지에 대한 입장과 상관없이, 이상갑 변호사가 했던 말
은 확실히 음미해 볼 필요는 있다. '문화가 고도로 발전하고 인지가
발달하여 평화롭고 안정된 사회가 실현된다면, 범죄 예방의 필요성

이 거의 없게 된다거나 국민의 법 감정이 그렇다고 인식하는 시기에 이르게 되면' 사형은 정말 없어져야 할 제도임에는 분명하다. 적어도 사형제가 범죄 예방에 효과가 없다는 것이 확인되기만 해도 사형제 폐지는 생각해 봄직할 것이다.

하지만 문화는 점점 발전하는데 범죄는 줄어들지 않고 갈수록 흉악해져 가고 있다. 형을 치른 죄수가 교도소에서 나와 다시 피해자를 찾아가 이전보다 더 흉악한 방법으로 범행을 저지르고 있다. 또한 피해자와 그 가족들의 정신적 충격과 상처를 치료하기 위한 고민도 함께 해야 한다. 사형 폐지의 정당성만 얘기할 것이 아니라, 이상갑 변호사가 제시한 조건이 얼마나 충족되고 있는가에 대한 자료 정도는 확보해야 한다고 본다. 사형수의 인권만 인권인가? 피해자도 인권이 보호되어야 한다. 자기 자신도 못 믿는다는 세상에서 사형만 폐지하면 과연 이 나라가 문명국이 되는 것인가?

또 자신의 죄를 깨닫고 죽음으로 그 죄를 씻고 싶지만 그럴 수가 없다면 그것도 부조리하기는 마찬가지일 것이다. 깨끗하게 죽을 권리가 사형수에게도 있지 않을까? 무조건 죽지 않게 하는 것만이 인권인가도 따져 보아야 하는 것이다.

나의 이런 생각은 오래전 영국의 저명한 목회자인 존 스토트 목사의 생각을 계승한 것이기도 하다. 물론 사형이 존재함으로 인해서 죽지 않아도 될 생명이 억울하게 죽는다면 그건 분명 막아야 할 일이다. 그런 이유가 아니라면 폐지는 신중해야 한다는 생각이다.

※ 이 문제에 대한 다양한 논의를 다룬 저작물은 많이 나와 있다. 최근 《내 심장을 향해 쏴라》란 책을 읽었는데 복간된 이 책은 나의 이런 생

각과 배치되는 책이다. 읽는 내내 마음이 아팠고, 착잡했다. 어느 한쪽만을 주장하는 것도 섣부른 판단이란 생각도 들긴 한다. 사회적 범죄가 줄고 재범률 또한 낮아지거나 없어진다면, 그리고 사람들 저마다 건전한 삶과 사고방식을 가지고 산다면 이 문제는 논외의 대상이 될 것이다. 하지만 그렇게 되기는 또 얼마나 어려운가?

사형 제도 폐지, 인권, 우리들의 행복한 시간, 사형 집행자

# 46

# 연애하라, 처음인 것처럼

좀 오래된 이야기지만, 모 일간지에 연재된 김태훈의 '러브 토크'라는 연애 칼럼을 자주 읽은 적이 있다. 처음엔 연애 입담이려니 하고 대수롭지 않게 생각했다. 그런데 언제부턴가 내심 기다려지는 코너가 됐다. 글쓴이가 남자인 만큼 남자의 관점에서 연애를 다루고 있는데, 남자의 이면을 보여 주고 있어 흥미로웠다. 그러다 연애 칼럼니스트인 박진진이 쓴 《연애, 오프 더 레코드》란 책을 읽게 되었다. 이 책은 남자들이 여자를 몰라도 너무 모른다는 전제하에 여자는 이런 존재라고 대변해 주어 어찌 보면 김태훈의 칼럼과 대척점에 있는 책이다.

우연한 기회가 아니면 연애에 관한 책은 좀처럼 읽지 않는다. 읽으면 왠지 연애 못하는 인간이라는 걸 스스로 인정하는 것 같아 내키지 않았고, 무엇보다 연애도 책으로 공부를 해야 하는 건지 모르겠다는 생각이 들어서다. 연애는 본래 가슴과 오감으로 터득해 가는 거지, 머리로 학습한다는 게 도무지 이해가 가지 않는 것이다. 그게 아니더라도 모 아니면 도처럼, 여자와 남자는 그렇게 연애 상대 아니면 만날 수 없고 언급할 가치가 없는 것인가, 그런 경직된 분위기에 저항하고 싶기도 했다. 즉, 너무 생물학적인 측면만을 강조하다 보니 남자와 여자가 어떻게 하면 평화 공존하며 서로의 가치를 높일 것인가에 대해선 논외가 되어 버리는 것 같아 아쉽기도 했다.

고미숙 작가는 한 책에서, 연애는 운명의 신비 중 가장 뒤떨어진 것에 속한다고 했다. 어떤 리듬을 갖고 내 운명을 창조할 것인가가 중요하지, 단순히 누군가를 만나는 게 목표라면 설령 사랑이 이루어진다고 해도 그 연애는 지루하기 짝이 없다. 그래서 변태 아니면 권태란 말이 나오는 것이라고까지 했다. 좀 혹독한 말같이 들리기도 하는데, 나는 오히려 위로가 된다.


나 같은 경우, 아니 여자라면 거의 다 그렇지 않을까 싶은데, 지나간 사랑에 대해 그다지 미련이 없다. 그래서 지나간 사랑을 다시 만나는 것은 거의 의미 없는 일처럼 느껴진다. 물론 만나서 친구처럼 지낼 수도 있겠지만 그게 뭐 어떻다는 것일까, 바람 빠진 풍선을 보는 것과 무엇이 다를까 싶다. (그러고 보면 확실히 남녀 관계는 모 아니면 도일지도 모르겠다.)

그런 데 비해 남자들은 헤어지고도 옛사랑을 오래도록 잊지 못하는 것 같다. 물론 그 사람의 자유니 뭐라고 말할 수는 없겠지만, 자신을 만나고 있는 동안엔 충실해 주면 좋겠다는 게 대체적인 여자의 생각이다. 그가 아직도 옛사랑을 잊지 못한다는 것은 뭔가 미진한 사랑을 했거나, 자기 쪽에서 먼저 연애를 끝내지 못한 것에 대한 울분이 있거나, 아님 적어도 지금의 사랑에 충실할 수 없다는 건데, 그렇게 자신의 선택에 흔들리는 사람을 신뢰할 수 없으니 상대방도 마음을 접게 되는 것이다.

그것이 바로 여자와 남자의 다른 점일 텐데, 그 차이는 어디에서 오는 것일까? 여자는 남자를 사랑할 때 자신의 모든 것을 걸지만, 남자는 여러 중요한 것 중의 하나로 보기 때문은 아닐까 싶기도 하다. 사랑이 끝나고 나서 여자는 미련을 갖지 않지만, 남자는 비로소 미련을 갖게 되니 그래서 사랑이 어렵다고 하는 것인지도 모르겠다.

또 하나 아이러니는, 남자는 지나간 사랑에 대해 허풍 떨며 말하기를 좋아한다는 것이다. 그것이 마치 자신의 능력을 과시하는 것과 같은데, 이미 지나간 사랑인데 그렇게 허풍 떨며 말할 만한 가치가 있는 것일까 모르겠다. 여자는 이미 지나간 것에 연연해하지 않기 때문에 그냥 그러려니 할 뿐이다(물론 안 그럴 수도 있겠지만).

여러 종류의 와인을, 자신이 사귀어 왔던 여자들에 빗대어 설명해 놓은 책이 있었다. 물론 그 책은 와인을 설명하기 위해 그런 스토리텔링 방식을 취하고 있는 것이긴 하지만 이런 것에도 남자의 심리가 반영되는 것일까 싶어 무척 흥미롭게 읽었다(실제로 그 책의 저자는 남자다). 아무튼 그 책에 나온 화자는 와인도 알릴 겸 자신이 사귀어 온 여자들을 말하면서 은근 자신의 능력을 과시한다. 그러면서 자신을 거쳐 간 여자들이 또 어느샌가 친구가 되어 묘한 동류의식을 나누더라고 했다. 뭐 그런 설정도 나쁘지는 않은데, 책에 나온 그녀들이 실제로 만나서 무슨 말을 할지 그거야말로 오프 더 레코드일 것이다.


언젠가 이상형을 묻는 질문을 받는 적이 있다. 예전엔 주저리주저리 떠들었던 것 같다. 그런데 지금은 그냥 한마디로 압축할 수 있을 것 같다. "나만 사랑해 주는 사람이요." 이것처럼 명확한 대답이 또 있을까? 사춘기 어린애도 아니고, 그 나이 먹도록 사랑 한번 제대로 못하고 "네가 첫사랑이야."라는 말을 듣는 건 그다지 좋은 건 아니다. 하지만 사랑하는 그 순간만큼은 나에게만 집중해 주면 좋겠다. 그래서 마치 상대가 이전에 한 번도 사랑한 적이 없는 것처럼 나를 사랑해 주면 좋겠다. (그렇다고 사랑과 집착을 혼동한 데이트 폭력이나 부부 강간까지는 아니다). 그런 사람에게 여자는 비로소 자신의 모든 것을 허락하는 것이다.

그러므로 남자들이여, 아무 때나 시도 때도 없이 옛사랑을 잊지 못한다고 질질거리지 마라. 누가 알겠는가? 그 자리에 마침 당신에 대해 관심 있어 하는 어느 여인이 앉아 있을지. 아무리 사랑하는 남자라고 해도 그의 옛사랑을 들어 줄 만큼 아량 깊은 여자는 그리 많지 않다. 만일 그런 여자가 있다면 같은 여자들의 세계에서는 바보라고 낙인찍힐 확률이 높다. 정말 그녀를 사랑한다면, 아니 만나고 있을 때 올인하지 못하는 것을 인정한다면 그녀가 자신보다 더 좋은 사랑 만나기를 바라는 것이 훨씬 성숙한 남자의 모습은 아닐까?

이렇게 써도 사랑은 역시 케이스 바이 케이스다.


※ 여자라고 왜 지나간 인연에 대해 미련이 없겠는가. 또한 여자와 남자의 다른 점을 얘기했지만, 솔직히 나도 남자와 여자에 대해선 잘 알지 못한다. 얼마 전까지만 해도 남자와 여자의 다른 점을 말함으로써 서로의 이해를 돕는 것이 보편적이었다. 하지만 최근엔 같은 점을 얘기함으로써 이해의 폭을 좁힌다고 한다. 나도 그 점에 동의하고 싶다. 나이가 들어서 그런지 남자와 여자의 차이점은 잘 안 보이고, 오히려 같은 점

이 무엇인가를 더 찾아보려고 하는 경향이 생겼다. 그러다 결정적으로 뒤통수를 맞을 수도 있겠지만.

 박진진, 김태훈, 러브 토크, 사랑은 케이스 바이 케이스

# 47

# 고독의 철학자, 니체

'신은 죽었다'는 니체의 《짜라투스투라는 이렇게 말했다》를 읽은 건 10대 말이었다. 뭘 알아서 읽었던 건 아니고, 어렵고 난해한 책을 읽었다는 기록 하나 남기고 싶어서 읽었던 것 같다. 말하자면 지적 허영 같은 거였다. 그 책을 읽으며 깨달은 것은, 이해할 수 없는 책은 아무리 좋은 책이어도 무익하다는 것이다. 책의 수준에 맞추며 열등감을 느끼기보다, 이해하는 사람이 손에 꼽을 정도라면 저자가 아무리 뛰어난 지적 능력의 소유자라도 나와는 하등 상관이 없다는 냉소주의자가 되었다.

책을 읽은 지 얼마 안 되어서 니체가 기독교에선 거의 적그리스도로 매도되고 있다는 걸 알았다. '신은 죽었다'라고 했던 니체의 말 때문이었다. 그 책을 읽었던 1980년대는 한창 기독교가 부흥기를 맞이했던 때였다. 그러니 니체의 그 말이 얼마나 가당치 않게 들렸겠는가. 신은 이렇게 살아 계셔서 성령의 은혜를 폭포수와 같이 부어 주고 계시는데 신이 죽었다니! 그건 신성모독이나 다름없었다.

그냥 철학 중의 하나로 받아들일 수 없었던 것일까? 지금 생각하면 당시의 과장된 반응이 좀 우습다는 생각이 들긴 하지만, 그때의 철학과 기독교가 잘못한 바가 없지 않다고 생각한다. 당시는 다양성이 결여된 시대이기도 했다. 권위의 시대였다. 한번 매도되면 영원히 낙인찍혀 버리는 시대이기도 했다. 오늘날은 학설이나 사조가 재해석되는 경우가 얼마나 많은가? 니체 역시 마찬가지다. 무조건 적그리스도라고 매도하기보다 왜 그가 그렇게 말했어야 했는지를 알아볼 필요가 있다고 생각한다.

니체가 그렇게 외쳤던 건, 1800년대 기독교 윤리관이 지나치게 내세만을 강조했기 때문이었다. 현재를 온전히 살게 하는 진리와 선, 그리고 도덕이 더 중요하다고 보았다. 오늘날에는 그의 말은 기독교에서도 충분히 이해할 수 있고, 납득 가능한 말이다. 기독교가 발전되어 온 발자취가 그렇지 않은가? 내세만 강조하는 기복의 잔재는 여전히 남아 있고 그 흐름이 기독교의 질을 떨어트려 온 것도 사실이다. 그래서 또 다른 기독교 진영에선 새로운 각성을 촉구하기도 하는데, 니체가 주장하는 것과 일맥상통한다. 그렇게 보면 니체는 각성의 촉구자인 셈이고, 1800년대식 기독교가 적그리스도라고 해야 옳을 것이다. 그러니까 더 정확히는 신이 죽은 것이 아니라, 인간이 신을 죽였다고 해야 옳은 것은 아닐까. 그런 점에서 니체가 그렇게 웅변했던 걸 오히려 고마워해야 할 것이다.

그렇다고 철학계의 책임이 아주 없다고도 할 수 없을 것이다. 스스로 쌓아 놓은 진리의 상아탑에 갇혀서 나올 줄을 몰랐다. 권위는 있을지 모르나 대중과 소통할 줄 모르고, 박제된 학문으로 전락한 것도 사실 아닌가. 물론 요즘엔 대중과 같이 눈높이하려는 노력을 많이 해서 다행이다. 《곁에 두고 읽는 니체》란 책은 그 한 예가 된다. 이 책은 니체의 아포리즘을 인용한 에세이다. 니체의 명언을 인용해 저자 특유의 생각을 자유롭게 풀어 쓴 에세이다. 읽으면 니체가 새롭게 보인다.

읽으면서 깨닫는 건, 니체가 불행한 삶을 살았던 건 사실이지만 그렇다고 그의 정신까지 불행했던 것은 아니라는 것이다. 그는 항상 향상심을 독려했고, 사람들에게 긍정적인 삶을 살도록 요구했다. 그의 삶과 그가 한 이야기가 뭔가 모순된다는 느낌도 들지만 이내 맞겠다 싶기도 하다. 누구나 고난을 겪으면 그 삶은 더 단단해지고 깊어지는 법이다. 더구나 그는 철학자다. 얼마나 깊은 고독 속에서 그런 긍정을 끌어올렸겠는가? 그러므로 고독을 두려워하거나 부정적인 감정으로만 보지 말라. 항상 편안하고 만족스러운 삶을 살아온 사람에게선 결코 얻을 수 없는 인간 심연 깊은 곳을 그는 이미 경험하고 그같이 말했다.

그의 삶을 보면 왠지 반 고흐의 삶과도 닮았다는 느낌이 든다. 특히 그렇게 많은 저작을 내었음에도 불구하고 당대에서는 빛을 보지 못하다가 사후에 조명을 받았다고 하니 더욱 그렇다.

니체뿐만이 아니라 다양한 지식의 스펙트럼을 보여 주고 있어 니체를 처음 접하는 사람들에겐 도움이 될 것 같다. 책이 쉽게 쓰인 것은 장점이기도 하지만, 한편으로는 원래의 내용에서 조금 멀어지기도 한다. 이왕 니체에 빠져 보겠다면 그의 저서들 내지는 그의 연구서를 읽기 위한 징검다리 정도로 이 책을 활용하면 될 것 같다.

※ 내가 이런 글을 올리자 나의 이웃 블로거가 반 고흐와 니체가 서로 닮은 점이 많다고 알려 주었다. 일단 두 사람 다 수염이 있고, 아버지가 목사라는 점. 둘 다 독신으로 살다가 죽은 것과 정신병원에 입원한 것. 매독에 걸려서 고생했으며, 고흐는 남동생이 형의 그림과 편지를 정리한 반면, 니체는 여동생이 오빠의 저작물을 관리, 편집했다고 한다. 그러고 보면 평행 이론도 이런 평행 이론이 없다.

니체, 짜라투스트라는 이렇게 말했다, 1800년대 기독교, 적그리스도, 신은 죽었다, 고독

# 48

# 궁리하며 사는 삶

《한창훈의 나는 왜 쓰는가》를 처음 발견했을 때 단 1초의 망설임도 없이 읽어야겠다고 생각했다. 아뿔싸! 막상 읽어 보니 작가 자신의 글쓰기에 관한 것만을 온전히 다루고 있지는 않았다. 그냥 여느 에세이류의 연장선상이랄까? 무엇보다 이 책은 작가가 예전에 내놓은 《향연》의 개정판이란다. 물론 제목이 그러한 만큼 작가의 글쓰기에 관한 이야기가 나오기는 한다.

그가 작가가 되기로 한 동기가 재미있다. 미술은 동생이 하고 있었고, 음악은 돈이 너무 많이 들며, 연극은 한마디로 며느리 시집살이와 맞먹었다. 스스로 '독고다이류'로 생각하는 그가 할 수 있는 것이 작가였다고 한다. 천 원어치 종이와 볼펜만 있으면 시작할 수 있는 직업이다. 남을 짓누르고 올라서려는 종자는 되지 말아야겠다는 것. 이 원칙을 훼손당하지 않고 오랫동안 유지할 수 있는 방법이 작가라고 했단다.

작가로서 쓰고 싶은 내용이 있다고 했다. 일반적으로 작품의 주인공이 사회의 비참함과 무관심의 대상이면 독자들이 별로 내켜 하지 않는단다. 예전에 〈아침마당〉에서 헤어진 가족을 찾아 주는 코너를 했는데, 왜 재수 없게 아침부터 눈물바람이냐며 항의를 들었다. 순간 그는 인생이 얼마나 평안하고 즐거우면 타인의 아픔을 그렇게 말할 수 있을까, 왜 아침엔 울어서는 안 되는가 싶었다. 그는 그들이 애써 알고 싶어 하지 않는 당대 이야기로 그런 종자들을 불편하게 만드는 작가가 되기로 마음먹었단다. 거기엔 나름의 분노와 항의가 담겨 있어 보인다.

20대 중반, 직업을 고민할 즈음에 회사에 취업할 능력도 마음도 없고 투자비가 거의 들지 않으면서 세상에 저항하기에는 소설이 딱 맞았다. 하지만 문제는 소설을 어떻게 쓰는지 몰랐다는 것. 약간은 당황스러운 대목이기도 하다. 소설가가 되기로 했으면서 소설을 어떻게 쓰는지 모르다니. 하지만 알아도 모르겠는 게 소설이다. 매번 새 소설을 쓸 때마다 미궁 속을 헤매는 게 소설가들 아닌가? 그는 소설을 쓸 방법을 뚜렷한 목표 의식을 통해 찾아냈다.

"어떻게 소설을 써야 하지? 답은 바로 나왔다.
잘 쓰거나 열심히 쓰거나.
무엇을 써야 하지? 이것도 마찬가지.
좋은 것을 쓰거나 감동적인 것을 쓰거나. 그럼 됐다.
좋고 감동적인 것을 열심히, 잘 쓰면 되겠구나."

책을 읽으면서 마음에 드는 단어 하나를 발견했는데, '궁리'라는 단어였다. 사람으로 태어난 이상 어떻게 살 것인가를 궁리하며 사는 게 맞는 것 같다. 뭐 본질적인 문제에 해답을 달겠다고 고민하는 햄

릿형 인간보다 어떻게 살 것인가를 탐구하는 게 훨씬 인간다워 보인다. 그러니까 비굴하게 삶에서 한발 물러서서 관망하지 말고, 상대적 박탈감 내지는 빈곤감에 우울해하지 말고, 그냥 잘 살려고 오늘도 어제처럼 궁리하며 살았으면 좋겠다.

궁리 끝에 선택한 직업이 소설을 쓰는 일이지만, 무슨 글짓기 대회에서 장려상 쪼가리 하나 받지 못했다고 한다. 나도 그런데. 장려상은 고사하고 학창 시절 교지에 내 글 한 자 올려 보지 못했다. 물론 그 후 오랜 세월이 지나서 아주 가끔 내 글이 활자화되기도 했지만 그건 어찌 보면 활자가 권위 의식을 벗어 버렸기 때문에 가능한 일이었는지도 모르겠다. 그의 글이 나를 위로한다.

오래전, 누군가는 문단계의 지각 변동을 예측했다 이제 발로 뛰는 작가는 그리 많지 않을 거라고. 책들을 보고 연구하고 그에 대한 결과물로 소설이나 수필을 쓰고, 연구서 비슷한 책을 낼 거라고. 또 그렇지 않으면 자아나 고독 뭐 그런 책들을 낼 거라고. 그것도 작가로 살아가는 궁리 중 하나일 수도 있겠지만, 그렇게 해서 머리와 가슴은 커졌을지 모르지만 삶의 향이 느껴지지는 않는다.

작가 한창훈은 지금도 어부로 일하며 글을 쓴다고 한다. 그가 고민 끝에, 아니 궁리 끝에 작가가 되기로 결심했다고는 하지만 순수하게 글만 써서 벌어먹고 살 수는 없었다. 어떤 작가는 체험이 아니면 글을 쓰지 않는다고 했는데, 모름지기 작가는 그래야 한다고 생각한다. 자연스레 체험과 문장이 결합된 그의 글은 삶의 터전이 되고 바탕이 되는 곳에서부터 흘러나온다. 그의 글에선 짭조름하면서도 비릿한 바다의 내음이 느껴지기도 한다. 삶 그대로를 끌어안은 냄새가 느껴진다. 어느 부분에선 남도의 걸진 욕이 튀어 나오고, 어느 부분에선 다듬어지지 않는 야성의 해학이 느껴지기도 한다. 같은 마을에 사는 누구의 사랑을 소설로 썼노라고 밝히기도 하고, 같은 문인에 대한 애정을 과시하기도 한다.

적어도 한창훈 작가는 자신이 궁리한 것 중 하나는 지키고 쓰는 것 같다. 그것은 좋고 감동적인 것을 열심히 쓰는 작가라는 것. 그렇다면 그 또한 꽤 성공한 작가일 것이다.

나의 궁리는 무엇일까? 내가 늘 작가들의 글쓰기에 관한 책을 읽고자 하는 건, 작가는 어떻게 쓰는가를 알고 싶기도 하지만, 무엇이 작가로 하여금 글을 쓰도록 만드는가를 알고자 하는 것도 있다. 예전엔 분노가 글을 쓰게 만든다고 생각했다. 박혜영 교수는 한 잡지에 '요즘 (우리나라) 문학 작품을 읽어 보면 조울증이나 자폐증에 걸린 작가들은 쉽게 볼 수 있지만 화가 난 작가들은 좀처럼 보기 어렵다'고 말했다. 박혜영 교수의 진단이 맞는 것이라면 오늘날 우리나라 작가는 너무 나약하다. 고작 작가가 그렇게밖에 할 수 없다니. 작가는 누구보다도 건강해야 하고 탄탄한 근육질로 다져져야 한다고 생각한다. 제대로 분노할 줄 모르는 작가가 작가일 수 있겠는가? 나는 또 궁리해 본다.

작가의 생활 철학이 마음에 들어 여기 옮겨 본다.

"사람을 볼 때 51점만 되면 100점을 주자. 목마른 자에게 물을 주어야지 꿀을 주면 안 된다. 중요한 것은 진심보다 태도이다. 미워할 것은 끝까지 미워하자. 땅은 원래 사람의 것이 아니니 죽을 때까지 단 한 평도 소유하지 않는다. 말 많은 이들과 오랫동안

술좌석을 같이하다가 터득한 것으로 '새로운 의미나 정보, 웃음, 그 외는 입 다물고 있자."

참고하면 사는 데 두루 유용할 것 같다.

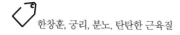 한창훈, 궁리, 분노, 탄탄한 근육질

# 49

# 시인의 마음, 아버지의 마음

《아버지는 변하지 않는다》는 잊힌 옛 시인의 삶의 궤적을 알아 보자고 읽기 시작한 책이다. 이런 책을 정말 좋아한다. 더구나 박목 월 시인에 관한 책이다. 박목월이 누구인가? 청록파 시인의 한 사람 으로서 학창 시절 그 이름 한 번 듣지 않고 보낸 사람은 없을 것이 다. 당시엔 그런 말이 없어서 그렇지, 박목월이야말로 '국민 시인'이 라고 해도 조금도 어색하지 않다.

박목월 시인의 아들인 박동규 교수가, 박목월의 일기와 산문 등 아버지를 기억하며 쓴 글을 엮은 책이다. 펼치면 필시 아버지에 대 한 향수를 다루겠구나 싶었다. 아나나 다를까, 읽는 내내 뭐라 말할 수 없는 아련함과 애틋함이 느껴졌다.

옛 시인은 어디로 가고 한 권의 책으로만 시인을 기억한다. 참 묘 하고 뭉클했다. 그가 살아 있을 때 존경과 애정을 보낸 시 애호가들 도 많았으리라. 그는 그리 긴 세월을 살지 못하고 세상을 떠났다. 그 래서 아들을 통해 이렇게 자신의 얘기를 하는 듯도 싶다. 박동규 교 수가 전하는 박목월 시인은 무엇보다도 인자한 인품을 가졌다. 여느 아버지 같으면 자녀의 크고 작은 실수에 화를 내거나 엄하게 꾸짖을 수도 있을 텐데 시인은 무슨 사랑이 그리도 많았던 걸까, 모든 자녀를 가슴으로 끌어안는다. 아들 동규가 남의 자전거를 처음 타고 중심을 못 잡아 어느 가게로 돌진해 사고를 냈을 때, 아버지는 아들을 야단치지 않고 오히려 품에 끌어안아 줬다고 한다. 한마디로 시인다운 기품과 온유함이 묻어 있어 과연 이런 아버지가 있을 수 있을까 의아스러울 정도다.

박목월 시인은 흐트러짐이 없다. 그도 그럴 것이, 아들은 아버지가 살아생전에 시를 쓰기 위해 연필을 깎는 모습을 자주 뵙곤 했다고 한다. 그 모습을 아들은 이렇게 기억한다. 한밤 아버지 방 앞을 지날 때면 연필심을 깎는 삭삭 하는 소리가 들리곤 했다. 언젠가 아버지에게 왜 꼭 연필로 시를 쓰시느냐고 물었다. 아버지는 "연필을 깎으며 마음을 가다듬게 되지. 어떻게 마음가짐을 하느냐에 따라 다른 길이 열리는 거야." 하셨다.

무엇인가를 하기 위해 이렇게 해 본 적이 있나 생각해 보게 된다. 나의 태도는 10대 때나 지금이나 변함이 없어 보인다. 뭐든 하게 되면 하는 거고, 못하게 되면 못하는 거지 그다지 욕심이 없고 의욕도 없다. 그래서 옛말이 그른 게 없는가 보다. 될성부른 나무 떡잎부터 알아본다고 하지 않던가. 습관으로 남은 몸짓 하나, 행동 하나가 나의 삶을 결정할 수도 있다. 누가 보는 사람도 없는데 괜히 스스로를 돌아보게 된다.

사춘기 시절 아주 잠깐 동안 시를 좋아했고 그래서 시인이 되어볼까 하는 생각도 했다는 것을 잊고 있었다. 언제부턴가 시를 잊고 살았다. 왜 그랬을까? 내가 읽는 시를 쓴 시인의 생각을 유추하는 게 귀찮아서인 것 같다. 내 마음도 모를 때가 많은데 언제 또 남의 마음까지 유추한단 말인가? 또한 돈 안 되는 시를 백날 써서 뭐할까, 그런 생각도 했던 것 같다. 이 책을 읽고서야 시인의 마음을 조금이나마 이해할 수 있을 것 같다.

박목월 시인의 중학 시절 이야기다. 돈이 없어 그때까지 지내고 있던 자취방을 나와야 했을 때, 담임선생님 배려로 학교 온실에서 지내게 되었다고 한다. 가마니때기를 깔고 누워 보니 유리창 위로 별들이 보였다. 그때의 이야기를 시인은 아들에게 이렇게 말했단다.

"이놈아, 내가 유리창 너머로 보이는 별을 보며 내 신세가 가련하구나, 했으면 지붕이 있는 집에 살 수 있는 사람이 되려고 했겠지. 그러나 나는 별들이 속삭이고 가는 이야기를 글로 쓰려고 했으니 시인이 되었지."라고. 아들은 아버지의 이 한마디에 자신의 길을 찾았다고 고백한다.

시인은 무한 상상력의 소유자다. 일제 강점기의 아버지 대나 전쟁 후의 아들의 대나, 못 먹고 못살았던 시대는 마찬가지였을 것이다. 그럼에도 그 시절을 기꺼이 온몸으로 살아 낼 수 있었던 것은 시인의 정신이 있었기 때문이었을 것이다. 시인의 정신이 없다면 척박한 세상을 어찌 헤쳐 나갈 수 있었을까? 사람이 빵 문제를 해결했다고 다 잘 사는 게 아닐 것이다. 시인의 마음속에 상상력이 없다면, 생명을 잉태하는 씨앗(시어) 하나 제대로 품지 못했을 것이다.

한 가정의 가장으로서 얼마나 피곤하고 무거운 짐을 안고 살아왔을까가 느껴진다. 그도 그럴 것이, 박봉에 한 아내의 남편이요, 슬하의 다섯 남매를 책임져야 했으니. 거기엔 남자 박목월은 없다. 그래서 요즘 흔히 회자되는 '남자란 무엇인가'에 대한 자아 탐색 같은 건 거의 발견되지 않는다.

그렇다고 쓸쓸하다거나 측은하게 느껴지지 않았다. 생각해 보면 자아 탐색이란 것도 요즘같이 어느 정도 살기 좋아졌을 때나 묻는 말인지도 모르겠다. 한 달 벌어 한 달 먹고사는 시인에게 한 가정을 책임져야 한다는 것과 시인으로서 시를 쓰는 삶을 계속 영위해 나가는 것이 무엇보다 중요했을 것이다. 그에게 자아 탐색 같은 질문은 가능하지 않았을 것이다.

요즘은 '내'가 더 중시되는 사회가 되어 버렸다. 자꾸만 자신이 중요하다고, 자신을 더 많이 사랑하라고 말한다. 물론 그 말이 틀리지는 않다. 이 사막 같은 세상에서 내가 나를 사랑해 주지 않으면 누가 사랑해 주겠는가? 하지만 그런 현대의 자아 사랑이 더불어 사는 책임을 회피하고 약화시키는 빌미를 제공하는 것은 아닐지 모르겠다.

짐승남이니 품절남이니 하는 것도 남자의 상품화에서 나온 신조어라고 생각하는데, 그런 표현을 쓰는 사람에게 그래서 어쩔 거냐고 묻고 싶다. 입으로 부르기에 재미있어 보이지만 사람의 본질을 못 보거나 왜곡할 수 있다. 평생 시와 가정만 생각했던 박목월 시인이 요즘의 짐승남이나 품절남이란 용어를 들으면 어떻게 느낄까? 감히 상상이 가질 않는다. 우리가 박목월 시인을 존경하는 건 이런 건조하고 척박한 세상에 별의 이야기를 전해 준 시인이고, 돈 때문에 병에 걸린 아내를 선뜻 입원시킬 수 없어 괴로워하는 남편이고, 어쩔 수 없이 학업과 힘든 세상으로 내몰아야 하는 자식을 지켜볼 수밖에 없는 아버지이기 때문인지도 모르겠다.

세월이 흐르면 남성의 남성다움도, 여성의 여성다움도 약화된다고 한다. 그런 사람에게 늙어도 남성다움과 여성다움을 잃지 말라고 일깨우는 것도 나쁘진 않겠지만 그보다 존경받는 노인이 되는 것이 더 값지고 의미 있는 일이 아닐까 싶다.

이 책은 한 사람을 따뜻한 시선으로 그려 내고 있지만 거기서 잊혔던 옛 가치를 음미해 볼 수 있다.

자신이 먼저 죽을지도 모른다는 상황에서 아내 건강을 걱정한 박 시인을 보며, 오래전에 돌아가신 나의 아버지가 생각나기도 했다. 아무리 자식 키우는 게 힘들다고 해도 역설적으로 아버지들 시대만큼 보람 있고 근면하게 살았던 때가 또 있을까? 읽는 내내 가슴이 따뜻했고, 그동안 몰랐던 박목월 시인에 대해 알 수 있어서 좋았다. 메마른 세상에 정말 권하고 싶은 책이다.

 박목월, 박동규, 아버지, 시인은 무한 상상력의 소유자

# 50

# 그대, 가슴에 품은 사자성어는 있는가?

최영갑의 《청춘성어》는 제목이 마음에 들지 않았다. 난 이미 청춘을 지나쳐 버렸기 때문이다. '청춘'이라는 단어를 빼면 부담 없이 읽을 것 같은데 왜 앞에 저런 단어 하나 붙여 나를 곤혹스럽게 하는지 모르겠다. 이런 생각을 하는 걸 보면 확실히 나이가 들긴 들었나 보다. 나이는 숫자에 불과하다고 말하는 사람을 보면 이해가 가기도 하지만, 나이 듦을 부정하기보다 나이답게 늙어 간다는 것이 무엇인가를 찾는 것이 더 낫지 않을까 싶기도 하다.

인간 수명 100세 시대를 생각하면 40을 넘어선 지금의 나이가 그리 많은 것도 아니다. 수명이 늘어났다면 청춘도 그만큼 늘어나야 하는 것 아닌가? 나도 아직은 청춘일지도 모른다. 그런 생각이 드니 책을 읽을수록 고맙다는 생각이 든다. 뉘라서 젊은이에게 이런 살이 되고, 피가 되는 말을 해 주겠는가? 저자가 정말 젊은이들을 사랑하기는 하는가 보다.

《청춘성어》는 사자성어로 이야기를 풀어 간다. 나이가 드니 옛

사자성어가 매력적으로 다가온다. 학창 시절 겨우 한문이나 국어 시간에 배운 것이 고작이지만 당시에는 사자성어가 이렇게 멋있는 줄 몰랐다. 외워 두면 여러모로 쓸모가 많겠지만 외울 자신이 없다. 머리가 굳은 데다 원래부터 외우는 걸 그다지 좋아하지 않으니 이해하는 것으로 만족한다. 하지만 사자성어는 옛 성현들이 살아 보고 만들어 낸 고어인 만큼 이해도 그렇게 쉽지는 않다.

남보다 조금 다른 인생을 살고자 한다면 이 책을 읽으라고 말하고 싶다. 그리고 가급적 외워 두라고, 외우기 어려우면 가까운 데 두고 수시로 펼쳐 보라고 권하고 싶다. 그리고 내가 앞으로 인생을 살아가는 데 금과옥조로 삼을 만한 사자성어 몇 개는 가슴에 품고 살아야 한다고 생각한다.

가슴에 담을 사자성어를 나에게 묻는다면, 종신지우(終身之憂)와 낙양지귀(洛陽紙貴), 금구계이(金鉤桂餌)를 들겠다. 종신지우란 "죽을 때까지의 걱정"이라는 뜻으로, 평생의 근심이 될 만한 일을 걱정하고, 하찮은 일을 가지고 걱정하지는 말라는 뜻이다. 지금까지 살아오면서 나는 얼마나 하찮은 것에 목숨 걸고, 불안해하며, 불만을 삼았던가? 큰일을 이룰 사람은 생각하는 바가 다른 법인데, 나는 늘 이해관계에 민감해 왔다.

낙양지귀는 "낙양의 종이 값이 오르다"라는 뜻으로, 문장이 좋은 것을 칭찬할 때 주로 사용한다. 추남에다 말까지 더듬었던 시인이 10년 만에 완성한 시가 유명해져 낙양의 종이 값이 올랐다는 고사에서 나온 말이다. 자신의 존재 가치를 인정받고 남에게 알려질 때까지 10년이란 세월이 필요하다는 말이란다. 그러니까 무슨 일을 하든 일희일비하지 말고, 10년 후에 인정받을 걸 생각하고 묵묵히 하란 말이겠다.

금구계이는 어진 사람의 인품보다 강한 것은 없다는 뜻이란다. 이건 정말 내가 닮고 싶고 추구하고 싶은 성품이다. 험한 세상에서 나 스스로를 지키기 위해 얼마나 고슴도치같이 가시를 세우며 살아왔던가? 어진 성품은 시간이 갈수록 잘 되질 않는 것 같다.

옛 선현들은 학문으로 도를 닦으려 했다. 입신양명하고 일가를 이루기 위해 공부하기도 하겠지만 그런 공부는 마음의 도를 닦는 것은 아니다. 그런 의미에서 젊은이를 생각하는 마음으로 이런 글을 썼다는 게 참 귀하게 느껴진다.

 사자성어, 종신지우, 낙양지귀, 금구계이

# 한 권의 책을 내면서 스치는 여러 가지 생각들

**1.**

이 책은 2003년 처음으로 블로그를 개설하고, 말이 되든지 안 되든지 부단히 많은 글을 올린 결과물이다. 글은 잘 쓰려고 하지 말고 많이 써 보라고 한다. 말이 쉽지, 면벽수행을 하는 것도 아니고 매번 혼자 무엇을 끼적거린다는 게 쉬운 일인가?

지금은 격세지감이지만, 처음 블로그라는 게 등장했을 때, 이 뭐하는 물건인고 하며 놀랐던 적이 있다. 무엇보다 댓글로 소통한다는 게 신기해서 차츰 이 세계로 빠져들었다. 더구나 내가 속한 사이트는 '무플방지위원회'라는 자발적인 유령단체(?)가 있어, 누군가의 글에 댓글이 안 달리면 냉큼 가서 달아 주는 훌륭한 일을 하는 블로거들이 있었다. 이 유령 단체의 회원이 누구이며 지금도 활동은 하고 있는지, 해체됐다면 언제 해체됐는지를 아는 사람은 아무도 없다.

리뷰라는 말도 블로그가 생기기 이전엔 잘 사용하지 않았던 말로 알고 있다. 이전엔 독후감 또는 감상문이라고 하지 않았나? 얼마전, 리뷰와 서평과 독후감이 뭐가 다른 것이냐를 두고 블로거들끼리 설왕설래한 적도 있었다. 그럼에도 불구하고 무식하다고 할지 모르지만 나는 아직도 이것을 명확히 구분하지 못한다. 그냥 나의 글은 만연체라는 것뿐. 책을 읽어도 한 번도 독후감 같은 건 쓰지도 않던 내가 블로그에 리뷰를 쓴다. 글은 쓰면 쓸수록 는다고 하는데 만연체만 느는 것 같다. 그렇게 할 수 있는 것은 댓글 소통이 좋아서다. 게다가 리뷰를 잘 쓰면 사이트의 운영진 측에서 약간의 도서지원금을 받기도 하는데 이걸 받으려고 정작 책도 못 읽고 하루 종일 컴퓨터 앞에 앉은 날도 꽤 된다.

내 글의 8할은 블로그가 키웠다고 해도 과언은 아니다.


## 2.

인터넷에 글을 쓴다는 건 확실히 중독성이 있다. 지금은 덜하지만 한때 많은 사람들이 블로그질을 안 하면 입에 가시가 돋는다고 말하던 시절도 있었다. 나의 글은 인터넷에 퍼져 나간다. 누가 그러겠는가? 다 내가 그러는 거지. 그게 어찌어찌하다 보니 리더스가이드까지 가게 되었고, 이런 말 하면 좀 낯간지럽긴 하지만 그곳의 박옥균 대표는 나의 리뷰가 솔직하고 삶을 녹여내서 좋다고 했다. 사실 그게 알고 보면 다 그만한 이유가 있었던 건데. 나만 그렇게 쓰는 것도 아니다. 그렇게 쓰는 일군의 블로거들이 있다. 그들 모두가 나 같은 검은(?) 의도를 가졌다고는 생각하지 않지만 아무튼 그들에게서 영향을 받은 것도 사실이다.

13년 정도 블로그를 운영해 왔다. 지금으로부터 2년 전, 그러니까 블로그 11년 차 되던 해, 여전히 정체모를 잡글을 중구난방으로 올리고 있을 때, 리더스가이드의 박옥균 대표로부터 출판 제의를 받았다. 그전에 《100인의 책마을》을 통해 책을 내 본지라 그것만으로도 기쁜 일인데 이번엔 단독이다. 그땐 정말 신춘문예 당선된 것만큼이나 기뻤다.

하지만 좋아만 했을 뿐 막상 실행에 옮기지 못했다. 살다 보면 계획만 잔뜩 세우고 열매가 없는 일이 어디 한둘인가. 마침 개인적으로 하는 일도 있고, 무엇보다 블로그에 흩어져있는 수많은 글을 건드린다는 게 감히 엄두가 나지 않았다. 이럴 줄 알았으면 그때 좋아하지 말 걸 그랬다는 생각도 들었다.

그러다 올해 리더스가이드 신년회에 참석했는데, 거길 다녀온 게 또 화근이었다. 거의 한 달 가까이 지나도록, 2년 전 박 대표와의 약속을 지키지 못했다는 사실이 나의 뇌리를 떠나지 않았다. 지금이라도 떠나가는 기차 뒤꽁무니에 대고 손수건이라도 흔들어 볼까? 그런 생각에 한겨울 온기 없는 방이지만 이불 속은 따뜻해질 정도였다.

지금도 박 대표께 감사한 것은, 그 기차가 아직도 나를 위해 떠나지 않고 정차해 있었다는 것이다. 자신이 제의할 땐 뭐 하고 이제 와서 이러는 거냐고 해도 나는 할 말은 없었다. 어쩌면 출판인은 좋은 책을 낼 수 있는 작가를 찾는 것도 중요하지만, 그 작가가 때가 돼서 책을 내겠다고 할 때까지 기다려 주는 것도 필요한 일은 아닐까?

사람의 일이 인내 없이 되는 일이 몇이나 될까?


3.

이제부턴 빼도 박도 못할 상황이 되었다. 자신이 한 말에 자신이 책임져야 한다.

10년 넘게 블로그에 글을 올려 왔고, 누구 말마따나 그까짓 거대충 뽑아서 다듬으면 책 한 권 분량 나오지 않을까 생각했었다. 막상 뚜껑을 열어 봤더니 어이가 없었다. 이걸 글이라고 올린 걸까? 보는 족족 삭제해 버리고 싶었고, 나중엔 아예 블로그를 폭파하고 싶었다. 이래서 건드리지 못했던 건데. 역시 책을 낸다는 건 제정신으로 할 수 있는 일은 아니며, 누구의 책 제목처럼 우주의 일인 것 같다는 생각이 들었다.

그래도 나름 읽어 줄 만한 글을 찾긴 했지만 오탈자와 맞춤법에서 자유롭지 못했다. 글을 올렸을 땐 나름 검토를 하고 올린 건데 내가 이렇게 둔감했나 뜨끔했다. 정말 좀비 같다는 생각을 했다.

이미 썼던 글이더라도 다시 다듬는다는 건 새롭게 쓴다는 말과 별반 다르지 않았다. 글을 쓰는 일은 그야말로 지난한 작업이라는 걸 몰랐던 것도 아닌데, 극도의 스트레스를 받으면 옷이 찢어지는 헐크가 되는 것은 아니어도 구토를 하게 될지도 모르고, 노트북을 창밖으로 내던져 버리려는 충동에 사로잡힐 수도 있다. 물론 난 그와 비슷한 과정을 예전에 겪었기 때문에 그런 일은 다시 발생하지 않았다.


4.

어쨌든 나는 두 달여에 걸쳐 원고 작업을 마쳤다. 두 달까지 설마 가랴 했지만 애초에 그렇게 잡기를 잘했다는 생각이 들었다. 물론 시간이 좀 더 필요하면 양해를 구하면 되는 일이긴 하지만 그러고 싶지는 않았다.

그런데 그거 아는가? 작가와 독자 사이에 누가 있는지.

원고를 출판사에 넘기고 열흘인지 2주 정도의 망중한을 가졌다.

그리고 친히 편집을 맡아 준 박 대표로부터 다시 원고를 넘겨받았다. 애초에 누가 편집을 하든 웬만하면 편집자 하자는 대로 다 맞춰 주자했다.

그는 나의 원고가 재미있다고 했고, 몇 가지 출판 과정에서 내가 알아야 할 사항들을 설명해 주었으며, 전화를 끊기 전 내 원고에 빨간 줄을 좀 많이 쳤다고 했다. 앞부분은 그리 많지 않은데 뒤로 갈수록 좀 많다고 친절하게 가르쳐 주는 것이다.

난 도량깨나 넓은 사람처럼 괜찮다고 했다. 내가 편집에 대해 그리 많이 아는 것은 아니지만, 미국이나 가까운 일본만 하더라도 편집자가 작가를 능가하는 경우도 많고, 무라카미 하루키 같은 대가도 자신이 직접 쓴 건 3, 40%에 불과하며(이 수치는 정확하지 않을 수있다. 워낙 번개같이 들은 얘기라) 나머지는 편집자가 다 뜯어고친다는 말을 어디선가 들은 적이 있다. 하지만 우리나라 편집자는 그렇게까지는 못하는 것 같다. 그 역량을 키워야 한다고 생각했다.

예전에 나의 작품을 연출해 준 연출가와 필요 이상의 기 싸움을한 적이 있다. 지나고 나니 왜 내가 한 번이라도 연출가를 진심으로이해하려고 하지 않았을까 하고 후회한 적이 많았다. 원고는 한번작가의 손을 떠나면 그때부터 작가의 것이 아니라는 생각을 못했다.

그런데 도량이 넓은 사람은 역시 아무나 할 수 있는 일은 아닌것 같긴 하다.

인큐베이터에 들어갔다 나온 미숙한 내 아이를 다시 돌려받는기분이 딱 이런 기분일까? 웃으며 전화를 끊은 것이 무색하게 막상다시 돌려받은 내 원고는 거의 만신창이가 되어 있었다. 편집자인지빨간펜 선생인지 분간이 안 갈 정도로 빨간 줄이 엄청나게 쳐져 있었다. 얼굴이 화끈거렸다. 이래 가지고 무슨 책을 내자고 말했던 걸까? 그냥 한번 없던 일은 영원히 없던 일로 했어야 하는 건데 그랬나? 예전에 알고 지내던 후배 생각도 났다. 그는 나에게 자신의 대본을 건네며 읽어 봐 달라고 했는데, 점잖게 몇 마디 해 주고 말 걸, 그때 나도 빨간 줄을 쫙쫙 쳐서 되돌려 준 적이 있었다. 그때 그의 마음이 지금 내 마음 같지 않았을까?

내 책 나온다고 여기저기 소문낸 거야 조금만 있으면 잦아들 것이다. 사람들은 남의 일에 관심이 많은 것 같아도 막상 지나고 나면 관심도 없다. 그냥 공부했다 치고 이쯤에서 접는 것이 낫지 않을까? 별의별 생각을 다 했다.

하지만 이내 마음을 가라앉히고 다시 보니, 100프로 동의하는 건 아니지만 상당 부분 왜 그처럼 빨간 줄이 쳐져야 했는지 알 것도 같았다. 검토하는 내내 쥐구멍을 30개는 넘게 팠던 것 같다.


5.

원고를 검토하면서 새삼 편집자란 무엇인가에 대해 생각해 보게 됐다.

물론 이번이 처음은 아니다. 하루키의 소설 《1Q84》에도 보면 편집자가 등장한다. 주인공인 두 남녀에 비해 존재감은 없지만 나름 꽤 똑똑하고 명석한 인물로 나왔던 것으로 기억한다. 그때 처음으로 편집자를 생각했었다. 모르긴 해도 어떤 면에선 작가보다 더 많은 것을 알고 있어야 하는 게 편집자는 아닐까. 하지만 편집자는 예나 지금이나 별로 각광받는 직업은 아닌 것 같다. 작가가 되겠다는 사람은 많지만 편집자가 꿈인 사람을 나는 지금까지 본 적이 없다. 또한 편집자는 다른 일과 겸직으로는 할지 모르지만 편집자 그 자체로만 존재하는 경우는 드문 것 같다. 우리나라에 한다하는 작가들이 글 쓰는 것만 하지 않는 것처럼.

편집자의 일은 어찌 보면 작가의 일보다 더 어려울 수 있을 것 같다. 작가의 의도를 해치지 않으면서 독자들에게 조금이라도 잘 읽히는 책을 만들기 위해 고군분투할 것이다. 그렇다면 작가와 편집자는 어떤 관계일까?

예전에 극작가와 연출가는 견원지간이란 말이 있었다. 물론 그렇지 않은 관계도 많을 것이다. 나도 예전에 연출가와 그다지 잘 지내지 못했다. 돌이켜 보면 원인의 거의 대부분이 나에게 있는 것 같긴 하지만, 꼭 한 가지 정도는 아무리 생각해도 나에게 있는 것 같지 않은 것이다. 팔은 안으로 굽는다고, 내가 아무리 많은 것을 잘못했다고 해도 그 한 가지가 나머지를 전복시켜 버리는 것이다. 나중엔 결별하고, 작가만이 작품을 가장 잘 안다며 나도 연출을 하겠다고 나서기도 했다. 그 다음 어떻게 됐는지는 말하지 않겠다. 다 미숙한 시절의 자화상이다.

꼭 같은 경우는 아니지만 작가와 편집자도 그러지 않을까? 믿거나 말거나 한 얘기지만, 토씨 하나라도 고치면 큰일 날 것처럼 구는 작가도 있다고 들었다. 그 말이 사실이라면 편집자가 할 수 있는 일은 그리 많지 않아 보인다. 그렇다면 편집자는 왜 있어야 하는 것일까? 상식적으로 생각해 봐도 편집자는 작가의 책을 가치 있게 만드는 사람이고, 그들은 작가보다는 독자 쪽에 더 가까이 있는 사람이라고 생각한다.

동시에 그들은 늘 가려진 존재들이다. 그 책이 잘 팔리고 베스트셀러가 되면 작가가 스포트라이트를 받지, 편집자가 받지는 않는다. 그처럼 그 책이 망하면 작가가 욕을 먹지, 편집자가 욕을 먹지는 않는다. 그런 점에선 좀 안전한 것 같기는 하다. 그렇게 생각하면 작가와 편집자는 서로 신뢰를 쌓아야 할 존재지, 경계할 사이는 아닌 것 같다.

하지만 작가도 인간인지라 어느 편집자에게도 100프로 만족하기란 쉽지 않을 것이다. (그건 편집자도 마찬가지일 것이다) 물론 편집자에게도 편집의 기본 방향이 있을 것이고, 작가의 지나친 문장을 다듬거나 과감하게 삭제하는 것도 불사해야 할 때도 있을 것이다. 그건 내가 편집자라고 해도 그랬을 것 같긴 하다. 그래서 독자가 조금이라도 편하게 작가의 책을 읽을 수만 있다면 그도 꽤 보람된 일일 것이다.

하지만 그러다 보니 작가의 고유한 문장을 너무 평범하고 밋밋하게 만드는 우를 범하게 되는 건 아닐까? 사람마다 자신이 버릇처럼 잘 쓰는 입말이란 것이 있을 것이다. 작가도 당연 있다. 그것을 문법이나 문장의 구조상 잘 맞지 않는다고 해서 무작정 고치기보다, 다소간 안 맞더라도 그것이 작가를 잘 드러내 주는 것이 된다면 그대로 살려 보는 것도 나쁜 일은 아닐 것 같다.

적절한 예인지는 모르겠지만, 지난봄 《예술가의 여관》이란 책을 읽은 적이 있다.

거기 보면 김일엽이란 우리나라 근대 여성 작가를 다루어 놓은 글이 있다. 그녀는 살아 있는 동안 많은 저술을 남겼다. 그런데 1935년 〈삼천리〉란 잡지에 실린 '불도를 닥그며'란 수필은 특이하게도 문어체도 구어체도 아닌 그냥 소리 나는 대로 쓰는 소리체 문장이었다. 물론 그런 문체는 이전에도 본 적이 있긴 하다. 처음엔 단순히 그 시대 언문이 발달되지 않았기 때문일 거라고 생각했다. 소리체는 분명 맞춤법에 어긋나는 문장이다. 왜 그랬는지는 모르겠지만 어떤 편집자라도 그 문장을 고칠 수도 있지 않았을까? 하지만 그렇게 하지 않고 있는 그대로를 보여 준다. 그렇게 소리체 문장을 읽으면 우리보다 1세기 전의 한 작가의 육성을 듣는 기분이기도 하다.

하긴, 아무리 오래 전부터 알고 지내던 사이더라도 자신이 잘 쓰는 단어와 입말이 뭔지를 알아 달라는 건 얼마나 무례한가.


## 6.

어쩌다 보니 첫장을 '독자'로 잡았다.

아무래도 오래도록 독자의 입장에서 리뷰를 쓰다 보니 길이 그렇게 나 버린 것 같다. 이상한 일이다. 원래 작가가 꿈이라 작가를 더 많이 생각한 것 같은데 뒤돌아서 보니 그게 아니었다.

21세기 가장 혁신적인 도구는 블로그를 포함한 SNS는 아닐까 한다. 이것 덕분에 독자들도 목소리를 내기 시작했다. 예전에 작가와 독자는 수직적 관계였다고 생각한다. 작가는 글을 쓰고, 독자는 읽는 사람. 작가는 가르치고, 독자는 가르침을 받는 자, 작가는 리드하고, 독자는 따라가는 사람. 그렇게 20세기까지가 작가의 시대였다면, 21세기는 독자의 시대라고 생각한다.

이 글을 쓰기 전, 내가 마지막으로 블로그에 올린 리뷰는 정지돈의 《내가 싸우듯이》였다. 공교롭게도 난 그 책에 좋은 평을 하지 못했다. 그 책은 분류부터가 잘못됐다. 소설이면 소설이고 비소설이면 비소설이지, 쓰기는 비소설을 쓰고 읽기는 소설로 읽어 달라는 게 말이 된다고 생각하는가? 그러고는 문단에 신인류가 나타났다고 놀라 달라고 주문까지 한다. 비소설의 시각으로 보면 전혀 새로울 것도 없는데, 소설의 관점으로 보면 새로우니 그럴 만도 하겠다 싶다.

지면상 다른 것은 다 제쳐 두더라도, 이 작품을 다 읽고 나서 드는 생각은 생경하다 못해 외롭다는 생각을 했다. 독자를 외롭게 만드는 작가가 과연 좋은 작가일 수 있을까? 작가도 한때는 독자였을 것이고, 누군가 그와 같은 작품을 썼다면 좋게만 애기하지 않았을 것이다. 우리나라 작가들은 자신이 작가가 되는 순간 독자였던 때를 너무나 쉽게 잊어버리는 것 같다.

목회자들 중엔 대인기피증에 걸린 목회자도 있다고 들었다. 이해 못할 것은 아니다. 그러나 그것을 인정하고 치료하기보다, 자신은 하나님의 말씀을 연구하고 대언만 할 뿐이라며 학자연한다. 목자가 양과 함께 있지 않으면 도대체 어디에 있겠다는 것인가?

예수님은 하나님의 아들이셨지만 말씀만 대언하며 학자연하지 않으셨다. 그분은 민중들을 돌보셨고 그들과 함께 우셨고, 그들과 함께 기뻐하심으로 민중의 표상이 되셨다. 어디서부터 출발해도 본질은 똑같다고 생각한다. 작가의 글이 독자를 위하지 않는데 독자라고 작가를 위할 리 없지 않는가. 잠깐의 새로움에 도취되어 환호할 수는 있을 것이다. 하지만 책상머리 앞에서 짜깁기한 글이 얼마나 생명력 있다고 보는가? 작가나 예술가를 연구하는 사람은 많은데 독자를 이해하려고 하는 작가는 왜 이리도 적은 것일까?

나는 작가 천명관이 〈악스트〉에서 했던 말을 지지하는데, 우리나라 문학이 발전하려면 작가와 평론가의 유착 관계를 하루빨리 끊어내야 한다고 생각한다. 그것은 작가가 성장하는 데 전혀 도움이 되지 않으며, 또한 각 출판사가 해마다 하고 있는 무슨 문학상이라는 것도 공정성을 밝혀야 한다고 생각한다. 각 출판사에 위촉된 심사위원들의 카르텔을 모르는 사람도 있던가? 그처럼 이제 작가와 독자 사이엔 평론가가 있어야 하는 것이 아니라, 똑똑하고 현명한 편집자가 있어야 한다고 생각한다.

인간의 본질이 무엇이고, 문학의 본질이 무엇인지 지금의 젊은 작가들은 다시 공부해야 한다고 생각한다.


7.

이렇게 말하면 누군가는 "너나 잘하세요." 할 지도 모르겠다.

소설 쓰는 게 꿈이라면서 자기 이름으로 된 소설 하나라도 쓰고 그런 말 하라고 한다면 난 정말 자격이 없는 사람일지도 모른다. 진작 소설이나 한편 써 둘 걸. 갈팡질팡하다 이럴 줄 알았지.

하지만 이 책의 제목을 생각하라. 《네 멋대로 읽어라》다. 만일 진짜 소설가라면 내가 이런 말을 했겠는가? 나도 어떤 평론가 눈에 들려고 계속 추파를 보내고 있었을지도 모른다. 다 독자니까 하는 말이다. 내가 내 돈 내고 내 시간 들여 책을 읽었는데 이 정도 얘기도 못한다면 그게 과연 독자겠는가? 언제 한번 독자가 작가에게 군림하려고 한 적이 있는가? 독자는 작가를 앞서가지 않는다. 독자는 한 다리 건너 작가를 지켜볼 뿐이다.

책을 냈다고 해서 작가가 되었다 생각하지 않는다. 말했지만 이 책은 독자의 입장에서 생각하는 바를 썼고 그것을 묶었을 뿐이다. 작가가 되어서도 독자이길 멈추지 말아야 한다고 생각한다. 그저 독자들과 함께 있어야 한다고 생각한다.


또 주저리주저리 만연체로 길게 썼다. 촌스러운 일 같기는 하다. 책을 두 번 냈다가는 아예 작가의 말로 책 한 권을 쓰겠다. 책을 많이 내 본 사람은 심플이 뭔지 알겠지? 너무 촌스럽게 길었다고 생각 된다면 용서를 구한다. 그리고 일일이 열거할 수는 없지만, 지금까 지 내가 읽었던 수많은 책들과 블로거들, 내가 사랑하는 사람들, 특 별히 여기까지 읽어준 나와 같은 독자 여러분들께 심심한 감사의 말 을 전한다.

언제나 좋은 책들과 함께 행복하시길, 평안하시길.